KB044300

나만의 책쓰기

허병두의 즐거운 글쓰기 교실 3

나만의 책쓰기
허병두의 즐거운 글쓰기 교실 3

펴낸날_2012년 10월 12일

지은이_허병두
펴낸이_홍정선
펴낸곳_㈜**문학과지성사**

등록번호_제10-918호(1993. 12. 16)
주소_121-840 서울 마포구 서교동 395-2
전화_02)338-7224
팩스_02)323-4180(편집), 02)338-7221(영업)
전자우편 moonji@moonji.com
홈페이지 www.moonji.com

ⓒ 허병두, 2012. Printed in Seoul, Korea

ISBN 978-89-320-2316-8

나만의 책쓰기

허병두의 즐거운 글쓰기 교실 3

허병두 지음

문학과지성사

2012

나만의 책쓰기가 꼭 필요한 까닭

글쓰기 교육에 몰두해 오면서 끊임없이 돌이켜 보았습니다. 그동안 지나치게 '글'의 차원에서만 지도한 것이 아닐까? 오히려 '책'의 차원에서 접근하면 쓰기 지도가 더 쉽지 않을까? 스스로 주제를 설정하는 책을 쓸 때가 분량과 마감에 제한을 받는 글을 쓸 때보다 오히려 더 쉽고 즐겁다면 교육 또한 그렇게 해야 하지 않을까? 더구나 대입 논술 시험을 위한 글쓰기로 한정되는 현재의 학교 글쓰기 교육을 더욱 발전적으로 극복할 수 있는 대안으로서 책쓰기 교육은 과연 가능한가? 스스로 거듭거듭 묻고 답했습니다.

이 책은 지금까지 시도해 온 '나만의 책쓰기 프로그램'을 보완하고 정리한 결과입니다. 즉, 이 책은 앞서 출간한 『허병두의 즐거운 글쓰기 교실 1—글쓰기 열다섯 마당』과 『허병두의 즐거운 글쓰기 교실 2—문제는 창조적 사고다』를 잇는 마지막 단계로서, 글쓰기 초보라 할지라도 읽기와 쓰기, 생각하기/느끼기 등을 연습하여 자연스럽게 한 권의 책을 쓸 수 있도록 집필하였습니다.

　1부에서는, 책쓰기의 가장 중요한 문제의식과 주제의식, 주제 설정 능력을 강조하며 주제 찾기 연습을 중시하였습니다. 흔히 글쓰기가 주제와 모범 답안 쓰기를 중시한다면, '나만의 책쓰기'가 중시하는 핵심은 글감, 제목이 주어지는 시험용 글쓰기와 다르게 주제를 스스로 찾아 의미 있게 창조하는 태도와 능력입니다.

　2부에서는, 설정한 주제를 구체적인 글로 펴 나갈 뿐만 아니라 좀처럼 주제 설정을 하기 힘든 경우에도 길을 찾아 글을 쓸 수 있는 묘방들을 제시하였습니다. 『허병두의 즐거운 글쓰기 교실 1―글쓰기 열다섯 마당』에서 소개한 '1분 글쓰기'나 '브레인스토밍'을 다시 소개하되 본격적인 주제 설정 중심의 방법으로 쓸 수 있게 다듬었습니다(글쓰기 자체가 어렵다면 『허병두의 즐거운 글쓰기 교실 1―글쓰기 열다섯 마당』의 해당 대목들을 좀 더 자세히 공부하면 좋겠습니다). 아울러 '왜냐하면' '예를 들어' '다시 말해' 같은 접속 표현(화용론: 접속 표지)은 물론 '육하원칙' 같은 도구를 활용하여 사고를 펼치고 주제를 찾아내는 방법을 제시했습니다.

　3부에서는, 주제 설정과 함께 '나만의 책쓰기'의 또 다른 중심이라 할 수 있는 '저자 만나기'를 강조하였습니다. 자신이 어떤 책의 저자를 만나고 싶어 하는지 따져 보면서 자신의 진로를 즐겁게 꿈꾸고 해당 분야의 전문가를 직접 만나 지식과 안목, 조예, 태도 등을 자연스럽게 접하여 스스로 우뚝 설 수 있게 배려하였습니다.

4부에서는, 본격적으로 글과 책을 쓰는 데 필요한 구상과 구성, 개요 짜기, 집필과 퇴고 등을 아주 손쉽게 시도할 수 있는 효율적인 방법으로서 '원형정리법'을 제시하였습니다. 화가가 그림을 그릴 때 팔레트를 사용하듯이, 한 장의 종이를 팔레트처럼 활용하여 쉽고 간단하게 생각을 펼치고 정리하며 실제 글을 쓸 수 있도록 고안한 방법입니다. 간단한 글쓰기에서 논술 답안 작성, 책쓰기까지 두루 활용할 수 있는 방법이니 철저히 익혀 두기 바랍니다.

5부에서는, '나만의 책쓰기 프로그램'을 단계별로 소개하고 책이 어떻게 만들어지는지 자세하게 안내하였습니다. 아울러 깊고 넓게 생각하고 느끼는 삶을 위하여 무엇을 어떻게 해야 하는가 상세한 조언을 덧붙였습니다.

부록으로는, 교실에서 학생들을 지도할 때 어떻게 하면 좋은지 '나만의 책쓰기' 30시간 교사 연수 프로그램의 기본 골격을 소개하였습니다. 덧붙여 매우 구체적인 지도 방법과 학생들이 그간 시도한 주제들을 정리하여 제시하였습니다. 또한 한눈에 「허병두의 즐거운 글쓰기 교실 1~3」을 살필 수 있도록 김진숙 작가님의 훌륭한 삽화로 요약했습니다.

모쪼록 이 책을 읽은 푸른 영혼들이 자신만의 능력과 재능, 소질에 걸맞은 주제를 찾아 '나만의 책'을 쓰고 펴낼 수 있기를 간절히 바랍니다. 스스로 책의 주제를 잡을 수 있다는 것은 자신의 삶을 주체적으로 세울 수 있다는 증거이며, 한 권의 책을 쓰고 저작권을 기부할 수 있다는 것은 자신의 삶을 풍요롭게 하며 널리 남을 이롭게 할 수 있다는 근거입니다. 스스로를 존중하며 남을 도울 수 있는 영혼으로 당당하게 살아가는 데 이 책이 알차게 쓰였으면 합니다.

　끝으로, 원고를 다시 가다듬고 책으로 정리하는 데 아들 건(健)의 도움이 컸습니다. 처음 글쓰기 교육서를 펴냈을 때 원고 뭉치를 만지작거리던 꼬마가 이제 자신의 책을 준비하는 청년으로 훌쩍 자랐습니다. 모두 감사할 뿐입니다.

2012년
배움의 큰 마당 숭문에서
허병두 올림

글쓰기를 넘어 책쓰기로!

1. 글쓰기보다 책쓰기가 더 쉽다

글쓰기보다 책쓰기가 더 쉽다. 이렇게 말하면 과연 얼마나 동의할까? 아마 대다수가 고개를 갸우뚱거리며 이렇게 투덜댈 듯싶다. "에이, 글쓰기도 자신 없는데 어떻게 책쓰기가 더 쉽다는 거야?" "글이 모여서 책이 되는 건데 정말 이렇게 말할 수 있나?"

물론 글쓰기란 그리 쉽지 않다. 특히 글쓰기를 제대로 가르치지 않는 우리나라 교육 상황에서는 더욱 그러하다. 학생들은 물론 글쓰기를 가르치는 선생님들, 아니 이 땅에서 교육받은 국민 대다수에게 글쓰기란 너무도 고통스러울 뿐이다.

하지만 분명 글쓰기보다 책쓰기가 훨씬 더 쉽다.

곰곰이 따져 보자. 글쓰기에 관한 추억이라면 십중팔구 '일기'가 떠오를 것이다. 그것도 매일매일 써야 하고, 꼬박꼬박 검사를 맡아야 하는 숙제로서의 일기. 얼마나 지겹고 괴로웠는가. 개학 전날 밤에 몰아 쓰거나 방학하자마자 미리 써 놓고 날씨만 바꾸지는 않았는지. 조금 더 나이가 들면 '글쓰기'란 말은 이내 '논술 시험'과 연관될 것이다.

지금까지 경험한 글쓰기는 이렇듯 대개 시험이나 평가를 위한 것이 었다. 어쩌면 이 땅의 학생들은 시험이나 평가와 연관 없는 글을 쓴 기억이 아예 없을지도 모르겠다. 글을 잘 쓴다고 해 봐야 기껏 남이 내 준 주제와 제목에 맞춰 짧은 글을 쓰는 데 급급했을 뿐, 본격적인 사색과 성찰, 탐구의 성과로서 글을 써내는 데까지 이르지 못하였던 것이다.

그 결과 글쓰기는 늘 고역에 불과했다. 먼저 여러분이 지금까지 경험해 온 글쓰기를 떠올려 보라. 거의 예외 없이 남이 정해 준 주제와 형식, 시한과 분량, 시간과 장소, 심지어 필기구까지 모두 반드시 지켜야 하는 행위였다. 이런 식의 글쓰기란 엄청난 억압이요 강요다. 글을 잘 쓴다는 작가들도 이렇게 글을 써야 한다면 결코 쉽지 않을 것이다. 글쓰기에 대해 제대로 공부한 적도 없는 우리나라의 보통 사람들에게 이는 폭력 그 자체라 할 만하다.

책쓰기는 이와 전혀 다르다. 자신이 쓰고 싶은 시간과 장소, 주제와 형식, 시한과 분량, 필기구와 심지어 종이의 질과 색까지 마음대로 결정하여 시도할 수 있다. 깊은 밤에 쓰든 새벽에 쓰든, 자기 방에서 쓰든 조그마한 카페에서 쓰든, 사랑의 장편소설을 쓰든 서너 줄짜리 시집을 준비하든, 한 달 동안에 두세 단락만 쓰든 순식간에 400매를 쓰든, 대학 노트에 쓰든 분홍색 컬러 복사지에 쓰든, 파란 볼펜으로 쓰든 사각거리는 연필로 쓰든 전혀 상관없다. 자기가 좋아하는 대로 꾸준히 노력하면 누구나 책을 쓸 수 있다.

나아가 책쓰기는 글쓰기보다 여러 면에서 훨씬 효과적이며 바람직하다. 우선 글쓰기 실력을 높이는 데도 기존의 글쓰기 차원, 즉 한 편의 짧은 글을 잘 쓰려고 노력하는 것보다 책쓰기 차원에서 접근하면 훨씬 쉽고 흥미 있다.

노력의 성과를 놓고 보아도 그러하다. 주어진 주제나 제목에 따라 모범 답안 같은 글을 쓴 사람보다 조금 모자라도 스스로 주제를 정한 한 권의 책을 펴낸 사람이 훨씬 더 인정받는다. 더구나 한 편의 글을 잘 썼다고 한 권의 책을 펴낼 수 있는 것은 결코 아니지만 그 반대는 언제나 참이다.

물론 책쓰기가 글쓰기보다 아무래도 시간이 많이 걸리고 힘도 더 들 수 있다. 하지만 절대로 더 어렵지는 않다. 지나치게 소극적이고 수동적으로 주제에 맞춰 글을 쓰기 급급했던 기존의 벽을 확실히 넘어서려고 마음먹는 순간부터 알찬 결실을 거둘 수 있다. 한마디로 책쓰기는 쓰기 능력을 쉽고 흥미 있게 키우며 책을 쓸 수 있는 인재로 가는 일거양득의 지름길이다.

다시 읽지도 않을 글, 점수 받기용 글을 쓰는 데 머물지 말고, 자신만의 주제를 잡아 옹골찬 한 권의 책으로 펴낼 수 있는 능력을 키우자. 남이 내 준 주제에 맞춰 쓰는 글 대신에 스스로 문제의식을 갖고 주제를 찾아 책을 쓸 수 있는 인재가 되어 보자. 이 책은 최소한 A4용지로 30매 이상, 200자 원고지로 대략 300매 이상의 책을 쓸 수 있도록 돕는 '나만의 책쓰기 프로그램'을 풀어낸 것이다.

2. '나만의 책쓰기', 그 의미와 현재

'나만의 책쓰기 프로그램'은 종래의 독서 교육과 작문 교육이 긴밀하게 연관되지 못하고 따로 전개된 데 따른 반성에서 비롯되었으며, 문명사적으로는 개인 블로그를 비롯한 1인 미디어 현상의 증가, 프로슈머(Prosumer)의 등장 등과 맞닿는 새로운 교육 문화 운동이다.

'나만의 책쓰기 프로그램'은 종래의 단편적인 글쓰기 교육에서 벗어나, 자신의 진로와 관심, 흥미, 적성, 능력 등과 연관된 주제를 스스로 설정하여 도서관에서 관련 자료를 조사하고 해당 분야의 전문가들과 인터뷰하면서 진행하는 읽기 · 쓰기 교육의 총체적인 시도다.

이는 남이 낸 문제에 맞춰 답을 써 나가는 글쓰기 교육, 또한 기존의 책을 잘 수용하는 독자만을 길러 내는 독서 교육 등의 수동적인 교육에서 벗어나, 책을 읽으며 스스로 더욱 새로운 성과를 책으로 창출해 내는 적극적인 교육을 꾀하는 바, 기존의 도서관을 포괄하는 멀티미디어 도서관을 기반으로 교육과 문화, 정보 차원을 다각적으로 아우르는 새로운 노력이다.

'나만의 책쓰기 프로그램'을 성공적으로 추진함으로써 비단 학생뿐만이 아니라 국민 개개인이 자신을 삶의 주체로 내세우며 올곧고 의미 있게 삶의 내용과 성과를 정리하고 계승함으로써 개인의 행복과 공동체의 향상을 성공적으로 이룰 수 있다.

나아가 오늘날 세계 각국에서 적극적으로 추진 중인 기존의 독서 운동과 글쓰기 운동의 패러다임을 완전히 다르게 바꿀 수 있는 전 지구적인 새로운 교육 문화 운동의 메카로서 우리나라를 부각시키며, 앞으로 국내외적인 관심을 집중하는 다양하고 참신한 성과를 쏟아 낼 수 있다.

실제로 지난 2005년부터 독서 교육을 체계적으로, 꾸준히 펼쳐 온 대구광역시교육청의 경우, '나만의 책쓰기 프로그램'을 교육청 차원에서 적극 도입하여 훌륭한 성과를 보이고 있다.

교육청에서는 선생님들이 직접 책쓰기 수업을 시도할 수 있도록 30시간 분량의 '나만의 책쓰기' 교사 연수 프로그램 개발을 의뢰하였고, 이를 중심으로 2008년 여름부터 방학 때마다 교사 연수를 진행해 왔다. 또한 현장에서 책쓰기 교육이 정착되도록 학생 책쓰기 동아리를 만들어 지원했다. 그 결과 책쓰기 연수를 받은 선생님들의 수가 4천 명을 훌쩍 넘겼으며 학생 글쓰기 동아리는 500개 이상 운영되고 있다.

또한 매년 책쓰기 축제를 성공적으로 개최하고도 있다. 지난 2009년 겨울에는 『13＋1』(한준희 외 학생 저자 13명, 만인사, 2009)과 같은 '나만의 책'이 태어났으며, 다시 2010년에는 10권의 책이, 2011년에는 19권의 책이 정식 단행본으로 출간되었다. 2012년에는 선생님들이 직접 집필한 세계 최초의 책쓰기 교과서 『책쓰기 꿈꾸다』(허병두 · 한원경 외 3인, 문학과지성사, 2012)가 출간될 예정이다. 최근 대구시교육청은 '나만의 책쓰기 프로그램'을 '학생 저자 10만 양성 프로젝트'로 확대 · 추진하면서 우리의 미래인 학생들을 삶의 주체로 세우는 교육에 힘쓰고 있다.

3. 책쓰기 교육의 진화와 미래

책쓰기 교육은 최근 진화하고 있다. 나는 〈책으로 따뜻한 세상 만드는 교사들〉과 함께 '저작권 기부 운동'을 힘차게 추진하고 있다. '저작권 기부 운동'이란 저자가 자신의 책 가운데 한 권 이상을 전자책으로 공개하여 누구나 읽을 수 있게 사회에 환원하자는 시도이며, 진정한 저작권이란 저자가 존경받을 수 있는 권리에서 시작하고 끝나야 한다는 사고에서 시작된 운동이다.

이는 작가가 자신의 창작 행위를 단순히 지적재산권이라는 배타적 재산권의 하나로 지나치게 좁고 이해타산적으로 해석함으로써, 자신의 창작 활동을 창조와 소통이라는 차원에서 이익과 유통이라는 차원으로 전락시키고 있다는 반성적 사유에서 출발한다. '저작권 기부 운동'은 저작권의 진정한 의미를 다시 한 번 새롭게 일깨우면서 창작의 진정한 의미와 보람을 깨닫게 해 주며, 독서 소외층을 비롯한 우리 시민 사회 전반에 창조란 단순히 이해타산적인 활동의 연장이 아님을 깨닫게 해 주는 데 큰 목표를 둔다.

요컨대 책쓰기 교육은 학생들에게 자신이 무엇인가를 창조할 수 있는 존재임을 깨닫게 만들고, 실제 자신의 진로와 분야를 모색하며 장래 자신의 책을 쓸 수 있는 능력과 태도를 가르쳐 주자는 뜻에서 시작한다. 또한 책쓰기 교육은 자신의 창조 활동이 단순히 개인적 재능에서만 시작했다고 보는 대신에, 자신이 우리 사회에서 일정 부분 얻게 된 몫이 있음을 깨닫게 하는 데 있다.

지식의 더함과 사랑의 나눔, 즉 책을 쓸 수 있게 가르쳐 주고, 이를 다른 이들에게 아낌없이 나눌 수 있게 돕는 교육, 가슴이 따뜻한 인재를 길러 내자는 교육이 바로 책쓰기 교육이다. 이는 새로운 창조를 위한 적극적인 정보 습득과 활용의 차원, 스스로 주제를 설정할 수 있는 독립된 주체로서 학생을 가르치자는 사고와 실천이다.

■ 차례 ■

제 1부
책쓰기의 첫걸음은 주제 설정

도대체 무엇을 쓸까? '나만의 책'을 쓸 때 가장 중요한 질문이다. 주제 설정이야말로 책 내용의 방향과 범위 그리고 형식과 구성, 나아가 문체 등을 결정하는 데 가장 핵심적인 행위이기 때문이다.

주제 설정을 하다 보면 참신한 주제를 찾으려고 생각에 생각을 더하는 사색의 즐거움, 누군가와 대화하며 의견을 펼치고 가다듬는 나눔의 기쁨, 서로 관련 없는 듯 보이는 자료들 사이에서 의미 있는 생각을 찾아내는 발견의 놀라움 등을 만끽할 수 있다.

또한 주제를 돋보이게 하려고 자료를 찾아 헤맬 때의 가슴 두근거리는 기대감, 자료들을 읽으면서 머릿속 가득히, 가슴 뿌듯하게 밀려오는 지성과 감성의 충만함도 경험할 수 있다. 정말 살맛 나게 만드는 순간들을 온전하게 경험할 수 있는 행위가 바로 주제 설정이다. 주제 설정은 즐겁고 유익한 책쓰기의 첫걸음으로서 언제나 중요하다.

여기에서는 주제를 설정하는 데 핵심적인 역할을 하는 문제의식과 주제의식을 키우는 방법을 구체적으로 설명한다. 나아가 이를 바탕으로 주제를 설정하고 검토하며 최종 확정하는 방법과 과정을 차근차근 안내한다. '나만의 책쓰기'를 위한 추진 계획서 작성 등, 매우 실질적인 도움말들도 곁들인다.

제1장
무엇을 쓸지 찾아보자

책을 쓸 때는 주제 설정에 많은 시간과 노력을 쏟아야 한다. 또한 그 과정과 결과를 철저히 즐기고 누려야 한다.

이를 위해서는 비유컨대 영주(領主)가 일방적으로 정한 틀 안에서 소출을 강요받는 '소작농식 글쓰기'에서 벗어나야 한다.

대신에 자신이 직접 무엇을 심을지, 어떻게 심을지, 왜 심는지 즐겁게 고민하면서 기쁨과 보람을 만끽하는 '자유농식 책쓰기'에 집중해야 한다. 나아가 스스로 주제를 찾아서 자료를 뒤지고 새로운 사고와 정서의 세계를 창조하는 '유목민식 책쓰기'에 몰두해야 한다.

그러면, 주제를 설정하기 위해 구체적으로 무엇을 어떻게 해야 할까.

1 모범 답안 대신에 문제의식과 주제의식을!

옛날에는 과거에 응시하여 시험관이 낸 문제에 대해 모범 답안을 쓰기만 하면 장원 급제의 영광을 얻었다. 하지만 정보화 시대인 현대는 옛날과는 완전히 다르다. 수많은 자료와 정보가 밀려들고, 갈등과 문제가 시도 때도 없이 불거져 나오는 복잡한 세상을 정확히 통찰하고, 새로운 세상을 펼쳐 낼 수 있는 인재가 요구된다.

오늘날 우리가 정녕 소중하게 키우고 배워야 할 능력은 바로 주제를 설정하는 능력이다. 정보화 시대를 열어 가려면 기존의 문제에 충실하게 답하는 소극적 능력보다 새로운 문제, 곧 과제를 창출하는 적극적 능력이 더 소중하기 때문이다.

이러한 주제 설정 능력은 주제의식에서 생기는데, 주제의식은 궁극적으로 문제의식에서 비롯된다.

문제의식은 무엇이 참이고 거짓인지, 무엇이 더욱 적절하며 효과적인지, 무엇이 더욱 가치 있는지 따질 수 있는 기본적인 힘이다. 이를테면 모두 무엇인가에 대해 '참'이라고 생각할 때 '거짓'이 아닐까 회의하는 마음, 모두 무엇인가가 합리적이라고 주장할 때 아닐지도 모른다고 재확인하는 마음, 모두 대단하다고 매달릴 때 별것 아닐 수도 있다고 대범하게 생각하는 마음 등이 전부 이와 관련된다(물론 그 반대 상황도 가능하다).

문제의식을 키우려면 무엇이든 늘 따져 보고 곱씹어 보는 마음, 그래서 실제로 무엇이든 확인하고 회의하고 반문해 보는 자세와 태도, 늘 더욱 훌륭한 미래를 구체적으로 떠올릴 수 있는 능력이 필요하다.

가장 쉽게 문제의식을 키우고 주제의식을 가다듬을 수 있는 안성맞춤의 교과서는 바로 신문이다. 알다시피 종합 일간지는 정치, 경제,

사회, 문화, 예술, 스포츠와 연예, 학습 등 그야말로 세상의 모든 일들을 지면에 담고 있다. 일단 종합 일간지를 넘기면서 한 면에 하나씩 가장 큰 활자의 제목을 읽어 보자.

- 중국은 한반도 통일 원한다—정치면
- 미국, 한국 자동차 시장 더 개방해야—경제면
- 한류, 더 이상 없다—문화예술계 위기의식 심화—문화면
- 종교는 인간 영혼의 위대한 구현—종교면
- 평준화 정책이 중·고등학생 학업 능력 떨어뜨려—교육면

이제 좀 더 본격적으로 시도해 보자. 지금 막 골라낸 5개의 제목들에 물음표를 붙이며 읽어 보라. 무슨 생각이 떠오르는가. 별다른 생각이 떠오르지 않으면 '과연'이라는 말을 앞에 덧붙여 다시 확인해 보자.

- 과연 중국은 한반도 통일 원한다?—정치면
- 과연 미국, 한국 자동차 시장 더 개방해야?—경제면
- 과연 한류, 더 이상 없다—문화예술계 위기의식 심화?—문화면
- 과연 종교는 인간 영혼의 위대한 구현?—종교면
- 과연 평준화 정책이 중·고등학생 학업 능력 떨어뜨려?—교육면

지금까지 너무나 평범하게 읽히던 제목들이 새롭게 다가오지 않는가?

"진짜인지 아닌지 의문이 들었다.""좀 더 알아보고 싶다는 마음이 들었다.""정말 그런지 궁금해졌다.""그저 그렇게 읽히던 제목들이 갑자기 재미있게 느껴졌다.""또 다른 방법은 없는지 궁금해졌다." "나도 모르게 집중하면서 읽게 되었다." 이 중 한 가지라도 떠올렸다면 여러분은 이미 문제의식의 세계로 한 발 내디뎠다고 할 수 있다.

이렇듯 '과연~?' 형식으로 질문을 던지며 읽다 보면 문제의식을 키울 수 있을 뿐만 아니라 아주 쉽게 주제의식을 키울 수 있으며 당연히 주제를 설정하는 데도 매우 효과적이다. 보기의 첫 번째 제목의 경우만 해도 중국이 한반도 통일을 위하여 어떤 역할을 할까란 의문을 통해 좀 더 파고들거나 구체적으로 집중하면 '한반도 통일과 중국의 역할' 같은 주제를 이끌어 낼 수도 있다.

이런 식으로 나머지 역시 '미국의 태도와 한국 자동차 시장 개방 전략' '한류의 현재와 미래' '종교와 인간 영혼' '평준화 정책과 중·고등학생 학업 능력 사이의 상관관계' 등의 주제들을 쉽게 설정할 수 있다.

TIP

이끌어 낸 주제들을 꼼꼼하게 살펴보자. 가만 보면 주제의식들이 대개 '사실(참/거짓 여부)' '방안(효율성 여부)' '가치(귀중성 여부)' 등을 중심으로 엮여 있음을 확인할 수 있다. 이는 어떤 주제이든 '사실' '방안' '가치' 등과 연관될 수 있다는 뜻이기도 하다.

2 무엇을 주제로 삼을까?—흥미성, 유용성, 가능성 따지기

어느 정도 문제의식과 주제의식이 생겼다면 구체적인 주제로 만들 수 있도록 좀 더 집중해야 한다. 이때 '흥미성' '유용성' '가능성'이라는 세 가지 주제 선정 기준을 활용하면 어렴풋한 주제의식을 훌륭한 주제로 설정할 수 있다.

가 흥미성

"나도 모르게 왠지 끌려!" "아니 벌써 시간이 이렇게 지났어?" "이 일을 하다가 죽어도 좋아!" "정말 꼭 써보고 싶다"…… 이렇게 말한 순간을 떠올려 보라. 그 중심에는 여러분이 진정 흥미롭게 생각하는 주제들이 자리 잡고 있을 것이다. 만일 이런 말을 한 적이 없다면 큰 문제다. 가슴이 뛰고 정신을 잃을 만큼 몰두하고 싶은 주제를 아직 못 찾았다는 뜻이니까. 쓰고 싶은 주제들이 다양하고 풍성하게 있다는 것은 자신의 삶이 그만큼 환희와 열정으로 가득 차 있다는 증거. 흥미 있는 주제를 찾아라!

먼저 스스로에게 물어보자. 나는 무엇을 제일 쓰고 싶은가? '나만의 책쓰기'는 자신이 흥미 있는 주제를 정하는 데서 시작해야 한다. '평양 감사도 저 하기 싫으면 그만!'이라는 말처럼 아무리 좋은 주제라도 내게 흥미를 주지 못하면 허섭스레기에 지나지 않는다.

억지로 잡은 주제로는 '나만의 책'을 제대로 쓰기 힘들다. 따라서 무엇보다도 '나는 평소 무엇을 쓰고 싶었을까'를 찾기 위해 자기 자신을 깊이 들여다보는 것이 중요하다(평소 아무것도 쓰고 싶지 않았다고? 그래도 마찬가지다. 무엇을 쓰면 좋을지 곰곰 과거와 현재를 살펴보자). 우선 자신이 가장 흥미 있어 하는 것들은 무엇인지 떠오르는 대로 가볍게 써 보자. 평소 자신의 관심과 취미 등을 연관시키며 낙서하듯 시도하면 좋다.

함께 해 봅니다

내가 평소 흥미 있어 하는 것들은……

자신은 물론 다른 이들도 흥미 있어 하는 주제가 제일 좋다. 앞에서 쓴 것들 가운데 자신만이 아니라 남들도 흥미 있어 할 만한 것들을 동그라미로 표시해 보자. 하나도 없으면 조금 더 시간을 넉넉하게 잡아 다시 시도해 보자. 다른 이들이 관심을 갖는 게 무엇인지 신문과 방송, 인터넷 등에서 찾아보는 것도 좋다. 느긋한 마음으로 부지런히 살펴보자.

유용성은 '발전' '개선' '향상' '성과' '실용' '효과' 등과 같은 낱말들과 관계 깊다. 유용성이 있느냐 없느냐 여부를 가늠할 수 있는 자가 테스트는 간단하다. "그래서 어쨌다는 거야?(And So What?)"

유용성이 없다면 이런 질문에 답하기가 궁색해진다. '그냥요'나 '글쎄요' 정도의 답을 내놓는 주제라면 굳이 시도할 까닭이 없다.

덧붙여 유용성을 너무 단기적인 차원에서 따지는 것도 곤란하다. 지금 당장은 유용하지 않더라도 장기적으로 가치 있는 일도 많이 있기 때문이다. 이를테면 젊은 시절에 공부를 많이 해 두는 것도 그러하다. 당장은 취업이 늦어질 수도 있지만 인생 전반을 생각하면 매우 유용한 투자다. 국가적인 사업인 사회 인프라 구축 또한 당장은 많은 돈이 들어가고 불편하지만, 장기적으로 봤을 때 반드시 필요하다.

책쓰기란 누군가 읽는다는 사실을 전제로 하는 행위다. 아무도 읽지 않는 책이라면 단지 종이와 잉크의 물리적 결합물에 지나지 않는다. 따라서 책의 주제는 언제나 자신은 물론 다른 이들에게 선뜻 읽힐 만큼, 나아가 책을 읽고 난 다음 자연스럽게 고개가 끄덕여질 만큼 유용해야 한다(읽는 이의 가슴이 벅찰 정도로 감동을 주는 주제라면 더욱 좋겠다).

그렇다. '나만의 책쓰기'를 시도할 때 단지 흥미롭기만 한 주제를 설정하면 아무래도 미흡하다. 자신의 진로와 관심, 취미 같은 차원을 적극 고려하면서도 실제 도움이 될 만한 유용한 주제들을 적극적으로 찾아보자. 이를테면 독서·논술이나 심층·구술 면접에 도움이 되는 주제들을 잡는 것도 좋다.

자신의 진로와 관련지어 주제를 설정하면 미래를 좀 더 알차게 설계할 수 있다. 자, 자신이 앞으로 일하고 싶은 분야나 더 나아가 갖고 싶은 직업을 생각해 보자. 인터넷에서 직업 관련 정보들을 열심히 찾아 다시 한 번 자신의 진로를 설계해 보자. 자신이 어떤 분야에 흥미를 지니고 있는지 어렴풋이나마 떠오를 것이다.

　　그래도 막연하면 일간 신문에서 평소 어떤 면을 가장 열심히 읽었는지 돌이켜 보자. 평소 누구를 좋아하고 닮고 싶었는지도 떠올려 보자.

　　떠올려 본 것 중 과연 어떤 것이 유용한지 아닌지 심도 있게 따져 보는 것도 꼭 필요하다. 유용한데도 제대로 평가받지 못했거나, 유용하지 않은데도 지나치게 높게 평가되었다면 바로잡아야 한다. 지금 당장은 유용하지 않지만 장래에 유용하다면 주제로 설정하기에 충분하다.

함께 해 봅니다

내가 일하고 싶은 분야들은……

자신이 과연 이 주제를 감당할 수 있는지 냉철하게 따져야 한다. 너무 열정이 넘치면 감당하기 어려운 주제를 택할 수 있고 너무 소극적이면 깨우쳐 주는 바가 미흡한 주제를 택하게 될 수 있다. 지나치게 관념적이거나 추상적인 주제, 초점이 불분명한 주제 역시 피해야 한다. 실제의 글과 책으로 구현할 수 없는 주제라면 더욱 피해야 한다. 하지만 '의무를 다하지 않고도 권리를 행사할 수 있는가?' 같은 어려운 논제도 '쉽게 답하기 어려운 논제들 모음'이라고 주제를 잡을 수 있다. 주제로 삼을 만한지 가능성 여부는 대상을 어떻게 보고 접근하느냐의 문제와 직결된다.

흥미성과 유용성을 중시하여 주제를 설정했다 하더라도 자신이 감당할 수 없으면 헛수고다. 주제를 정한 뒤에도 스스로 감당할 만한지 아닌지 냉철하게 따져 보아야 한다. 주제의 범위가 너무 넓거나 막연하지는 않은지, 자료가 지나치게 방대하거나 미흡하지는 않은지 반드시 확인해야 하는 것이다. 일단 자신이 쓰고 싶은 주제들을 간단히 그러나 구체적으로 써 보자.

함께 해 봅니다

내가 쓰고 싶은 주제들은……

이제 이 주제들이 자신이 정말 감당할 수 있는 것인지 자세히 따져 보자. 만일 주제의 범위가 넓다면 감당할 수 있을 정도로 좁힌다. 이를테면 '한국 경제의 실태'가 주제라면 고교생 수준에서 감당하기에는 그 범위가 너무 넓다. 자료의 양도 방대하고 찾기 쉽지 않은 데다, 설령 자료가 있다 하더라도 이를 의미 있게 정리할 만한 안목과 실력을 갖추기 힘들다. 하지만 '서울시 마포구 대흥동 경제의 실태' 정도로 범위를 좁히면 훨씬 감당할 만하게 된다.

이때 '특히 ~을 중심으로'와 같이 제한 조건을 붙여서 범위를 좁히면 효과적이다. 이를테면 '방언의 효용성'을 주제로 설정했다고 하자. 달랑 이렇게 주제를 잡으면 근거를 제시하기가 이만저만 방대해지는 것이 아니다. 이때 '특히 강원도 방언을 중심으로'라는 제한 조건을 붙여서 시도하면 주제를 살리면서도 고교생 수준에서 감당할 수 있을 만큼 범위가 좁아진다.

'영화 「황산벌」에 나타난 방언의 효용성 분석—특히 호남 방언과 영남 방언을 중심으로'와 같은 식으로 자신이 감당할 수 있게 주제를 좁혀 가며 설정하는 방법을 익혀 두자.

TIP

일단 주제를 설정하였더라도 다음과 같이 엄밀히 질문해 보아야 한다. 주제에 흥미를 보일 사람이나 집단 등 대상 독자를 충분히 고려하여 설정하였는가? 주제가 기존의 가치나 관점, 방안 등을 새로운 각도와 맥락에서 접근하는가? 주제를 구체적으로 뒷받침할 수 있는 자료나 정보(DB), 인물 등을 제대로 챙길 수 있는가?

3 주제 설정을 위한 실전 도움말

'흥미성' '유용성' '가능성'이라는 3가지 조건으로 선정한 '나만의 책쓰기' 참여 학생들의 조언을 참고해 보자.

예시 **주제를 직접 설정하다 보면 주제가 보인다.**

제가 처음에 잡은 주제는 '세계사 교과서 3종 분석'이었습니다. 하지만 실제로 시도하다 보니 몇몇 부분을 제외하고서는 교과서 간에 거의 차이가 없다는 것을 깨달았습니다. 그래서 이 내용으로는 더 이상 하기가 힘들겠다고 생각하게 되었습니다. 그러면서 한편 느낀 것은, 세계사 교과서가 말이 세계사일 뿐 사실은 유럽사 중심으로 편찬되어 있다는 점이었습니다. 중국을 제외한 아시아 역사는 매우 간략하게 서술되어 있었습니다. 과연 무엇이 진정한 세계사인지 의문이 들었습니다. 그래서 기존의 주제, 곧 '세계사 교과서 3종 분석' 대신에 '세계사 교과서에 나타난 유럽 중심주의'라는 주제로 바꾸려 합니다.

— 숭문고 3학년

예시 흥미와 관심 등을 살려 주제를 설정하면 좋다.

저는 처음에 가출 청소년에 대한 보고서를 작성하려 하였지만 직접 가출 청소년들과 접촉해야 하는 어려움 때문에 포기하게 되었습니다. 그래서 주제를 '입시 제도의 역사'로 바꾸려 하였지만 너무 광범위하다고 조언해 주셨기에 또다시 주제를 정해야 했습니다. 그래서 찾은 것이 '선인장의 세계'라는 주제입니다. 제가 희망하는 학과는 사회학과이지만 어려서부터 할머니와 같이 지내면서 식물을 많이 키워 보았습니다. 그래서 선인장에 관한 관심이 늘 많았습니다.

— 숭문고 3학년

예시 너무 어렵거나 잘 알려진 주제는 피해야 한다.

처음에 주제를 정할 때, '대학 평준화 실천 방안'으로 정했는데 주제가 너무 어렵다는 선생님 말씀을 듣고 주제를 바꾸었습니다. 그리하여 다시 잡은 주제가 '텔레비전이 우리 삶에 미치는 영향'이었습니다. 여기에 대해 또 선생님께 여쭈어 보자, 이미 이 주제는 많은 사람들이 조사하고 논문도 써 왔기 때문에 특별히 참신할 것이 없으며 자료도 넘쳐서 정리하기만도 벅찰 것이라고 지적해 주셨습니다. 그래서 요즘 블로그(blog) 대신에 소셜네트워크서비스(SNS)가 급부상한다는 점에 착안하여, '소셜네트워크서비스(SNS)의 이해와 실제'를 주제로 잡아 보았습니다.

— 숭문고 2학년

자료를 충분히 확보할 수 없는 주제는 피해야 한다.

　제 주제는 '휴대전화 제조 회사의 홍보 전략 비교'입니다. 비록 어려운 주제이긴 해도 자료만 있다면 충분히 할 수 있을 것이라 생각했습니다. 하지만 이러한 홍보 전략 자료는 인터넷에서 찾아보기가 매우 힘들었습니다. 그 이유는 기업의 홍보 전략은 중요한 부분이므로 비밀인 경우가 많았고, 일반인들도 이러한 부분에 별로 관심이 없기 때문입니다.

― 숭문고 3학년

제2장

과연 이 주제가 적절한가

앞서 설명한 바와 같이 주제를 설정할 때는 '흥미성' '유용성' '가능성'이라는 세 가지 기준을 따져야 한다. 하지만 이에 걸맞게 주제를 설정했다 해도 모두 훌륭하다고 할 수는 없다. 다른 이들과 원활하게 소통하기를 원하여 책을 쓴다면 최대한 독자들을 고려해야 한다.

글쓰기와 달리 책을 쓸 때는 주제를 최대한 다각도로 치밀하게 검토하여 확정하는 과정이 필수적이다. 그러면 설정한 주제를 제대로 검토하고 확정할 수 있는 방법에 대해 살펴보자.

1 주제 발표와 조언받기

처음부터 훌륭한 주제를 잡는 경우는 흔치 않다. 대부분의 경우 주제를 찾으려고 최선을 다해 노력하는 과정에서 자연스럽게 (어떨 때는 얼떨결에) 도출된다. 이제 제시된 주제들을 검토하면서 확정하는 과정을 직접 확인해 보자. 훌륭한 주제를 길어 올리려면 무엇을 어떻게 해야 하는지 자연스럽게 깨닫게 될 것이다.

'나만의 책' 주제를 설정했다면, 먼저 다른 사람 앞에서 자신의 주제를 공개하고 이에 관한 조언을 듣는 것이 효과적이다(대학이나 대학원에서 논문을 발표할 때도 이러한 과정을 반드시 거친다). 주변의 누구라도 좋지만 선생님이나 관계 전문가 등이면 금상첨화다. 자신의 주제가 적절한지, 즉 자신뿐 아니라 남에게도 흥미 있고 유용한지, 자신이 과연 감당할 만한지 두루 파악하고 조언해 줄 수 있는 사람을 찾아야 한다.

주제 발표의 예

저는 '한국 게임 산업의 실태'를 '나만의 책' 주제로 삼았습니다. 어렸을 때부터 게임에 관심이 많아서—솔직히 컴퓨터 게임을 하도 많이 해서—게임 산업이 크게 발전하기를 바라고 있는데, 요즘 보면 그런 것 같지 않아서요. 우리나라 게임 산업의 발전을 위해서도 그렇지만, 제가 제일 흥미 있는 분야를 다루고 싶어서 이 주제를 골랐습니다.

조언의 예

자신이 가장 흥미 있어 하면서도 해당 분야 산업의 발전을 가져올 수 있는 주제이기에 흥미성은 물론 유용성도 충분하다. 그런데 발표대로라면 여기서 '게임 산업'은 컴퓨터 게임 산업만을 뜻하고 있다. 글도 마찬가지지만 책을 쓸 때는 용어를 정확하게 사용해야 한다. 그래야 주제가 명료해지고 책의 범위를 확정할 수 있다.

앞서와 같이 그냥 '게임'이라고 표현한다면 컴퓨터 게임 말고 다른 게임들을 모두 포함해야 한다. 이 경우에는 다루는 범위도 당연히 더 넓어진다. 그러니 '컴퓨터 게임 산업' 정도로 정확히 표현해야 한다.

물론 관련 분야에서는 그 단어가 지닌 정확한 의미대로 사용하지 않고, 예사로 쓰는 일이 흔히 있다. 이를테면 게임 산업이라는 말도 관련 분야에서는 컴퓨터 게임 산업과 같은 뜻으로 쓰이곤 한다. 따라서 만일 주제를 '한국 게임 산업의 실태'로 정하고 싶다면, 본격적으로 글이나 책을 쓸 때는 반드시 이에 대해 명확하게 정의한 뒤 이야기를 시작해야 한다.

한편 어떤 분야의 '실태'를 주제로 삼았다면 통계 자료와 실제 상황 등을 풍부하고 정확하게 제시해야 한다. 빈약한 내용을 부정확하게 전달하면 '현실'을 명확히 알리기가 어렵기 때문이다. 덧붙여 '실태'라는 낱말은 대개 바람직하지 않은 경우에 쓰이므로 전망이나 해결 방안 등도 함께 곁들이면 좋겠다. '한국 컴퓨터 게임 산업의 실태와 전망' 또는 '한국 컴퓨터 게임 산업의 실태와 해결 방안' 정도가 어떨까? 이렇게 주제를 정하거나 사고를 펼쳐 나갈 때에는 낱말의 뜻과 쓰임새를 얼마나 풍부하고 정확하게 파악하고 쓰느냐가 중요하다.

주제 발표의 예

저는 '음악이 정서에 끼치는 영향'을 '나만의 책' 주제로 삼고 싶습니다. 어려서부터 음악을 워낙 좋아하기도 했지만, 다른 친구들에게 좋은 음악을 적절한 순간에 권해 주는 것도 힘든 고교 생활을 하는 데 꼭 필요할 듯싶어서입니다.

흥미롭고 유용한 주제라 할 만하다. 하지만 '모든' 음악을 놓고 '대상'의 정서에 끼치는 '각종' 영향을 다루어야 한다면 주제로는 너무 범위가 넓다. 일단 '음악'의 범위를 어디까지 잡을지 확정하는 것부터 필요하다. 지역에 따라 서양 음악인지 동양 음악인지, 시기에 따라 고전 음악인지 현대 음악인지, 성격에 따라 성악인지 기악인지 등으로 범위를 좁혀야 한다는 뜻이다.

음악을 듣는 대상 역시 마찬가지다. 사람들 모두를 범위로 잡을 것인지, 자신이 쉽게 만날 수 있는 사람들로 한정할 것인지, 나아가 자신이 노력해 얻은 성과를 요긴하게 쓸 사람들은 과연 어느 집단에 속하는지 따져 봐야 한다. 그렇다면 '기타 연주가 고3 정서에 미치는 영향' 정도로 범위를 줄이는 식이 한결 낫다. 흔히 들을 수 있는 음악인데다 고3 친구들에게 도움이 되며 그 영향을 측정하기가 수월하기 때문이다. 주변에서 쉽게 만날 수 있는 상황을 충분히 활용하여 새로운 성과를 도출해 내는 것이 중요하다. 처음부터 지구 저편에 있는 잉카 제국의 보석으로 무엇을 만들겠다며 과욕을 부리는 대신에, 먼저 자기 주변에 있는 흙으로 도자기를 충실히 빚는 일이 더 중요하다.

2 친구들과 조언 주고받기

친구에게 검토를 받는 것도 좋다. 다음은 세 가지 주제를 설정한 뒤 '흥미성' '유용성' '가능성'을 중심으로 세 명의 친구에게 검토를 받는 표이다. 자세히 읽고 각 항목당 10점 만점의 점수를 매겨서 오른쪽 빈칸에 기입한 뒤 평가자 이름을 써 달라고 한다. 그런 다음에 기록된 내용을 차분히 살펴보고, 최종 주제와 평가 점수를 쓰면 된다.

최종 주제 검토표(사례)

구분	주제와 간략한 설명	흥미성 (10)	유용성 (10)	가능성 (10)	총계 (30)	평가자 이름
1 순위	한국 영화의 코미디 편중 현상의 원인과 장르 다양화 방안―전문가와 인터뷰, 설문지를 통한 현실 파악					(　　)
						(　　)
						(　　)
		10	10	9	29	나
2 순위	멀티플렉스 극장의 안전성 조사―주말에만 수만 명이 찾는 멀티플렉스 극장은 과연 안전한가					(　　)
						(　　)
						(　　)
		9	10	9	28	나
3 순위	청소년의 여가 이용 실태와 여가 시설 소개―현실에서 청소년이 놀 공간은 너무 부족하다. 청소년이 이용하는 여가 시설은 어디이며, 건전한 여가 시설은 어디인가?					(　　)
						(　　)
						(　　)
		8	9	10	27	나
최종 주제						

※ 다른 사람들의 검토 의견을 적극 반영하든지 단순히 참고할 것인지는 자신이 최종적으로 판단해서 결정한다.

이번에는 여러분이 조언자라 생각하고, 다음 주제에 대해 직접 조언해 보자. 너무 부담스러워 할 필요는 없다. 그저 친구가 설정한 주제를 조언해 준다고 생각하면 된다.

주제: 북한 핵 문제 해결 방안

내 생각에는……

이 땅에 산다면 누구라도 관심을 가질 만한 흥미로운 주제다. 그만큼 유용성 또한 이루 말할 수 없다. 우리 민족 모두가 잘살 수 있는 길이니까. 제대로만 하면 틀림없는 노벨 평화상감이지. 하지만 유감스럽게도 고교생 수준에서는 도저히 가능하지 않은 주제인걸? 만약 '북한 핵 문제 해결 방안 비교' 정도라면 드러난 자료들만 갖고 견주어 보며 장단점을 분석해 낼 수 있을 거야. 이 경우는 통과! 물론 이때도 돋보이는 책이 되려면 여러 해결 방안 등을 비교하면서 그 뒤에 숨은 본질을 날카롭게 챙겨야겠지.

주제: 정수기 물과 수돗물의 선호도 분석

내 생각에는……

조언의 예

정수기 물 대신 수돗물을 선호하는 사람들은 거의 없을 것이다. 이렇게 누구나 짐작할 수 있는 결론을 내용과 주제로 만들었을 때 호응을 얻기란 결코 쉽지 않아. 아무리 훌륭한 분석 도구를 사용했다 하더라도 이미 결론이 뻔하기 때문에 흥미를 끌지 못하는 거야. 만일 수돗물 선호자가 뜻밖에도 많다면 참신한 주제가 될 수도 있지만 이 경우에도 책 한 권 정도의 분량으로 펼쳐 내기란 그리 쉽지 않을 듯싶다. 그리고 이 주제가 과연 누구에게 흥미와 관심을 끌까? 고교생에게 많은 흥미를 끌기도 어렵고, 그 유용성도 의심해 볼 만하다. 선호도 분석이라서 특별히 참신하거나 근사한 분석 과정을 보여 줄 수 없다는 점도 문제!

주제: 온라인 게임 중독의 심각성

내 생각에는……

온라인 게임에 중독되면 위험하고 문제 있다는 식의 막연한 서술은 그다지 많은 호응을 받을 수 없다. 모두 이미 알고 있거나 금세 해결할 수 있어 흥미성과 유용성 모두 떨어지기 때문이다. 따라서 그 심각성을 드러내려면 체계적이고 심층적일 뿐 아니라 구체적으로 명료하게 제시해야 한다. 또 누구나 다 알고 있는데 심각성만 달랑 다시 제시한다는 것도 적절하지 않다. 당연히 심각성을 강조하면서 해결 방안을 제시해야 하므로 주제를 '온라인 게임 중독의 심각성과 해결 방안' 정도로 하면 좋겠다. 만약 어떤 문제의 심각성이 거의 알려지지 않은 경우에는 지적만 해도 중요한 업적이 될 수 있으니까. 그렇지 않다면 가능한 한 해결 방안을 제시해야 바람직할 듯!

3 주제 확정을 위한 최종 검토

이제 주제를 확정하는 데 필요한 능력을 키우기 위한 마지막 단계다. 숭문고 학생들이 '나만의 책'을 쓰기 위해 잡은 주제들을 먼저 소개한다. 모두 '나만의 책'을 쓰는 데 흥미롭고 유용하며 감당할 수 있는 주제들일까?

그러면 숭문고 학생들이 설정한 주제에 각 항목당 점수(10점 만점)를 부여한 다음, 최종 순위를 매겨 보자. 이 과정에서 떠오르는 생각이 있다면 정말 반갑고 기쁜 현상이니 놓치지 말고 '메모' 칸을 활용하여 기록해 두자. 최종 순위는 대략적으로 가치를 가늠해 보려는 것이니 1, 2, 3 순위 정도로 간략히 표시한다. 더 간단히 ○(인정), △(보류), ×(탈락) 등으로 표시해도 좋다.

하나씩 꼼꼼하게 검토하다 보면, 자신이 설정한 주제가 과연 어떤지 (또는 자신이 어떠한 주제를 설정해야 하는지!) 자연스럽게 깨달을 수 있을 것이다.

주제 (또는 제목)	흥미성 (10점)	유용성 (10점)	가능성 (10점)	메모	최종 순위
우리말의 사용 실태					
지하철권 경영학과 가는 방법					
재미있고 효과적인 영어 학습법					
미래의 유망 직종들					
한류 열풍 연구					
동대문 밸리의 발전 방안 연구					
우리나라 교육의 문제점					
일본 문화 탐색하기					
체육 교사가 되기 위한 길					
요가 입문서					
장애인 인권 향상 방안					
퓨전 음악 '록 발라드'에 대한 모든 것					
성공적인 수능 학습법					
우리 동네 마포구 지리 정보					
수험생에게 좋은 음식					
그림으로 배우는 한국 지리					
농구의 역사					
청소년이 알아야 할 교과서 밖의 역사					
청소년을 위한 주식 투자의 방법과 실체					
특수 교육과 특수 교사에 대한 재인식					
호텔리어가 되기 위한 길					
축구 평론의 실제					
사회 복지란 무엇인가					
애니메이션으로 일본어 공부하기					

주제 (또는 제목)	흥미성 (10점)	유용성 (10점)	가능성 (10점)	메모	최종 순위
조선 여인의 꽃 '왕비'의 의복					
사상 의학에 관한 연구					
독서와 사회 탐구 과목 대비					
서강대 입시에 관한 모든 것					
우리 음식 한식에 대하여					
집중력 향상 방안					
재미있는 축구 이야기					
서해안 부동산 투자					
나도 육군사관학교에 갈 수 있다					
내 꿈은 유치원 교사					
사랑하는 이를 위한 사랑의 요리 30선					
고등학생을 위한 경제 이야기					
오페라의 이해와 감상					
독서 카페 '민들레 영토'의 성공 비결 연구					
대안 에너지의 현재와 미래, 그리고 우리					
연극배우가 되기 위한 길					
일본 애니메이션의 발전 과정					
청소년을 위한 올바른 성 지식					
대중교통의 문제점					
고교 졸업생을 위한 창업 전략					
숭문고 축제, 이대로 좋은가					
실용음악과 가는 길					
시화호 환경 오염 실태 조사					
일주일만에 드럼 배우기					

제3장

추진 계획서로 주제를 펼치기

지금까지 '나만의 책'의 주제를 설정하는 방법, 그리고 최종 확정하는 과정에 대해서 살펴보았다. 이제 주제를 구체적으로 펼쳐 '나만의 책'이라는 빛나는 보배로 만들 차례다.

"제가 정말 책을 쓸 수 있을까요?" 아직도 난감하고 불안한가? 걱정 마시라. 훌륭한 주제를 찾았다면 이미 절반은 성공한 셈이다.

1 추진 계획 메모하기

"바다 저 멀리에는 거대한 절벽이 있어서 무엇이든지 세상 밖으로 떨어진단다. 그 아래엔 무서운 악마가 도사리고 있어서 검고 커다란 입으로 모든 것을 꿀꺽 삼켜 버리지."

막연한 불안감이 부풀고 또 부풀어서 전설과 신화가 되다가 어느덧 진리로 굳어진다. 애써 용기를 냈던 사람들도 육지에서 멀리 떨어졌다 싶으면 노를 젓는 팔뚝에 힘이 빠져 뱃머리를 돌려 오기 일쑤였다. 그 결과 불과 몇백 년 전까지도 인류는 먼바다까지 나갈 수가 없었다. 오랜 세월 동안 인류는 자신들이 만든 덫에 스스로 갇힌 것이다. 아니, 스스로를 가둔 것이다.

글을 쓴다는 것, 책을 쓴다는 것도 마찬가지다. 글쓰기는 어렵다라는 편견에 갇혀 있으면 글을 제대로 쓰지 못하는 것은 물론, 글쓰기를 즐기지도 못한다. 조금만 더 멀리 나가면, 조금만 더 용기를 내면 진리를 깨닫게 되면서, 넓고 푸른 바다를 즐겁고 알차게 종횡무진할 텐데 말이다.

'나만의 책쓰기' 활동은 삶을 위해 반드시 필요한 항해다. 그리고 이 멋진 항해의 돛을 올리기 전에 반드시 필요한 것이 바로 추진 계획이다. "추진 계획? 어째 좀 어렵게 들리네!" 약간 당황스러울지도 모르겠다. 추진 계획을 굳이 세워야 하는지 고개를 갸우뚱거릴 수도 있겠다. 하지만 생각해 보라. 200자 원고지 7~8매 정도의 글(신문 칼럼이나 대입 논술 등이 대개 7~8매 분량의 수준이다)을 쓸 때도 개요를 작성한다. 하물며 한 권의 책을 쓰는데 그저 떠오르는 대로 써서 묶어 놓을 수는 없지 않은가. 대단한 실력자나 오만한 초보자만이 추진 계획 없이 책을 쓰겠다고 나설 뿐이다.

그럼 추진 계획을 짜려면 어떻게 해야 할까? 우선, 최종 확정한 주제와 근사하게 설정한 근거를 다시 정리해 보면서 자신이 떠날 항해의 방향과 목표를 본격적으로 점검하자. 막연하게 준비할 때와 달리 새롭게 보이는 경우가 적지 않다. 사격하기 위해 목표물을 본 다음,

심호흡을 하고 마지막으로 다시 뚫어지게 노려보는 것과 마찬가지다.

이어서 구체적인 추진 방법과 일정도 간단히 곁들이자. 어떤 방식으로 항해할 것인지 항해술을 점검하고 항해 일정을 짜야 하는 것이다. 무작정 덤벼들어서 열심히 노만 젓는다거나, 기약 없이 그저 막연하게 항해를 떠날 수는 없다. 처음에는 간단한 메모 수준의 추진 계획 정도라도 충분하다. 다음은 약 6주에 걸쳐 '컴퓨터를 이용한 작곡'에 대해서 자신만의 책을 쓰겠다고 정리한 추진 계획이다.

> **예시**
>
> • **최종 주제:** 컴퓨터를 이용한 작곡
> • **설정 근거:** 근래에 작곡 소프트웨어가 나오면서 작곡이라는 것이 그리 멀게만 느껴지지는 않게 되었다. 새로운 일에 도전하고 싶은 나로서는 노래를 내 손으로 만들어서 같은 생각을 가진 사람들끼리 의사소통을 하고 싶다. 얼마나 멋진가, 내가 만든 노래를 들으면서 서로 즐거워할 수 있다는 것이.
> • **추진 방법:** 서점과 도서관에서 작곡 소프트웨어(Cakewalk, Sonar, Nuendo 등)에 대해서 조사한다. 아울러 소프트웨어의 전문가들이 운영하고 있는 인터넷 사이트에 좀 더 자세하게 문의한다. 사이트 운영자에게 이메일을 보내고, 인터뷰를 시도할 계획이다.
> • **추진 일정: 1주** 관련 자료 조사(영등포도서관, 영풍문고). **2~3주** 관련 사이트 등을 통해 보완 조사. **4주** 전문가와 인터뷰하기. **5~6주** 집필하기.

별로 어려울 게 없지 않은가. 어렴풋이 책의 윤곽이 보이지 않는가. 아니라고? 그럼 좀 더 길게 늘려 써 보자. 역시 최종 설정한 주제와 설정 근거, 추진 방법과 일정 등을 반드시 짚어 보는 것이 중요하다.

예시

- **최종 주제**: 우리 시대의 선생님에 관한 고찰
- **설정 근거**: 예전과 달리 선생님과 학생 사이에 '정(情)'을 찾아보기가 어려워졌다. 가벼운 체벌인데도 제자가 선생님을 경찰에 신고하는가 하면, 제자에게 가혹한 폭력을 행사하는 선생님도 있다. 그러면서도 단지 안정적인 직업이라는 이유로 많은 학생들이 자신의 적성은 아랑곳하지 않고 교직을 희망하고 있다. 우리 시대의 선생님은 과연 어떤 모습인지, 또 어떤 모습이어야 하는지 살펴본다면, 사제 간의 관계가 더욱더 돈독해지는 계기가 되리라 확신한다.
- **추진 방법**: 서점과 도서관에서 '선생님'에 대한 책을 모두 조사한다. 선생님들이 자신의 경험을 직접 수필 같은 글로 쓴 책이 있는지 찾아본다(예: 학생 같은 선생님, 선생님 같은 학생). 인터넷으로 네티즌이 선생님에 대해 어떤 생각을 지니고 있는지 조사한다. 선생님이 되는 과정도 곁들여 조사한다. 초등학교, 중학교, 고등학교별로 각각 선생님들을 찾아가 직접 인터뷰를 한다(예: '교사가 되기 위해 어떤 과정을 거쳤습니까?' '어떤 이유로 교사가 되었습니까?' '어떠한 교육관으로 제자를 가르치시는지요?').
- **추진 일정**: **1주** 서점과 도서관에서 선생님과 관련된 자료들을 철저히 조사하기. **2주** 설문지 작성하기, 책의 기본 틀 마련하기(개요 작성). **3주** 스승의 날—중학교 선생님 인터뷰하기. **4주** 선생님과 학생을 대

상으로 설문지를 돌리고 결과 분석하기. **5주** 집필 시작하기. **6주** 보고서 작성하기. **7주** 기타 자료 정리하고 분석하기(사진, 설문지 등), 집필 완성. **8주** 최종 보완하기.

자, 조금 더 늘려 써도 별로 어려울 것이 없지 않은가. 그저 메모하듯이 편하게 정리하되, 최종 주제, 설정 근거 그리고 추진 방법과 일정을 스케치하듯이 정리하면 된다. 이렇게 작성한 추진 계획은 나중에 얼마든지 다시 바꿀 수 있으니 너무 부담 가질 필요도 없다. 오히려 나중에 보완하기 위해서라도 꼭 필요한 것이 바로 추진 계획 정리하기다. '나만의 책쓰기'에서 추진 계획 정리하기는 그만큼 매우 중요한 과정이다.

2 100퍼센트 성공 보증서—추진 계획서 작성하기

"그럼 이렇게 추진 계획만 정리하면 되나?" 아니다. 멀리 가는 항해일수록 준비도 더욱 철저해야 하는 법, 이왕이면 본격적으로 추진 계획서를 작성해 보자.

추진 계획서란 곧 펴내야 할 책의 방향과 내용을 구체화하는 계획서다. 따라서 책을 알차고 즐겁게 쓰려면 미리 추진 계획서를 치밀하게 작성하면서 방향과 일정, 해결 방법 등을 확인해야 한다. 이제 추진 계획서 쓰기를 중심으로 '나만의 책쓰기' 준비에 더욱 구체적으로 임하자.

1단계: 제목과 버금 제목 붙이기

먼저 추진 계획서에 제목을 간단히 붙여 보자. 나중에 다시 고칠 수 있으므로 너무 신경 쓸 필요는 없다. 좋은 제목이 떠오르면 쓰되, 별로 마음에 들지 않으면 주제를 간략하게 줄여 놓은 정도로도 충분하다. 제목들의 예는 다음과 같다. '서울 지역 호텔의 외국인 손님 증대 방안' '도시형 대안 학교의 전망' '예비 경영학도가 읽으면 좋은 책들' '고등학교 연극반의 활성화 방안' 등.

좀 더 범위를 좁히고 싶거나 구체적으로 표현하고 싶다면 '나만의 책' 제목 옆에 줄을 긋고 간단하게 '버금 제목〔부제(副題)〕'을 붙인다. '환경 오염의 실태와 개선 방향―시화호를 중심으로' 같은 식으로 말이다.

2단계: 최종 주제와 설정 근거 제시하기

최종 주제와 설정 근거를 제시한다. 최종 주제는 최대한 명료하고 간결하게 제시한다. 설정 근거는 앞서 언급한 바와 같이 '흥미성' '유용성' '가능성'이라는 주제의 요건을 풀어서 말하는 식으로 쓰면 무난하다. 각 요건을 대략 한두 줄 이상 쓰면 대여섯 줄 정도의 설정 근거를 제시할 수 있다. 다음의 예를 참고하자.

- **최종 주제:** 무분별한 개발이 인간과 환경에 끼친 영향과 개선 방향
- **설정 근거:** 평소에 환경 문제에 관심과 흥미를 갖고 있고, 최근 사회적 이슈로 떠올라 생생하게 조사에 임할 수 있을 것 같다. ▲흥미성
대입 심층·구술 면접에서도 여러 번 나오는 주제이고, 20~30년 뒤 환경이 변했을 때에도 다시 보면 좋을 주제라 생각한다. ▲유용성
현재 공사가 진행 중인 곳을 찾아가서 직접 확인하고 시민들에게 설문 조사도 할 것이다. 환경 단체가 많으니까 찾아가서 정보와 조언을 충분히 얻을 수도 있다. ▲가능성

3단계: 구체적 추진 방법 모색하기

다음에는 구체적인 추진 방법을 밝힐 차례다. 이것은 실제 추진 과정에서 다시 바꿀 수 있지만, 책 전체의 흐름을 파악할 수 있으므로 미리 작성하는 것이다. 적어도 다음 세 가지 추진 방법은 책을 쓰는데 꼭 필요하므로 놓치지 말 것. 첫째, 도서관 또는 서점에서 자료 조사하기. 둘째, 인터넷의 사이트 탐색과 전문 검색 활용하기. 셋째, 관련 분야 전문가나 저자 인터뷰하기.

• **구체적 추진 방법:** 우선 주제와 연관된 서적을 도서관에서 찾고, 신문 스크랩도 뒤져서 환경 단체들이 투고한 각종 글들을 찾아 읽을 것이다. 그리고 관련 서적과 자료를 읽어 가면서 생각을 조금씩 글로 정리해 나갈 예정이다. 다양한 정보를 얻는 곳은 주로 인터넷 사이트들이 될 듯싶다. 텔레비전 프로그램에도 쏠쏠한 정보가 많이 나오므로 여러 개 살펴보겠다. 이렇게 해서 책의 전체 틀을 짠 다음, 환경 단체의 전문가를 만나서 조언을 얻고 자료도 보완하겠다. 또 지역의 환경을 주제로 다루는 만큼 직접 현지인을 대상으로 설문 조사를 실시할 계획이다.

4단계: 구체적 추진 일정 잡기

추진 일정은 대략 1주 단위로 잡으면 편리하다. 본격적인 추진 기간은 6~8주 정도로 잡으면 무난하다. 학교도 안 가고 식음을 전폐하면서 쓰는 식의 빡빡한 일정은 아니니 방과 후와 주말, 공휴일 등을 최대한 활용하면 충분하다. 다음과 같은 표를 만들어서 써도 좋다.

*나만의 책—추진 일정표

	1주	2주	3주	4주	5주	6주	7주	8주
자료 조사								
인터넷 검색								
자료 조사 보완								
인터뷰/설문 조사								
집필 작업								
보완 작업								

도와주세요! ─ 조언 요청

추진 계획서를 짜다 보면 무엇이 모자라고 어떤 점이 문제인지 자연스럽게 깨닫게 된다. 이 역시 걱정할 필요가 없다. 어떤 일을 하는 데는 늘 해결해야 할 문제들이 따르게 마련이니까. 문제들이 많으면 오히려 다행스럽게 생각하는 자세가 바람직하다.

실제로 무엇이 모자라고 어떤 점이 문제인지 잘 정리하면 대개의 경우 쉽게 해결할 수 있다. 해결하는 데 드는 시간과 노력은 여러분의 '책'을 더욱 빛나게 해 줄 것이다. '나만의 책'이 더욱 근사하게 탄생할 수 있는 절호의 기회라고 생각하자. 주위의 도움을 얻는 것을 부끄러워할 필요도 없다. 여러분은 배우는 사람이다. 아니, 우리 모두는 공부하는 사람이다. 죽을 때까지 무엇인가 배우고 익히면서 우리의 삶을 아름답게 만들어 가야 한다.

조언을 얻고 싶은 것들이 있다면 꼼꼼하게 정리한 뒤 문제점들을 풀어 가려고 노력하면 된다. 다음의 예들은 조언을 요청하는 내용 가운데 일부다. 추진 계획서의 마지막쯤에 덧붙여도 좋다.

- 도움이 될 만한 책과 환경 단체, 교수님 추천 부탁드립니다.
- 관련 자료를 찾기가 너무 힘듭니다. 어떻게 해야 할까요?
- 설문지 작성 방법에 대해 구체적으로 알려 주세요.
- 인터뷰하는 방법에 대해 자세히 알려 주세요.

• 전체 틀(차례)은 어떻게 정해야 하는지 궁금합니다. 알려 주세요.

다음은 미리 제시한 추진 계획서 양식에 맞춰 작성한 사례다. 별표 (*)로 구분한 부분은 지도 교사가 쓴 보조 설명이다.

예시

추진 계획서
환경 오염의 실태와 개선 방안
— 시화호를 중심으로

숭문고 3학년

1. 확정 주제

*설정 근거를 주제의 요건, 곧 흥미성과 유용성, 가능성과 연관하여 각각 한 줄 이상 언급하세요.

1) 주제: 무분별한 개발이 인간과 환경에 끼친 영향과 개선 방안

2) 근거: 평소에 환경 문제에 관심과 흥미를 갖고 있고 최근 사회적 이슈로 떠올라 생생하게 조사에 임할 수 있을 것 같다.

▲흥미성

대입 심층·구술 면접에서도 여러 번 나오는 주제이고, 20~30년 뒤 환경이 변했을 때에도 다시 보면 좋을 주제라 생각한다.

▲유용성

현재 공사가 진행 중인 곳을 찾아가서 직접 확인하고 시민들

에게 설문 조사도 할 것이다. 환경 단체가 많으니까 찾아가서

정보와 조언을 충분히 얻을 수도 있다. ▲가능성

2. 추진 방법

*다음의 세 가지는 반드시 활용하여 '나만의 책'에 그 결과를 남겨야
합니다. ① 도서관 또는 서점에서 자료 조사하기 ② 인터넷 사이트
검색하기 ③ 관련 분야 전문가나 저자와 인터뷰하기. 이 세 가지를
포함한 추진 방법을 구체적으로 서술하세요.

우선 주제와 연관된 서적을 도서관에서 찾고, 신문 스크랩도 뒤
져서 환경 단체들이 투고한 각종 글들을 찾아 읽을 것이다. 그리
고 관련 서적과 자료를 읽어 가면서 생각을 조금씩 글로 정리해
나갈 예정이다. 다양한 정보를 얻는 곳은 주로 인터넷 사이트들
이 될 듯싶다. 텔레비전 프로그램에도 쏠쏠한 정보가 많이 나오
므로 두루 살펴보겠다. 이렇게 해서 책의 전체 틀을 짠 다음, 환
경 단체의 전문가를 만나서 조언을 얻고 자료도 보완하겠다. 또
지역의 환경을 주제로 다루니 직접 현지인을 대상으로 설문 조
사를 실시할 계획이다.

3. 추진 일정

*주 단위로 자세히 계획을 세우세요.

1주: 관련 서적과 인터넷에서 환경 단체의 글을 읽어 가며 배경

지식을 쌓고, 「환경 스페셜」 같은 영상 자료를 활용하여 실

태 등을 알아보겠다. (배경지식 쌓기 및 정리 단계)

2주: 글을 쓰기 시작한다. 하지만 무리는 하지 않겠다. 하루치

분량과 목표를 정해 놓고 차근차근 분량을 늘려 가면서 내

용을 풍부히 하겠다.

3주: 전문가와의 인터뷰 그리고 설문 조사를 시도하겠다. 현지

조사를 하면서 글의 내용을 튼튼히 하겠다. 내 생각을 좀

더 분명하게 전달할 수 있도록 주의하겠다. 자료 조사에만

치우치기보다 내 목소리를 더욱 크게 할 것이다. 자료 짜깁

기가 아니라, 나만의 결론을 주장하고 싶다.

4. 선생님! 조언 바랍니다.

＊기탄없이 자유롭게 쓰세요. 힘껏 도와드리겠습니다.

① 책의 구성은 다음과 같이 하려는데 어떻게 생각하세요?

　　1) 서론: 현재의 개발 방식, 이대로 좋은가?

　　2) 본론 1: 인간과 환경에 끼친 영향 조사

　　　　　　─ 시화호(＋주민들의 의식 조사＋찬/반 의견＋사진)

　　　　　　─ 새만금 간척 사업(＋어민들의 의식＋찬/반 의견＋사진)

　　3) 본론 2: 개발했던 것을 다시 원래 환경으로

　　　　　　─ 유럽의 사례(잡지＋인터넷 이용)

　　4) 본론 3: 전문가 인터뷰 및 설문 조사

　　　　　─증거 자료 제시

　　　　　─환경에 대한 인식(설문 조사 다수)

　　5) 결론: 개선 방안 모색 및 나의 생각

　　　　　─요약과 강조＋느낀 점

② 도움이 될 만한 책과 환경 단체, 교수님들을 소개해 주세요.

제 **2** 부
'나만의 책쓰기'를 위한 구체적 비법

'나만의 책쓰기'를 하려고 주제를 설정하였다. 이제 주제를 구체적인 글로 펼쳐 가려면 어떻게 해야 할까? 아니, 글쓰기조차 부담스럽다면 무엇을 어떻게 해야 할까? 여전히 주제를 설정하기가 힘들고 곤란하다면 도대체 어떻게 해야 할까?

여기에서는 책쓰기에 우선 필요한 글쓰기 기초들을 하나씩 짚어 보되, 주제를 설정하고 구체적으로 글을 펼쳐 갈 때 도움이 되는 방법들을 살펴본다.

먼저 '1분 글쓰기'는 자기표현의 즐거움을 깨우쳐 주며 글쓰기에 필요한 가장 기초적인 힘을 길러 줄 것이다. 언제라도 집중하여 무엇이든 떠올릴 수 있는 힘을 확인하면 주제를 설정하거나 글을 펼칠 때 많은 도움이 될 것이다.

'브레인스토밍' 또한 '1분 글쓰기'로 무엇이든 떠올릴 수 있는 수준에서 벗어나 책의 주제에 집중하면서도 자유롭게 생각을 펼쳐 나갈 수 있게 하는 힘을 줄 것이다. (이에 관해서 좀 더 자세히 공부하고 싶다면 『허병두의 즐거운 글쓰기 교실』 1권과 2권을 참조하자.)

이어서 '왜냐하면' '예를 들어' '다시 말해' 등과 같은 접속 표현들을 활용하여, 글과 책을 읽으면서 사고를 펼치고 주제를 설정하고 다듬는 결정적인 방법 또한 제시한다.

마지막으로 그저 신문 기사 작성의 원칙 정도로 간단히만 알고 있는 육하원칙을 활용하여 강력하게 사고를 펼치고 글을 구체화하는 방법들을 소개한다.

제1장
'1분 글쓰기'로 주제 떠올리기

"주제를 잡기가 생각보다 어려웠지만 그럭저럭 잡았다. 하지만 주제를 잡으면 뭐하나? 막상 글을 쓰려면 그저 막막하기만 하다. 솔직히 말해서 원고지만 봐도 괴롭고 짜증 난다. 생각이 겨우 나는 듯싶어 글을 쓰다가도 잠시뿐이다. 어느새 투덜거리면서 반도 못 쓴 종이를 구겨 버린다."

이런 학생들을 위해 '1분 글쓰기'* 방법을 소개한다. 이 방법은 대부분의 학생들이 생소하게 느낄 테지만, 배우기 쉽고 효과는 아주 강력한 글쓰기 연습 방법이니 잘 익혀 두자. 글을 쓰기 전에 준비 운동하듯이 생각을 펼쳐 보는 데 효과적이면서도 주제를 설정하고 구체적으로 글을 써 나갈 때도 역시 도움이 된다.

---

* '1분 글쓰기'에 대해 기초부터 더 자세히 알고 싶다면, 『허병두의 즐거운 글쓰기 교실 1 — 글쓰기 열다섯 마당』(문학과지성사, 2004), 17~34쪽을 참고하세요.

딱 1분 글쓰기?

글쓰기 부담을 가볍게 해결하는 방법 가운데 하나가 바로 '1분 글쓰기'다. 솔직히 방법이라고 부르기 민망할 정도로 쉽다. 말 그대로 딱 1분 동안 떠오르는 대로 글을 쓰면 되니까. 절대 멈추지 말고 무엇이든 떠오르는 대로 빨리 쓰기만 하면 된다. 다음은 '중3 시절'이라는 말을 듣자마자 '1분 글쓰기'를 한 사례다.

> **예시**
>
> **중3 시절:** 중3 시절은 모르겠다. 중3 시절엔 만날 놀았다. 학교 라면이 맛있었다. 라면은 안성탕면. 하지만 라면은 신라면이 최고다.

"이렇게 쓰는 것이 '1분 글쓰기'라고요? 중3 시절이라면서 "모르겠다" "놀았다"? 더구나 "학교 라면이 맛있었다"고요? 또 "신라면이 최고"라고요? 특정 회사의 상표명들을 언급해도 괜찮나요? 이렇게 글을 쓰면 안 될 텐데……" 그러나 놀라지 마라. 이 글은 '1분 글쓰기'를 정확하게 시도한 모범 사례다.

'1분 글쓰기'는 특정한 표현(이를테면 단어나 문장)을 듣거나 보자마자 떠오르는 대로 1분 동안 글을 쓰는 방식이다. 심지어 그 특정한 표현에 관해 쓰지 않아도 무방하다. 예를 들어 '라면'이라는 말을 듣자마자 '1분 글쓰기'를 시도한다고 하자. 이때 라면에 관해 전혀 쓰지 않아도 된다는 말이다. 라면이라는 말을 듣는 즉시 떠오르는 생각과 느낌을 자유롭게 쓰면 된다. 다음 경우도 '1분 글쓰기'의 사례로 꼽을 수 있다.

라면: 라면이란 말을 듣자마자 웬 다람쥐가 떠오르나. 라와 람이 비슷해서 그럴까? 람 하니까 이집트의 왕 람세스가 생각난다. 람세스, 람세스, 갑자기 생각이 안 난다. 아, 파라오, 도레미……

　뒤죽박죽이라도 좋다. 떠오르는 대로 쓰라. 무엇이든지 머릿속에, 그리고 가슴속에 떠오르는 대로 쓰면 된다. 생각과 느낌이 머리와 가슴속에서 솟아올라 입을 통하면 말이 되고, 손가락 끝에서 문자를 취하면 글이 된다. 말을 하는데 글을 못 쓸 리는 없다. 말과 글은 언제나 하나다(물론 좀 더 심도 있게 파고들면 말과 글이 완전히 같다고 할 수는 없다. 하지만 적어도 말을 할 수 있고 문자를 익혔다면 누구나 글을 쓸 수 있다).

　'백문(百聞)이 불여일행(不如一行)'이라고, 백 번 설명을 듣느니 직접 시도해 보는 것이 낫다. 혼자서는 1분이란 시간을 정확히 측정하기가 아무래도 힘드니 가족이나 친구의 도움을 받자. 특정한 표현, 곧 낱말이나 문장을 말해 달라고 하고 떠오르는 대로 쓰면 된다. 지금 당장 다음 낱말을 보면서 '1분 글쓰기'를 해 보자.

지하철:

2 주의 사항: 쓰다가 머뭇거리거나 멈추지 말기

'1분 글쓰기'를 할 때 주의 사항은 가능한 한 빨리 써야 한다는 것이다. 따라서 글을 쓰면서 절대 머뭇거리거나 멈춰서는 안 된다.

"그럼 글을 쓰다가 막히면 어떻게 해야 하나요? 누구나 그럴 때가 있잖아요?" 맞다. 충분히 그럴 수 있다. 그때는 '모르겠다'라는 말이라도 쓰다가 다시 생각과 느낌이 떠오르면 이어서 쓰면 된다. "'모르겠다'라는 말을 쓰라고요?" 그렇다. 다음은 '황사'를 주제로 '1분 글쓰기'를 한 사례다.

황사: 황사는 중국에서 불어오는 노란 먼지다. 먼지인지 흙인지 구분은 안 가지만 건강에 나쁘다. 모르겠다. 모르겠다. 모르겠다. 나는 황사가 어디서 날아오는지 정확히 모르겠다. 황사는 봄철에 우리나라의 어린이와 노인들에게 막대한 피해를 모르겠다 모르겠다……

'모르겠다' 말고 여러분이 좋아하는 스타들의 이름을 써도 좋다. 문근영, 유재석, 싸이, 김태희, 한가인, 원빈 등 평소 만나고 싶었던 연예인들의 이름을 써도 좋다. 문근영, 문근영, 문근영…… 이렇게 계속 쓰다가 어느 순간에 다시 어떤 생각과 느낌이 떠오르면 그대로 손가락 끝에서 펼쳐 내도록 하자.

'1분 글쓰기'는 가능한 한 빨리 쓰는 것이 기본이다. 따라서 글씨를 잘 쓰겠다는 욕심, 맞춤법을 꼭 지키겠다는 생각, 자신은 글을 잘 쓰지 못한다는 열등감, 훌륭한 글을 쓰겠다는 부담감 등은 모두 버려라. 이들은 모두 글쓰기를 머뭇거리거나 멈추게 만드는 요인이며, 글쓰기를 방해하는 훼방꾼에 지나지 않는다. 펼쳐지는 글의 내용이 황당하거나 허술해도 좋다. 가능한 한 빨리 쓰면서 전진, 또 전진하면 된다. 이제 직접 연습해 보자.

올림픽:

거듭 강조한다. 글을 쓰다가 공연히 머뭇거리거나 멈추지 마라. 초보자일수록 어렵게 떠올린 생각과 느낌을 놓치기 쉽다. 이내 답답해지면서 글쓰기가 더할 나위 없이 괴롭고 어려워질 것이다. 그리고 어느 틈에 자신에게는 글쓰기 재능이 없다고 오해하면서 포기하게 된다.

과일도 제철이 되어야 비로소 달콤한 과즙과 풍부한 과육을 자랑할 수 있다. 글 역시 일정한 시간이 지나야 고개를 끄덕거리고 무릎을 칠 만한 수준이 된다. 그러니 처음부터 서두르지 마라. 너무 조급히 완벽한 글을 쓰려고 하면 오히려 해가 될 수 있다.

마음 편히 '1분 글쓰기'를 즐겨라. 그리고 자기 깊숙한 곳에서 도대체 어떤 생각과 느낌들이 떠오르는지 확인해 보라. 예시와 같이 중간에 '모르겠다'를 계속 써도 좋다. 이순재, 아니 원빈의 이름을 몇 번이고 써도 좋다. 어쨌든 도중에 멈추지 말고 부지런히 생각과 느낌을 펼쳐 내라.

올림픽: 올림픽 4년마다 오는 스포츠 행사. 사람들이 열광하고 시차가 다른 곳에서 하는 경우, 오밤중에 일어나거나 공부하다가 맞이하는 경우도 많다. 그때마다 몸이 힘든데 응원하다가 무엇을 먹기도 하는 데 솔직히 후회하는 경우도 많지만, 일만 하는 것도 아니고……

어느 정도 익숙해졌으면 이제 2분, 3분, 4분씩 시간을 늘려라. '1분 글쓰기'와 똑같은 방식으로 쓰되, 시간만 늘리는 것이다. 다만, 너무 많이 늘리지는 말 것. 5~6분 정도까지 늘려서 연습해도 '모르겠다'라는 말이 나오지 않을 정도면 일단 성공이다. 시간은 나중에 조금씩 늘려가도 충분하다(논술과 같이 본격적인 글쓰기 시험인 경우에도 15분 정도면 충분하다).

연습을 거듭하면, 단 3분 만에 짧은 글 한 편이 훌륭하게 완성되기도 한다. 부담 없이 쓰다 보면 자기도 모르게 불쑥 좋은 글이 나오기 때문이다. 이렇게 일단 어느 정도 '1분 글쓰기'와 그 응용 방법에 익숙해질 경우, 제법 묵직한 글감이나 주제를 제시해도 충분히 소화 가능하다.

바람직한 교육: 바람직한 교육은 지금 이뤄져야 하는 시급한 현상이다. 각 학생들이 대입을 위하여 그것도 흔히 SKY라 부르는 명문대를 가기 위해 서로 경쟁하고 싸워야만 한다. 이래서는 안 된다. 각 개인이 자신이 생각하고 좋아하는 것을 찾고, 학생들을 받는 대학들은 문을 열어 놔야 한다. 한 개인이 그렇게 열심히 무조건 공부만 해야 한다는 게 정말 개짜증이다. 대입이 교육의 목적이 되어 버렸다. 대학 나오면 뭐할 건데?

문법에 맞지 않거나 비속한 표현이 나와도 괜찮다. 나중에 넉넉하게 시간을 두고 고치면 된다. 생각과 느낌을 떠올리는 것이 가장 중요하다. 절대 머뭇거리거나 멈추지 마라!

3 '1분 글쓰기', 그 다양한 응용 방법

지금까지 '1분 글쓰기'와 그 응용 방법들을 연습해 보았다. 이제 글을 쓰기 전에 먼저 잠시라도 생각하는 시간을 가져 보자. 이를테면 1분 동안 생각하고 3분 동안 글쓰기를 하는 식이다.

이때 역시 어떻게 쓸 것인가 고민할 필요는 없다. 대신, 무엇을 쓸 것인지를 먼저 떠올려라.

내가 좋아하는 가수: 내가 좋아하는 가수는 크라잉넛과 레이지본이다. 둘 다 노래 내용이 재미있다. 크라잉넛의 노래는 약간 암울한 분위기로 노래 마지막에 '미래는 없다'란 말이 심심치 않게 나온다. 그에 반해 레이지본은 밝은 미래를 노래한다. 전에는 크라잉넛만 좋아했는데 미래가 없다고 각인시키는 크라잉넛보다 미래를 밝게 보는 레이지본이 지금의 나에겐 도움이 될 것 같다. 크라잉넛 노래는 「서커스 매직 유랑단」「지독한 노래」「신기한 노래」「웃기지도 않는 이야기」「말 달리자」「필살 오프사이드」「양귀비」 등이 있고, 레이지본은 「Do it yourself」「친구」 그리고 뭐였더라, 아! 「그리움만 쌓이네」 등이 있다. 다들 내가 즐겨 듣는……

지금까지 시간을 늘리고 생각하는 시간을 먼저 갖는 등, 약간씩 변형하면서 '1분 글쓰기'를 연습했다. 아마 대부분 '1분 글쓰기'를 처음 경험했을 것이다. 연습하면서, 자신의 머리와 가슴속에서 어떤 생각이 떠올랐다면 대성공이다. 자신이 전혀 생각하지 않았던 단어와 문장들이 마구 튀어나오고 어쩐지 해방감이 들었다면 금상첨화다.

지금부터 다음 글감들 가운데 하나를 골라 1분간 생각하고 '3분 글쓰기'를 연습해 보자. 봄비, 대학, 바닷가, 수학, 취미, 음식, 학생과 선생님들, 내 친구들, 나를 흥분하게 하는 것들, 내가 꼭 쓰고 싶은 글감들…… '1분 글쓰기'가 어느 정도 익숙해졌다면 편안한 속도로 글을 써 보자. 생각나는 대로 글을 쓰고 있다고 느껴지는, 놀랍고 신기한 순간이 올 것이다.

이렇듯 '1분 글쓰기'는 본격적인 글을 쓰는 데 필요한 '실전용 준비 운동'으로 매우 효과적이다. 생각이나 느낌을 자연스럽고 생생하게 떠올리다 보면, 글을 써 나가는 데 필요한 중심 생각이나 방향, 어휘, 문장, 문체, 구성 등을 확인하고 설계하는 데 안성맞춤이다. 다음은 '1분 글쓰기' 방법을 바탕으로 '3분 글쓰기'를 하고, 이를 활용한 사례다.

예시

아버지: 아버지는 나와 가장 비슷한 사람이자 가장 다른 사람이라 할 수 있다. 아버지는 확실히 나의 생각을 키워 주고 그나마 이런 능력이라도 나오게 키워 주신 분이지만 언행일치의 요소가 부족하다고 나는 생각한다. 그런 면에 있어서 아버지의 노력과 열성은 존경할 만하지만 위에서 말한 그 면에 있어서 조금 거리감이 느껴지는 것이 사실이다. 아니면 혹시 나도 그런 면이 많지 않은가에 대해 경계하게 되니, 그런 면에서는 나에게 또 다른 가르침을 주시는 것이 아닌지에 대해 생각이 들기도 한다. 그렇게 보자면 역시 아버지도 어머니도 나에게 많은 가르침을 주셨다. 그렇지만 또 가끔씩……

—숭문고 2학년

일단 떠오르는 대로 쓰되 가능한 한 빨리 쓰다가, 혹시 막히면 '모르겠다'라도 계속 쓰자. 그러다가 다시 무엇인가 떠오르면 계속해서 써 내려가자. 어법이나 맞춤법 등에서 조금 어색한 대목이 있어도 상관하지 말자. 다 썼다면 이제 느긋한 마음으로 찬찬히 글을 읽으면서, 본격적으로 글을 쓸 때 살릴 만한 대목을 동그라미로 표시해 보자. 또 덧붙일 만한 생각들이 떠오른다면 옆에다가 다음과 같이 직접 메모해도 좋다.

- 가장 비슷한 사람이자 가장 다른 사람
  → 외모적인 것과 내면적인 것에 대한 구체적인 예시를 덧붙이자.
- 언행일치의 요소가 부족 → 사례를 들 것!
- 또 다른 가르침 → 밑의 글을 더 구체적으로!

하지만 '1분 글쓰기'든 그 다양한 응용 방법이든 머릿속에 일정한 지식이나 경험, 정보, 자료 등이 없으면 좋은 생각이 떠오르지 않을 수 있다. 창조적 사고 능력마저 부족한 경우에는 아무리 짧은 1분간이라지만 글을 쓰는 동안 '모르겠다'밖에 쓸 수 없는 경우도 생긴다. 이제 '1분 글쓰기'를 강력하게 보완해 줄 수 있는 브레인스토밍 방법에 대해 살펴보자.

제2장
생각을 부풀려라, 브레인스토밍

웬만한 글쓰기 지침서에는 중국의 옛 문인인 구양수(歐陽脩)의 '삼
다(三多)' 이야기가 빠지지 않고 나온다. '많이 읽고[多讀], 많이 쓰고
[多作], 많이 생각하라[多商量].' 맞는 말인 듯싶으나 처음 글쓰기를 공
부하는 사람에게는 그다지 도움이 되지 않는다. 막연하게 그저 노력
만 많이 한다고 해서 잘되는 경우는 거의 없기 때문이다.

'1분 글쓰기'를 하면서 자기도 모르게 튀어나오는 낱말과 문장, 생
각과 느낌 때문에 즐거웠다면 비로소 창조의 기쁨을 깨닫기 시작한
것이다. 이번에는 창조적 사고를 불러일으키는 발상법, 그 가운데서
도 특히 간편하면서도 강력한 브레인스토밍(brainstorming)*에 대해
본격적으로 소개한다. 이는 '나만의 책쓰기'는 물론 길고 짧은 각종
글쓰기에 매우 도움이 되는 구체적이며 창조적인 발상법이니 꼭 익혀
두자.

---

* 브레인스토밍에 대해 기초부터 더 자세히 알고 싶다면 『허병두의 즐거운 글쓰기 교실
1—글쓰기 열다섯 마당』(문학과지성사, 2004), 58~65쪽과 같은 책 「부록」 부분을 참고
하세요.

브레인스토밍의 기본 이해

창조적 사고를 왕성하게 해 주는 브레인스토밍은 광고업계에서 개발한 '집단 자유 발상법'이다. '집단 자유 발상법'이라고는 하지만 혼자서도 얼마든지 할 수 있어서, 글을 쓸 때 요긴하게 활용할 수 있다. 브레인스토밍의 요령은 다음 세 가지다.

- 떠오르는 대로 무엇이든지 말하라.
- 절대 남의 의견에 대해 평가하지 말라.
- 대신 그 의견을 더욱 발전, 변형, 성숙시켜라.

어떤가? 떠오르는 대로, 가능한 한 빨리 쓰라는 '1분 글쓰기' 방법과 비슷하지 않은가! 요컨대 브레인스토밍은 평가, 곧 비판이나 비평, 비난 등은 뒤로 미루고 가능한 한 많은 아이디어들을 일단 펼쳐 내자는 것이다. 우리의 의식은 물론 무의식까지 속속들이 휘저어 깊숙이 가라앉아 있던 생각들을 떠올리고, 여기에 새로운 가치를 부여하며 훌륭한 아이디어를 찾자는 것이다.

브레인스토밍 연습 문제 가운데 관련 서들마다 단골로 나오는 문제가 바로 '에스키모에게 냉장고를 팔려면?'이다. 이는 언뜻 말도 안 되는 질문, 문제를 위한 문제, 도무지 풀기 곤란한 난센스(nonsense) 퀴즈처럼 느껴지지만 따지고 보면 그렇지 않다.

이를테면 내가 ○○냉장고 사장이라 가정하자. 이 글을 읽는 독자들은 세계 각지에서 온 ○○냉장고 지사장들이다. 지금 이곳은 전 세계 ○○냉장고 관계자들의 긴급회의가 열리는 회의장. 조금 전까지 북적거리던 실내는 사장인 내가 등장하자 금세 쥐 죽은 듯 조용해진다. 나는 심호흡을 크게 한 다음 좌중을 둘러보며 무겁게 입을 뗀다.

"전 세계의 ○○냉장고 지사장 여러분! 여러분을 진심으로 환영합니다. 하지만 안타깝게도 우리가 만나는 것이 이번이 마지막일지도 모릅니다. 아시다시피 지금 ○○냉장고는 극도로 매출이 부진한 위기 상황에 놓여 있습니다. ○○전자 전체에서 ○○냉장고 분야만 적자라서 그룹 차원에서 냉장고 분야를 포기할 것이라는 정보가 입수되었습니다.

하지만 불행 중 다행으로 에스키모에게는 냉장고가 없다는 최신 정보 또한 입수되었습니다. 여러분! 에스키모에게는 냉장고가 필요 없다느니, 냉장고를 어떻게 팔 수 있겠냐느니 같은 말을 하며 쓸데없이 논쟁하고 싶지는 않습니다. 어쩌면 그렇게 부정적이고 소극적인 생각과 태도야말로 우리를 이곳으로 모이게 만든 가장 큰 원인일지도 모릅니다. 그러니 에스키모에게 냉장고를 팔 수 없다고 생각하는 사람, 그리고 회사가 어려워졌으니 떠나겠다고 생각하는 사람이 있다면 지금 일어나서 나가 주시기 바랍니다.

여러분! 우리가 냉장고를 에스키모에게 팔지 못한다면 우리는 물론 우리 가족까지 모두 길거리에 나앉게 될 것입니다. 자, 에스키모에게 냉장고를 팔려면 어떻게 해야 할까요?"

브레인스토밍은 단지 창조적 상상력만을 키우기 위한 방법이 아니다. 언뜻 불가능하게 보이는 문제를 대상으로, 무한한 상상력과 창조력을 자유롭게 펼쳐 갈 수 있도록 하는 것이 브레인스토밍이다.

이 세상에는 반드시 풀어야 할 문제들이 정말 많고도 많다. 그 가운데 대부분은 문제 자체가 어렵다기보다는 창조적인 상상력이 부족하여 풀지 못하는 경우다. 브레인스토밍을 활용하여 자신 앞에 놓여 있는 온갖 문제들을 해결해 보자. 그 과정을 즐기고 결과를 만끽할 수 있을 것이다.

2 브레인스토밍의 사례와 연습

창조적 사고야말로 삶의 여러 문제들을 손쉽게 해결하면서 인생을 즐길 수 있는 결정적인 힘이다. 브레인스토밍은 바로 이러한 창조적 사고를 불러일으키는 가장 효과적인 방법 가운데 하나다. 앞의 문제로 브레인스토밍을 한 사례를 차근차근 살펴보자.

에스키모에게 냉장고를 팔려면?

1 무지무지하게 싼값으로 판다. 어느 정도 팔릴 때까지 덤핑 판매를 하자(공짜나 다름없는 싼값!). 2 청소년들이 좋아하는 MP3 플레이어를 사은품으로 준다(아빠, 냉장고 사 주세요! 네?). 3 특권 의식을 느

끼게 해 주면서 판다(냉장고 산 당신은 에스키모 귀족). 4 냉장고를 온장고라고 속여 판다(내 짝이 에스키모라면 끝까지 온장고로 알고 쓸 거다). 5 에스키모의 전통 주거 형태인 이글루를 본뜬 냉장고를 만든다(우리 것은 좋은 것이여!). 6 전기를 보급하여 편리한 가전제품을 사도록 만든다(없어서 못 쓰지, 암!). 7 지구를 온난화시킨다(더운데 안 사고 배겨?). 8 에스키모를 적도로 이주시킨다(이래도 안 사? 그럼 에스키모도 아니다!). 9 식품을 함께 제공하며 판다(신선한 식품이 탐이 나서라도 사겠지!). 10 안 사면 재미없다고 위협하며 냉장고를 사게 한다(죽을래? 살래?). 11 썰매 겸용 냉장고를 만든다. 썰매 개들을 묶는 곳도 만들자고(에스키모를 위한, 에스키모의 냉장고). 12 식량 도난 방지가 되는 금고형 냉장고를 만든다(돈도 얼려서 보관하세요!). 13 시각 장애인들도 쓰기 쉬운 냉장고를 만든다(장애인을 위한 노력의 결정판, 우리 냉장고!). 14 CD 플레이어나 MP3 플레이어를 내장한 냉장고 어때?(밤새 음악을 들려주는 냉장고, 근사하잖아요?). 15 영하 30도에서도 견딜 수 있는 초저온 강력 냉장고를 만들자(그런데 냉장고가 얼어 버리면 곤란할 것 같다. 흠). 16 알래스카 관광객 서비스용 냉장고가 필요하다고 널리 깨우친다(관광객 유치용 냉장고. 구두쇠라도 사겠지). 17 냉장고를 사면 얼음 낚시터를 무료 제공하는 사은 행사를 마련한다(얼음 밑에 항상 고기가 사는 것은 아닙니다. 광고 카피도 만들고!). 18 2년 뒤에 최신형으로 교체해 준다는 조건을 붙여 판다(2년 뒤 새것으로! 이런 조건 보셨나요?). 19 거울 달린 냉장고를 만들자(겉에 붙어 있는 동네 중국집 스티커만 보라는 법은 없잖아). 20 속이 투명하게 비치는 냉장고를 만들자(좋아. 늘 답답했어). 21 사이비 종교인 냉장고 재림교를 만든다(신도들이여, 모두 냉장고를 사라!). 22 에스키모 집에 난방 시설을 보급한다(집 따뜻하면 밖에 나가기 싫을걸). 23 텔레비전을 부착한 냉장고를 만든다(왜 안 되겠니???). 24 빌트-인(built-in)식 주택들을 늘리고 그 안에 냉장고를 필수로 구비하게 한다(집을 팔면 냉장고도 같이 팔린다). 25 이윤의 절반을 에스키모 복지를 위하여 쓰겠다고 약속한다(사회에 이익을 환원해 드립니다. 나눔의 냉장고, 아름다운 냉장고). 26 정확한 온도 조절 기능을 넣어 다양한 음식물을 그에 맞는 신선도로 각각 보관할 수 있게 한다(이제 다양한 온도로 보관하세요!). 27 난로 겸용 냉장고를 만든다(추우면 냉장고를 끌어안고 주무세요. 어차피 뒤쪽은 늘 더우니까). 28 두 대 살 때마다 예쁜 여자 모델과 여행을 가게 해 준다고 약속한다(냉장고가 금세 다 팔릴 거다). 29 어디든지 쉽게 움직일 수 있는 이동식 냉장고를 만든다(영화에서 보니까 여기저기 막 다니는 것 같던데……). 30 집처럼 쓸 수 있는 냉장고를 만든다(냉장고인지 집인지 헷갈리면 어때?). 31 월드컵 축구 대회 VIP석 관람권을 같이 준다(나 같으면 아무리 비싸도 냉장고 살 거다). 32 무선 인터넷 가능형 냉장고를 만든다(인터넷 게임에 한번 맛 들이면 죽음이다. 얼마나 재미있으면 게임 하다가 죽을까. ㅎㅎㅎ). 33 에스키모에게만 특별히 판매하는, 공부 잘하게 해 주는 냉장고를 만든다(우리나라 부모들이 모두 사려고 할 테니 에스키모들은 일단 사서 다시 웃돈을 얹어 팔면 된다. 이렇게 남는데 안 산다고???). 34 야광 냉장고를 만든다(에스키모들에게 왠지 꼭 필요한 기능 같다). 35 냉장고를 반드시 사도록 식품 위생법을 마련하게 한다(법대로 하자고! 안 사면 벌금!!).

이는 30분 동안 30명 정도 학급의 학생들이 브레인스토밍을 한 결과다. 이 가운데서 쓸 만한 아이디어라고 생각하는 것들에 표시해 보자. 어쩌면 거의 모두 황당하거나 비현실적이라 여겨질지도 모른다. 하지만 최소한 몇 가지는 괜찮은 아이디어라면 브레인스토밍 시도는 훌륭하게 성공한 셈이다.

한마디로 브레인스토밍은 양을 통해서 질을 확보하는 방법이다. '자유롭고 편안한 분위기에서 머리를 유연하고 창조적으로 만들어 많은 아이디어들을 자연스럽게 쏟아 놓은 다음, 거기에서 쓸 만한 아이디어를 찾아낸다.' 이것이 바로 창조적 사고를 불러일으키는 데 안성맞춤이라는 브레인스토밍의 핵심이다.

앞의 상황을 다시 떠올려 보자. 사장이 브레인스토밍을 하라는 말 대신 지사장들에게 "가장 훌륭한 아이디어를 딱 하나만 찾아 주세요"라고 다그쳤다면 부담감 때문에 쉽게 말하기 어려웠을 것이다. 한술 더 떠서 "가장 훌륭한 아이디어를 찾아내면 크게 상을 주고, 그렇지 못하면 벌을 주겠다"라고 했다면 아이디어를 내기란 더더욱 불가능했을 터다. 상도 받고 싶지만 잘못하다가는 벌을 받을 테니 차라리 중간이나 가자고 생각하고는 입을 닫았을 것이다. 이렇게 문제 상황을 해결할 수 있는 훌륭한 아이디어가 나오지 않는다면? 이들은 곧 길거리에서 초라하게 만나게 될 가능성이 높다.

어떤 문제든지 브레인스토밍을 마음껏 시도해 보자. 때로는 황당하고 해괴한, 어쩌면 말도 안 되는, 정말 있을 수 없는 생각들까지 서로 근사하게 상호 작용을 일으키는 과정에 놀랄 것이다. 막연한 상태에서 참신하고 기발한 생각들이 훌륭한 아이디어로 창출되는 과정이야 말로 삶의 경이로운 순간이다.

그러니 일단 떠오르는 대로 무엇이든지 말하라. 다른 사람들이 그 것을 발전시켜 주리라 믿으라. 그리고 다른 이들이 말한 내용에 시비를 거는 대신 더욱 발전시키고 변형하여 응용하려고 노력하라. 그러는 사이 자연스럽게 훌륭한 아이디어가 나올 것이다. 다음 중 하나를 골라서 직접 브레인스토밍을 해 보자.

함께 해 봅니다

• 학교에 즐겁게 가게 하려면?
• 체벌 대신에 쓸 만한 벌들은?
• 학교 축제를 재미있게 만들려면?
• 책쓰기 주제를 잡으려면?

3 브레인스토밍의 브레인스토밍

　브레인스토밍에 자신이 생겼는가? 그렇다면 브레인스토밍을 한 결과를 다시 분류해 보자. 이를테면 '에스키모에게 냉장고를 팔려면?'의 브레인스토밍 결과를 찬찬히 검토하면서 공통점이 있는 것끼리 묶어 보자. 자신 또는 사람들이 문제를 어떤 각도에서 접근해 해결하는지 확인할 수 있는 심도 있는 과정이다.

　'에스키모에게 냉장고를 팔려면?'의 경우처럼 누군가에게 무엇을 파는 문제라면, '판매 기법'과 '광고 전략' '제품 개선' '신제품 개발' 등으로 해결 방향의 가닥을 잡을 수 있다. 이는 결국 해당 문제에 대한 문제 해결 방향을 뜻한다.

　이렇듯 브레인스토밍은 문제를 생생한 현실과 함께 구조적으로 파악하는 데 큰 도움을 준다(이렇게 나온 굵은 가닥들을 중심으로 다시 집중적으로 브레인스토밍을 하면, 더욱 알차고 구체적인 성과를 거둘 수 있다. 물론 이 경우는 앞서와 전혀 다른 사람들과 새롭게 브레인스토밍을 시도해 보는 것이 더 좋다).

　브레인스토밍을 잘하느냐 못하느냐는 기본적으로 얼마나 자유롭고 창조적으로 사고하느냐에 좌우된다. 브레인스토밍은 굉장히 다양한 요소들의 영향을 받기 때문이다. 이를테면 개인의 기질이나 모임의 분위기, 집단의 문화를 비롯하여 창조적 사고의 중요성에 대한 인식 여부, 관심도 등이 두루 관련된다. 중요한 것은 브레인스토밍 자체를 즐기는 마음, 곧 문제를 해결하는 과정을 창조적으로 즐기는 자세다.

끝으로 주의 사항. 너무 오랜 시간 동안 브레인스토밍을 해서는 곤란하다. 아무리 길어도 30분을 넘기면 떠오르는 생각들이 황당해지거나 늘어져 더 이상 창조적인 사고로 응축되기 어렵다.

특히 브레인스토밍을 하겠다면서 자기도 모르게 문제 자체를 바꿔서는 절대 안 된다. 이를테면, '에스키모에게 냉장고를 팔려면?'과 같은 경우라면, 문제에서 요구한 대로 냉장고를 단돈 1원에라도 팔아야 한다! 끝까지 문제의 근본 의도를 존중해야 하는 것. 그 초점을 놓치지 않는 것. 이것이 브레인스토밍을 할 때 끝까지 유의해야 할 사항이다.

한 걸음 더 나아가 보자. 문제에 관한 문제 찾기, 즉 브레인스토밍으로 브레인스토밍을 할 문제 찾기를 해 보자. 이런 문제를 해결하는 정도까지 브레인스토밍을 할 수 있다면 꽤 높은 수준이다.

> **함께 해 봅니다**
> • 브레인스토밍을 할 만한 문제는?

브레인스토밍을 할 만한 주제들

판매: 외국 사람들에게 한복을 팔려면? 비 오는 날에 양산을 팔려면? 맑은 날에 우산을 팔려면? 어른들에게 만화책을 팔려면? 눈이 좋은 사람에게 안경을 팔려면? 자동차 세일즈맨에게 자동차를 팔려면? 힌두교 나라에 소고기를 팔려면?

해결: 미팅에서 성공하는 비결은? 대학에 꼭 합격하려면? 외국 사람들이 우리나라에 관광을 오게 하려면? 아빠한테 훌륭한 생일 선물을 받으려면? 적은 자본으로 재벌이 되려면? 한국어를 세계 공용어로 만들려면? 학교 도서관에 학생들이 많이 오게 하려면? 수업 시간에 집중할 수 있으려면? 짧은 다리를 길게 보이려면? 애인을 쉽게 사귀려면? 생일 선물로 좋은 것들은? 범죄를 방지하려면? 스토킹을 막으려면? 재미있는 게임에는 무엇이 있을까? 기분 나쁘지 않은 벌로는 무엇이 있을까? 생활에 좀 더 편리한 신발을 만들려면? 친구를 많이 사귀려면? 놀이를 하면서 공부를 하려면? 자살하려는 사람을 설득하려면? 글쓰기를 싫어하는 학생들이 글쓰기를 좋아하게 만들려면?

변화: 청소년들에게 한복을 유행시키려면? 청소년들에게 고무신을 신게 하려면? 대입 제도를 바꾼다면 어떻게? 농구 경기의 규칙을 바꿀 수 있다면 어떻게? 연필을 가능한 한 다양하게 사용하려면? 자신의 패션을 유행시키려면? 나체족에게 다시 옷을 입히려면?

제3장

언제나 떠올려야 할 주문 세 가지
─왜냐하면, 예를 들어, 다시 말해

어떤 주제와 관련해 글을 쓰려면 여러 준비가 필요하다. 그 주제에 대한 확고한 자기 생각이 있어야 하고, 그 생각을 충분히 뒷받침할 수 있도록 배경지식이 든든해야 하며, 거기다가 생각을 펼치고 글을 엮어 갈 줄 아는 능력까지 지니고 있어야 하기 때문이다. 이번에는 '왜냐하면' '예를 들어' '다시 말해'라는 표현을 이용해 자신의 주장을 뒷받침하는 법을 배워 보자.

1 '왜냐하면'을 찾아라!

집에 있는 서가를 뒤져서 '왜냐하면'이라는 네 글자가 쓰인 대목을 찾으라. 집에 책이 없다면? 책을 사라. 책을 사는 것은 오늘을 즐거워하고 미래를 꿈꾸는 행위다. 책을 살 형편이 안 된다면? 서점이나 도서관에서 책을 확인하라. 그래도 없다고? 지금 보고 있는 이 책을 뒤져보라.

이런 식으로 책을 읽는 방법을 '훑어 읽기(scanning)'라 한다. 특정한 정보를 찾기 위해 수많은 자료와 책을 읽어 내려가는 독서 방법인데, 로또 복권 기사나 텔레비전 프로그램 안내표 등을 읽을 때 많이 쓰인다. '훑어 읽기'는 정보 홍수 시대의 독서법으로 특히 유용하다.

자, '왜냐하면'이 들어간 대목을 아래와 같이 찾았다고 하자. 이때는 '직접 인용'을 시도해 보도록 하자. 방법은 간단하다. 인용 내용은 큰따옴표(" ") 속에 넣고, 그 아래와 같이 출전을 밝히면 된다.

> "왜냐하면, 기차 안에서 사람들은 서로 논쟁하고 반박하는 가운데 새로운 사상을 가지게 되었으며 또 새로운 도전을 받았기 때문이다."
> ─제이콥 브로노우스키, 『인간 등정의 발자취』, 김현숙 · 김은국 옮김, 바다출판사, 2009, 406쪽

이처럼 직접 인용은 해당 내용을 고스란히 옮겨 와서 제시하는 방식으로, 정확성과 신뢰성이 가장 뛰어나다. 작은따옴표(' ')로 묶어 표시하는 간접 인용은 내용이 많거나 확실하지 않을 때 뭉뚱그려서 제시하는 방식으로, 부담 없고 편리하다.

글을 인용하는 궁극적인 까닭은 인용 대목이 남의 글임을 분명하게 표시하여, 그 나머지 글은 모두 자신의 것임을 확실하게 보여 주는 데 있다. 남의 글을 표절하지 않기 위해서라기보다는 자신의 글을 좀 더 분명하게 강조할 수 있도록 인용을 명확히 표시하는 자세가 필요하다. '왜냐하면'으로 시작하는 대목들을 몇 개 더 찾아서 인용해 보자.

"왜냐하면 아버지의 성은 수천 명의 사람들이 이곳에 가지고 들어온 노예의 성인 잭슨(jackson). 나는 내 아버지의 성도, 수천 명의 노예들의 성도 가지고 싶지 않아요. 나를 밤비라 불러 주세요. 갓 태어나 거대한 숲 속의 고아가 되어 버린 사슴 새끼. 나를 밤비라 불러주세요. 나는 떨리는 다리로 걸음마를 시작할 거예요."

—프랑스와 다고네 외, 『삐딱한 예술가들의 유쾌한 철학교실』, 신지영 옮김, 부키,

  2008, 27쪽

왜냐하면 이러한 방법은 작품에 따라 적합할 수도 아닐 수도 있기 때문이다. 또 너무 지나치게 자국의 문화만 고집할 때는 보편적인 의사소통에 어려움을 겪을 수도 있다. 이는 지나치게 개성만 추구하다가 보편성과 거리가 멀어지는 경우와 비슷한 결과가 될 수도 있는 것이다."

—허병두, 허병두의 즐거운 글쓰기 교실 2—문제는 창조적 사고다』, 문학과지성사,

  2004, 63~64쪽

자, '왜냐하면'이 나오는 대목을 열심히 찾으면서 무엇인가 느낀 것은 없는지? 이상하게도 꼽혀 나오는 책들에서만 계속 나온다는 생각이 들지는 않는지?

그렇다. '왜냐하면'이 자주 나오는 책들이 분명히 있다. '왜냐하면'이 들어가는 문장이나 단락은 '근거'가 되므로, 글 안의 '주장'과 어울려 '논증'을 낳게 되는 것은 당연하다. 학술서와 입문서 등에 잘 나오

는 까닭이 바로 여기에 있다. 하지만 소설 작품과 같은 문학류의 책에서는 거의 찾기가 힘들다. 이는 문학이 '왜냐하면'으로 이어지는 '논증' 대신에 '묘사'와 '서사'를 중심으로 서술하는 장르이기 때문이다.

2 '왜냐하면'의 앞에는 과연 무엇이 있을까

앞의 인용 대목들은 모두 '왜냐하면'으로 시작하는 글로서 '주장'의 '근거'가 된다(근거와 주장이 추론으로 이어질 때 이를 논증이라 한다. 논술은 기본적으로 논증의 글쓰기라는 사실을 기억하자. 우리는 지금 '왜냐하면'을 활용하면서 논술 능력을 확실히 높이기 위해 노력 중이다). 그렇다면 '근거' 앞에 나옴 직한 '주장'은 과연 무엇일까? 〈보기〉를 참고하여 직접 써 보자(답은 다음 장에서 확인할 수 있다).

보기

"괴팅겐과 바깥 세계와의 연결은 철도로 이루어졌다. 앞서 달려가고 있는 물리학의 새로운 사상을 교환하고 싶어 하는 방문객들이 기차를 타고 베를린이나 해외로부터 이곳에 오는 것이었다. 주장 괴팅겐에는 '과학은 베를린으로 가는 기차 안에서 태어났다'는 속담이 있다. 근거 왜냐하면, 기차 안에서 사람들은 서로 논쟁하고 반박하는 가운데 새로운 사상을 가지게 되었으며 또 새로운 도전을 받았기 때문이다."

— 제이콥 브로노우스키, 『인간 등정의 발자취』, 김현숙·김은국 옮김, 바다출판사,

2009, 406쪽

1 "주장

근거 <u>왜냐하면</u> 아버지의 성은 수천 명의 사람들이 이곳에 가지고 들어
온 노예의 성인 잭슨(jackson). 나는 내 아버지의 성도, 수천 명의 노예
들의 성도 가지고 싶지 않아요. 나를 밤비라 불러 주세요. 갓 태어나
거대한 숲 속의 고아가 되어 버린 사슴 새끼. 나를 밤비라 불러주세요.
나는 떨리는 다리로 걸음마를 시작할 거예요."

—프랑스와 다고네 외, 『삐딱한 예술가들의 유쾌한 철학교실』, 신지영 옮김, 부키,

2008, 27쪽

2 "주장

근거 <u>왜냐하면</u> 이러한 방법은 작품에 따라 적합할 수도 아닐 수도 있
기 때문이다. 또 너무 지나치게 자국의 문화만 고집할 때는 보편적인
의사소통에 어려움을 겪을 수도 있다. 이는 지나치게 개성만 추구하다
가 보편성과 거리가 멀어지는 경우와 비슷한 결과가 될 수도 있는 것
이다."

—허병두, 허병두의 즐거운 글쓰기 교실 2—문제는 창조적 사고다』, 문학과지성사,

2004, 63~64쪽

1 "주장 밤비(Bambi). 나의 아버지는 성이 없어요. 근거 왜냐하면 아버지의 성은 수천 명의 사람들이 이곳에 가지고 들어온 노예의 성인 잭슨(jackson). 나는 내 아버지의 성도, 수천 명의 노예들의 성도 가지고 싶지 않아요. 나를 밤비라 불러 주세요. 갓 태어나 거대한 숲 속의 고아가 되어 버린 사슴 새끼. 나를 밤비라 불러주세요. 나는 떨리는 다리로 걸음마를 시작할 거예요."

—프랑스와 다고네 외, 『삐딱한 예술가들의 유쾌한 철학교실』, 신지영 옮김, 부키, 2008, 27쪽

2 주장 무조건 문화적인 바탕만을 염두에 두고 작품을 읽으라는 이야기는 아니다. 근거 왜냐하면 이러한 방법은 작품에 따라 적합할 수도 아닐 수도 있기 때문이다. 또 너무 지나치게 자국의 문화만 고집할 때는 보편적인 의사소통에 어려움을 겪을 수도 있다. 이는 지나치게 개성만 추구하다가 보편성과 거리가 멀어지는 경우와 비슷한 결과가 될 수도 있는 것이다.

—허병두, 허병두의 즐거운 글쓰기 교실 2—문제는 창조적 사고다』, 문학과지성사, 2004, 63~64쪽

3 예(例), 예?, 예!

이번에는 '예를 들어'로 이야기를 시작해 보자. 방법은 동일하다. 학교 도서관의 장서 가운데 '예를 들어'로 시작하는 문장이 있는 책을 찾으면 된다(물론 학교에 도서관이 없다면 주변에 있는 책들을 찾아봐도 된다). '예를 들어'로 시작하는 문장을 찾았다면 같은 방법으로 큰따옴표로 직접 인용을 하고 그 아래 출전을 밝히면 된다. 출전을 표기하는 방식은 간단하다. '저자 이름, 책 이름, (번역서의 경우) 옮긴이 이름, 출판사 이름, 출간 연도, 인용 쪽수' 순으로 끝머리에 밝히면 된다.

> "계층 구조는 상위 집단에 포함된 체계이다. 예를 들어, 조직도는 계층 구조의 한 종류다. 그곳에는 종업원들이 부서별로 분류되어 있으며, 부서는 더 높은 수준의 조직 단위로 또다시 분류된다. 계층 구조의 다른 종류로는 정부 조직, 생물 분류법, 소프트웨어 어플리케이션에 있는 메뉴 체계 등을 꼽을 수 있다."
> ─알렉스 라이트, 『분류의 역사』, 김익현·김지연 옮김, 디지털미디어리서치, 2010, 16쪽

그런데, 막상 책을 뒤적거리다 보면 '예를 들어' 대신에 '예컨대' '예를 들면' '예를 들자면' 들만 수두룩하게 나온다. '함께 예를 들어 보기로 하자'는 그래도 좀 다른 편이니 아까울 것도 없다. 개똥도 약에

쓰려면 없다던가? 막상 찾으려 하면 '예를 들어'를 찾기가 그리 쉽지는 않다.

제일 곤혹스러운 경우가 바로 '예를 들어서'이다. 이 경우는 어떻게 해야 할까? 일단 모두 안 된다. 문제는 분명히 '예를 들어'를 찾으라고 요구하고 있다. 그렇다면 문제에서 요구하는 대로 답을 써야 한다. 문제를 마음대로 해석하거나 아예 무시하면 안 된다.

물론 앞서의 다양한 표현은 모두 '예를 들어'와 마찬가지 뜻이다. 어느 표현을 쓰느냐의 문제는 결국 글 쓰는 개인의 '문체(Style)'에 속한다. 심지어, '예를 들어설라무네'라고 쓰신 어르신도 있으니까.

4 '예를 들어' 이해하기, '예를 들어' 활용하기

> **함께 해 봅니다**
>
> 내가 행복하다고 느끼는 순간들은 아주 많다. 예를 들어……

'예를 들어'로 시작하는 설명을 '예시'라 한다. 대개, 예시는 대단히 쉬운 것으로 생각한다. 당연하다. 어려운 것을 쉽게 이해하도록 제시하는 것이 예시니까. 하지만 오해하지 마시라. 예시라고 해서 결코 만만하지는 않다. 자신이 잘 알고 있는 내용이라면 예를 들기도 쉽고 이해하기도 쉽지만, 잘 모르는 내용은 읽어도 모르는 경우가 있다. 보라. 다음의 예를 쉽게 이해할 수 있는가?

"이러한 미래는 내가 이 책에서 촉진하고자 하는 참여 저널리즘의 전망을 (완전히는 아니더라도) 상당히 어둡게 만든다. 예를 들어, 모든 아마추어 저널리스트가 저작권이 적용되는 내용을 인용할 때마다 반드시 허가를 받거나 돈을 내야만 한다면, 아마도 대다수는 굳이 그렇게 하면서까지 저널리즘 활동에 참여하려 하지는 않을 것이다. '공정 사용'을 가장 최근에 만든 법이 규정한 대로 해석하려는 저작권 정책이 제기하는 위협은 우리가 상상할 수 있는 어느 것보다도 살벌할 것이다."

— 댄 길모어, 『우리가 미디어다』, 김승진 옮김, 이후, 2008, 378쪽

결국 '예를 들어'와 같은 '예시'를 이해하기란 생각만큼 그리 쉽지 않다. 이는 거꾸로 말해서 글에 쓰인 예를 이해하면 앞뒤 내용을 모두 이해할 수 있다는 말도 된다. 따라서 '예를 들어'를 중점적으로 찾아 읽으면서 스스로 질문을 던져 보는 자세가 매우 중요하다. 글쓴이는 과연 무엇을 예로 드는가? 제시된 예의 전후 배경과 구체적인 맥락은 무엇인가? 자세히 설명하려고 노력하며 읽어 보면 더욱 좋을 것이다.

어떠한 예를 들면 좋을지 글을 읽다가 잠깐 멈춰서 생각해 보는 것도 좋은 방법이다. 이를테면 다음 글에서 예로 든 '전문가'의 경우를

다른 예로 바꿀 수 있는 정도가 된다면 훌륭하다. '예를 들어'의 앞 문장을 충분히 이해하였다고 할 수 있으니까.

> "'지식 이해'와 '지식 창조'를 구분하는 것도 중요하다. 전문가는 지식을 창조하는 사람이다. 예를 들어 과학자는 자연현상에 대한 가설을 세워서 검증하고, 역사가는 역사적 사건을 해석해서 서술하고, 수학자는 복잡한 양상을 증명해서 설명한다. 이처럼 전문가는 이해하는 데 그치지 않고 새로운 지식을 만들어 낸다."
> ─대니얼 T. 윌링햄, 『왜 학생들은 학교를 좋아하지 않을까?』, 문희경 옮김, 부키, 2011, 193쪽

재미있는 것은 '예를 들어'를 찾는 순간에, 예전에는 그렇게 찾아도 나오지 않던 '왜냐하면'이 눈에 팍팍 들어온다는 사실이다. 더구나 '예를 들어서' '예를 들면' '예를 들자면' 등이 무수히 나타나면서도 '예를 들어'가 눈에 띄지 않아 안타까운 바로 그 순간에!

하지만 이는 대단히 반가운 징후다. 비로소 '왜냐하면'이 자신에게 확실히 인식되었다는 증거이기 때문이다. 익숙해지면 얼마 뒤에는 지금껏 그렇게 찾아지지 않던 '예를 들어'가 눈에 아주 잘 뜨일 것이다. 그렇게 낱말과 표현 들을 하나씩 확인할 수 있게 되면서 글을 읽는 힘이 자연스럽게 길러진다.

'다시 말해' 이해하기, '다시 말해' 활용하기

'다시 말해'는 주제를 알기 쉽게 설명하고 구체화할 때 쓸 수 있다. '특히' '구체적으로' '풀어 말하면' 등과 같이 좀 더 자세히 무엇인가를 설명하면서 내용을 확장하는 역할을 한다.

> "누군가가 어린 시절의 플라스틱 장난감에서 시작하여 일생 동안 싸구려 플라스틱 소비재를 사용하며 살았다고 하자. 다시 말해, 추한 플라스틱 기술 공학의 세계에 갇혀 살았다고 하자. 그러면 그는 플라스틱이라는 재료는 본질적으로 나쁜 것이라고 여길 가능성이 높다. 하지만 현대 기술 공학의 진정한 추함은 그 어떤 재료에서도, 형태에서도, 행동에서도, 제품에서도 확인되지 않는다. 단순히 이들은 낮은 질을 내재하고 있는 것처럼 보이는 대상들일 뿐이다. 질을 주체나 객체에 부과하는 우리의 습성이 이 같은 인상을 이끈 것일 뿐이다."
>
> — 로버트 M. 피어시그, 『선(禪)과 모터사이클 관리술 — 가치에 대한 탐구』, 장경렬 옮김, 문학과지성사, 2010, 514~15쪽

'다시 말해' 역시 동어 반복에 그치지 않고 다른 차원이나 분야, 기준, 관점 등에서 새롭게 접근해야 하므로 주의 깊게 써야 한다. 다시 말해, '다시 말해' 역시 만만치 않다.

"인간적 가치와 기술 공학적 요구 사이의 갈등을 해결하는 방법은 기술 공학으로부터 도망하는 것이 아니다. 그렇게 하기란 불가능하다. 갈등을 해결하는 방법은 기술 공학이 무엇인가에 대한 진정한 이해를 가로막는 이원적 사유라는 장벽을 무너뜨리는 데 있다. 다시 말해, 해결책은 자연을 객체화하고 이를 편의적으로 이용하는 데 있는 것이 아니라, 자연과 인간 정신을 융합하여 양자를 초월하는 일종의 새로운 창조를 이끌어내는 데 있다. 첫 대서양 횡단 비행이나 달 위에 인간의 첫발자국을 찍는 일과 같은 사건에서 이 같은 초월이 이루어질 때, 기술 공학의 초월적 성격에 대한 일종의 공적 인정이 가능해질 것이다."

— 로버트 M. 피어시그, 『선(禪)과 모터사이클 관리술 — 가치에 대한 탐구』, 장경렬 옮김, 문학과지성사, 2010, 516~17쪽

'다시 말해'로 시작하는 문장이 실린 책을 찾아보자. 빠른 시간에 '훑어 읽기'를 다시 한 번 연습해 보자. '다시 말해'가 실린 책에서 관련 대목을 옮겨 적자.

다시 말해

(출전:)

6 '왜냐하면' '예를 들어' '다시 말해'를 활용하며 쓰기와 읽기

비문학의 글이나 책에서는 대개 세 가지 표현 방법, 곧 '왜냐하면' (논증) '예를 들어'(예시) '다시 말해'(상세화) 등으로 뒷받침 문장이나 단락들을 만들어 주제를 부각시킨다. 따라서 세 가지 표현을 중심으로 글을 쓰다 보면 자연스럽게 글을 쓸 수 있다.

그러므로 글을 쓰다가 막히면 이 세 가지 표현을 입속에서 되뇌어 볼 것! 대개 어느 하나에라도 걸리면서 생각의 실마리가 사르르 풀리게 된다. 논술을 할 때도 마찬가지다. 쓰다가 막히면 세 가지 표현을 중얼거려 보라. 희한하게도 무엇을 써야 할지 생각날 것이다. 그래도 생각이 안 나면 어떻게 하냐고? 그때도 세 가지 표현을 앞세워 글을 쓰면 최악의 경우는 피할 수 있다. 최소한 주제에서 완전히 벗어나 옆 길로 빠지는 횡설수설은 막을 수 있고, 쓰다 만 백지를 울상을 지으며 제출하는 일도 없을 것이다.

실제로 이 세 가지 표현을 모두 활용하여 글을 써 보라. 예상 밖으로 잘 써질 것이다. 다음의 글을 직접 확인해 보자.

> ### 예시
>
> 요즘 학교뿐만 아니라 사회에서도 학생의 두발 자유에 대한 문제로 소란스럽다. 다시 말해 학생의 두발을 제한하여야 한다는 기성세대와,

두발의 자유를 원하는 신세대 간에 의견 충돌이 일고 있는 것이다.

기성세대들은 학생의 두발 자유가 비행을 불러올 것이라고 생각한다. 예를 들어 유흥업소 출입, 폭력, 갖가지 도덕적으로 벗어난 행동들 말이다. 그러나 이에 대한 확실한 자료도 없기에 이들의 말은 오히려 편견에 가깝다.

신세대들은 두발 자유는 인간의 기본적인 권리라고 생각한다. 그래서 그들은 기성세대들의 생각에 거부감을 느끼며 자신들의 의견만을 더욱 고집한다. 하지만 두발 자유가 아직 이루어지지 않은 것은 그들의 잘못도 있다. 왜냐하면 그들은 권리만 주장할 뿐 책임 의식이 없기 때문이다.

이 두 세대들은 한 시대에 함께 살아가는 존재다. 그러기에 자신의 주장만 내세우지 말고 한발 물러서 행동해야 할 것이며 상대의 의견에 더욱 귀를 기울여야 할 것이다.

— 숭문고 2학년

자, 여러분도 세 가지 표현, '왜냐하면' '예를 들어' '다시 말해'를 모두 넣어서 자유롭게 글을 써 보자. 주제는 여러분이 직접 정해 보자. 부담 없이 세 가지 표현을 두루 활용하면서 글을 쓰면 대개의 경우 주제도 저절로 모아진다. 앞서 말했듯 이 세 가지 표현은 집(주제)을 지을 때 두루 쓰는 자재이기 때문이다.

한편 앞의 세 가지 표현을 의식하면서 글을 읽어 가는 독서 방법도 꼭 소개하고 싶다. 특히 '요약'을 하기 위해 글이나 책을 읽을 때 단연 효과적인데, 이 세 가지 표현이 드러난 대목을 과감하게 빼고 읽으면 된다. 십중팔구 그 대목은 논증 아니면 예시, 상세화 대목이기 때문이다. 또한 직접 겉으로 드러나 있지는 않더라도 세 가지 표현을 넣어서 뜻이 통하는 대목이라면 마찬가지니까 역시 과감하게 건너뛰면서 읽을 것. 글을 빠르고 정확하게 이해하는 속독의 기초다. 이는 고스란히 주제 설정에도 도움이 된다. '왜냐하면'이라고 하면서 논증하는 주제를 찾을 수도 있고, '예를 들어'라고 하면서 여전히 예시에 해당하는 주제를 설정할 수도 있고, 나아가 '다시 말해' 같은 상세화 노력을 주제로 확정하는 데 필요하다.

끝으로 꼭 하나 짚어 둘 말이 있다. 지금까지의 설명은 어디까지나 비문학 텍스트, 실용문에서만 통한다는 것이다. 문학적인 글에서 이 세 가지 표현 방식을 활용하여 읽고 쓰고 생각하면 곤란하다.

함께 해 봅니다

제4장
주제 펼치기 해결사, 육하원칙

아무리 훌륭한 방법이라 할지라도 잘 풀리지 않을 때가 있게 마련이다. 이런 때는 브레인스토밍 기법을 쓰거나, '왜냐하면' '예를 들어' '다시 말해' 같은 '주문'들을 되뇌이는 방법이 효과적이다.

그렇다. 이들 방법은 생각과 느낌을 잘 풀어내기 힘들 때 쓸모 있는 해결사다. 이번에는 여기에 한 가지 더 확실한 해결사를 소개한다. 이는 그저 막연하기만 한 사고를 좀 더 체계적으로 심화하는 데 도움이 될 것이다. 주제를 '다양하게!' '강력하게!' '참신하게!' 펼쳐 갈 수 있는 탄탄한 방법을 익혀 보자.

1 여섯 가지 의문, 또는 5W1H

육하원칙(六何原則)이 무엇인지 모르는 대한민국 국민은 거의 없다. 하지만 혹시 모른다 해도 걱정할 필요는 없다. 잘 모르면서 아는 체하거나 도대체 무엇을 모르는지조차 모르는 것이 진짜 문제다. 일단 육하원칙에 대해 알고 있는 사실들을 각자 떠올려 보자.

> • '누가? 언제? 어디서? 무엇을? 어떻게? 왜?' 이런 것들이 '육하원칙' 아닙니까?
> • 5W1H라고도 하죠. Who, When, Where, What, Why 그리고 How인데, 각 단어의 앞머리를 따서 이렇게 부르죠.
> • 신문 기사를 작성할 때 쓰입니다. 앞서와 같은 여섯 가지 물음에 대한 답변을 담아서 써야 한다는 겁니다.

이 정도면 육하원칙에 대해 거의 모든 걸 알고 있다 하겠다. 내 경험에 비춰 보면 초등학교 졸업 수준의 학력자라면 모두 알고 있는 사실이다. 신기하지 않은가. 답변 내용 또한 조금만 정리하면 백과사전 수준이니 놀랍기까지 하다.

> 5W1H―영어로 육하원칙(六何原則)의 약어. Who(누가)·When(언제)·Where(어디서)·What(무엇을)·Why(왜)와 How(어떻게)의 머리글자다. 특히 신문 기사의 리드(lead, 신문의 기사, 논설 등에서 본문의 맨 앞에 그 요점을 추려서 쓴 짧은 문장)는 이러한 원칙에 입각하여 작성한다. 그러나 이 원칙에서 각 사항의 순서는 반드시 누가·언제·어디서·무엇을·왜·어떻게의 순으로 할 필요는 없으며, 뉴스 가치가 높은 사항의 순서대로 한다.
>
> ―〈한국언론진흥재단〉

육하원칙에서 여섯 개 사항은 뉴스 가치가 높은 순서대로 제시한다는 설명만 덧붙였을 뿐이다. 이렇듯 모두 다 알고, 모두 잘 알고 있는 것이 바로 육하원칙이다. 자, 이제 질문을 하나 던지겠다. "그래서 어쨌다는 거지?(And so what?)"

그래서, 그래서 어쨌다는 거냐고? 육하원칙에 대해 이렇게 모두 잘 기억하는데 지금까지 도대체 무엇을 했냐고? 신문 기사를 작성하는 데 요긴하게 쓰였나? 아니면 국어 시험에 꼬박꼬박 나와서 점수를 올리는 데 도움을 주었나? 아니면 하다못해 무슨 퀴즈 대회에라도 나가서 문제 푸는 데 도움이 되었나?

곰곰이 돌이켜 보라. 육하원칙을 본격적으로 활용한 적은 거의 없을 것이다. 그럼 제대로 써먹지도 못할 육하원칙은 왜 그렇게 주문처럼 외운 것일까? 그것도 초등학교 졸업 이상의 국민 모두가 말이다.

2 육하원칙의 중요성과 쓰임새

육하원칙은 신문 기사를 작성하는 데 필요하다. 하지만 육하원칙이 단순히 신문 기사를 작성할 때만 필요한 것은 아니다(더구나 모든 신문 기사가 육하원칙을 꼭 지키는 것도 아니다). 흔히 '5W1H'로도 불리는 육하원칙은 인간의 삶을 파악하는 좌표와 같다. 아무리 파란만장한 삶이라도 '누가, 언제, 어디서, 무엇을, 어떻게, 왜'라는 여섯 가지 축에서 벗어나기란 사실상 불가능하기 때문이다.

신문이 삶의 스펙트럼이자 세계의 거울로서 육하원칙을 기사 작성의 일반적 기준으로 강조하고 있는 것은 지극히 당연하다. 육하원칙을 중시하면서 읽으면 글 자체를 깊이 있게 이해하고, 나아가 인간 삶을 명료하게 파악하는 능력과 습관까지 기를 수 있다. 각각 시간과 공간·주체·대상·방법·동기라는 여섯 가지 측면에서 신문 기사들을 꼼꼼히 분석하며 읽도록 노력하면 체계적으로 사고하는 능력과 습관 또한 자연스럽게 기를 수 있다.

— 허병두, 「육하원칙으로 읽기」, 『신문활용교육이란 무엇인가』, 중앙M&B, 1997,

118쪽

실제로 요즘에는 육하원칙의 중요성을 살뜰하게 활용하는 경우가 속속 늘고 있다. '5W1H'를 활용하는 다음의 영문 이력서 작성법도 그러한 사례 가운데 하나다.

'5W1H' 깔끔하게 정리
—출신교 · 전공 정확히······ 직무 경험은 구체적

취업난이 극심한 요즘, 인터뷰조차 못해 봤다는 취업 준비생이나 재취업자들이 흔하다. 어떻게 해야 인터뷰의 문을 열고 상대 회사와 얘기라도 나눠 볼까? 필요한 정보를 깔끔하게 정돈한 이력서를 통해 호기심을 사는 게 가장 중요하다. 이력서에는 기본적으로 '내가 누구이

고(Who I am), 무엇을 했고(What I've done), 어떻게 했고(How I've done), 왜 적격인지(Why I am the right person for the job)' 등의 내용이 들어가야 한다. 또 같은 내용이라도 어떻게 작성하느냐에 따라 인터뷰 초대권이 올 수도, 안 올 수도 있다.

—〈디자이너잡〉(www.designerjob.co.kr), 「이력서 작성 요령」 부분

앞서의 조언을 염두에 두고 이력서를 쓰기 위하여 간단하게 메모해 보자(내가 누구인지 어떻게 표현하지? 무엇을 했다고 해야 그럴듯하게 받아들일까? 남들과 달리 어떻게 했는지? 왜 내가 이 직장에 적임자인지? 등등. 대입 자기 소개서 또한 이와 마찬가지다.).

함께 해 봅니다

3 육하원칙으로 사고 펼치기

육하원칙, 곧 여섯 가지 질문들을 던지면서 책을 읽어 가라. 이러한 독서 방법은 육하원칙을 활용하면서 자신의 사고와 감성을 펼쳐 가라는 말이나 마찬가지다. 읽다와 쓰다, 생각하다와 느끼다는 서로 긴밀하게 연관되는 활동이기 때문이다.

자, 어떤 사건이나 현상, 사물 등 무엇이든지 주제 삼아 생각을 펼쳐 가면서 여섯 가지 질문을 던져 보라. 각각의 질문들은 예리한 갈고리와 풍성한 삽이 되어 여섯 개의 세계를 끌어오고 담아 온다. 다시 말해, '시간·공간·주체·대상·방법·동기'의 세계가 구체적으로 다가오면서, 주제가 훨씬 더 깊고 넓게 부각되기 시작하는 것이다. 다음 그림을 자세히 살펴보라.

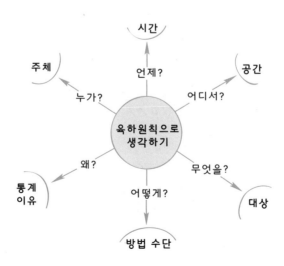

공부를 거의 하지 않는 느긋한 동포들이 가끔 교실에서 내게 말을 붙여 온다.

선생님? 왜? 저는 사업할 겁니다. 그래? 네, 대학 안 가고 사업이나 하려고요. 에휴(한숨 소리!). 왜요, 선생님? 아니다. 뭐가요? 아니라고! 왜 그러시는데요? 너, 사업 언제 하고 싶은데? 고등학교 졸업하고 할 거니? 글쎄요…… 어디서 할 건데? 어느 동네에서? 글쎄요…… 누구랑 할 거야? 혼자? 아니면 동업? 글쎄요…… 사업 아이템은 무엇인데? 글쎄요…… 으으, 좋다. 네가 사업을 한다고 치자. 어떻게 할 건데? 마케팅 기법도 알아야 하고 재무 관리도 해야 하고…… 물론 다 알겠지? (침묵) 그런데 사업을 왜 하려고 하니? 돈 벌려고요! 사업도 말이다. 그냥 하면 단지 장사꾼에 불과하지. 왜 사업을 하려는지 생각 좀 해 보고 해라. 그래야 세계적인 기업가, 존경받는 기업가가 되니까.

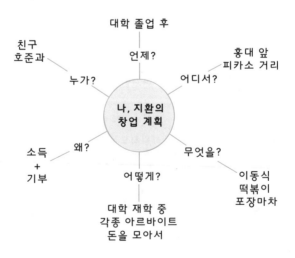

사업을 하는 것도 그냥 막연해서는 성공할 수 없다. 이 세상 무슨 일이든지 그저 아무렇게나 해서 제대로 이루어지는 경우란 없다. 극히 드문 확률의 행운이 개입되는 경우도 있으나 역시 우연에 지나지 않을 뿐이다. 우연에 기대어 살기에는 우리의 삶이 너무나 소중하다. 이 세상의 모든 일을 해 나갈 때 육하원칙을 중시하면서 생각하고 행동하면 늘 알찬 결실을 거둘 수 있다.

함께 해 봅니다

'나의 진로(進路)'에 관해서 육하원칙을 중심으로 자유롭게 사고를 펼쳐 보자.

4 육하원칙으로 생각하고 느끼기

1) 누가?—주체의 축

- 길거리나 지하철에서 마주치는 사람들을 가능한 한 많이 메모하면서 정리하라. 그들이 집으로 돌아가서 무엇을 할 것인지, 어떤 성격의 소유자들인지 구체적으로 상상해 보라.
- 신문을 읽으면서 기사에 나온 등장인물들을 서로 바꿔 보라(마음이 '당기지' 않으면 영화 광고의 등장인물들을 서로 바꿔도 좋다).
- 아무 책이나 들추면서 서술어의 주역인 주체들을 마구 섞어 보라. 이를테면, '프린터가 발달한 시대였다'와 '벌들이 삽시간에 모여들었다'가 눈에 띄었다면, 프린터와 벌들을 살짝 바꿔 읽으라.
- 자신이 좋아하는 소설의 주인공을 현실 속에 불러들여라. 그(그녀)라면 어떻게 생각하고 행동할까?

2) 언제?—시간의 축

- 시간이 흐르면 모든 것이 변한다. 여러분이 다니는 학교는 과거에 어떤 모습이었을까? 10년 전? 100년 전? 1만 년 전? 1억 년 전? 충분히 상상했다고 여겨지면 이번에는 방향을 미래로 향해서 시도해 보라.
- '내 삶의 가장 결정적인 순간들'이란 주제로 자신의 과거를 떠올려 보라. 그런 다음 시간 순서대로 배열해 보라.

- 5분 안에 '경천동지(驚天動地, 세상을 몹시 놀라게 함)'할 변화가 나타나는 상황들을 다섯 개 이상 떠올려 보라.

3) 어디서? — 공간의 축

- 자신이 가장 편하게 느껴지는 장소는 어디인가? 다섯 군데 이상 떠올리며 왜 그런지 생각해 보라.
- 무인도와 난파선, 표류 끝에 겨우 살아남은 자. 이러한 상황은 전 세계 만화가들이 솜씨를 겨루는 카툰(cartoon, 주로 정치적인 내용을 풍자적으로 표현하는 한 컷짜리 만화)의 단골 소재다. 만화가들의 상상력을 능가할 정도의 상황을 떠올려 보라.
- 청소년들이 즐겨 찾을 수 있는 우리나라의 문화 공간들을 다섯 군데 이상 조사해 보라(조사하기가 싫다면 직접 아이디어를 발휘하여 대략적으로나마 제시해도 좋다).

4) 무엇을? — 대상의 축

- 눈에는 보이지 않지만 중요한 것들을 다섯 개 이상 열거해 보라. 그리고 그것들이 왜 중요한지 그 근거를 자세하고 구체적으로 써 보라.
- 무한한 우주와 원자의 세계에 대해 쓴 과학 책을 읽어 보라.
- 청소년을 위한 '푸른 도서관'을 만들고 싶다. 그 안에 꼭 들어가면 좋을 책들을 열 권 이상 찾아보라.

5) 어떻게?—방법의 축

- 스도쿠 퍼즐을 재미있게 즐기려면? 라면을 맛있게 끓이는 방법은? 영어 단어 빨리 외우는 비결은?
- 불교의 아주 오래된 화두 가운데 '병 속에 있는 새를 어떻게 꺼낼까?'라는 것이 있다. 도대체 무슨 말일까?
- 어떻게 살아야 인생이 재미있으면서도 보람 있을까?

6) 왜?—동기의 축

- 팔레스타인과 이스라엘의 분쟁이 끊이지 않는 이유는 과연 무엇일까?
- 왜 중력이 생기는 것일까? 왜 사형제를 폐지하자고 하는 것일까?
- 왜 '왜?'라는 질문이 중요할까?

제 3 부
저자를 만나서 저자가 되자

"왜 저자를 만나야 하나요?" "사실 책 읽는 시간도 아까운데 공부나 하죠?" "아, 귀찮아! 어차피 못 만날 건데. 헛수고라고요!"

저자란 누구인가. 자신이 관심 있는 분야, 평생 일하고 싶은 분야에서 전문적 식견을 지니고 활발히 활동하여 책을 펴내기까지 한 사람이 아닌가. 그러한 저자를 직접 만난다는 것, 저자의 책을 철저히 읽고 깊이 이야기한다는 것, 말로는 쉽게 설명할 수 없는 전문가의 분위기를 직접 경험한다는 것. 이는 청소년 시절에, 청년 시절에, 아니 평생에 걸쳐 가장 중요한 공부다.

자기의 희망 진로 분야에서 인터뷰하고 싶은 저자를 찾았다는 것. 이는 자기 삶의 방향을 굵직하면서도 구체적으로 정했을 뿐만 아니라 세밀하면서도 실질적으로 추진할 수 있게 되었음을 말한다. 이제 저자를 만나 자기 삶을 풍요롭고 깊게 만드는 일만 남았다.

여기에서는 저자를 만나는 과정을 살피며 '나만의 책쓰기 프로그램'을 구체적으로 완성해 가자. 모든 글쓰기와 책쓰기는 사람과 사람이 진정으로 만나는 데서 시작하고 끝난다는 평범한 진리를 거듭 강조한다.

제1장
저자 인터뷰 방법

글과 책을 제대로 읽고 쓰려면 '사람'을 만나야 한다. 특히 자신이 희망하는 진로 분야의 전문가로서 책을 펴내기까지 한 저자는 꼭 만나야 한다. 나보다 먼저 성취한 저자는 책쓰기뿐만 아니라 인생의 스승 역할까지 해 준다.

이렇게 평범하면서도 단순한 진리, 곧 글쓰기와 책쓰기의 왕도를 깨닫지 못하는 경우가 뜻밖에 많다. "에이, 글은 아무나 쓰나요? 책을 쓰는 사람은 우리와는 한참 다르잖아요?" 이런 생각을 하는 한, 글쓰기와 책쓰기에서 괄목할 만한 성과를 이루기란 아무래도 어렵다. 어쩌면 영영 글과 책을 제대로 읽고 쓰지 못할지도 모른다. 저자를 만나는 과정은 책쓰기를 넘어 자신이 자기 삶의 주인공으로 독립하는 데 커다란 도움이 된다.

1 인터뷰는 글과 책을 뛰어넘는 왕도

인류사에 이름을 남긴 사람들은 대개 자신의 글이나 책을 남겼다. 이들의 글과 책은 언제나 생생한 삶의 스승이다. 글쓰기 선수인 작가들도 앞선 또는 같은 시대를 사는 다른 작가들의 글과 책을 교과서처럼 읽는다. 이렇게 글과 책으로 공부한 경우를 흔히 '사숙(私淑)'이라 말한다.

사숙이란 직접 만날 수 없는 부득이한 경우에만 한정했을 뿐, 훌륭한 스승인 저자를 일부러 만나지 않으려고 한 것은 아니다. 오히려 저자를 만나기 위하여 어떤 고난도 마다하지 않는 경우가 더 많았다. 인류사의 스승이란 결국 탁월한 저자들이다.

> **함께 해 봅니다**
>
> 자신에게 스승이 될 수 있는 책을 찾아서 저자 이름을 가능한 한 많이 써 보자.

물론 석가나 예수, 공자, 소크라테스 등과 같이 직접 책을 쓰지 않은 인류의 큰 스승도 있다. 하지만 이 경우에도 그들의 말을 받아 적은 책이 엄연히 존재한다. 『불경』『성경』『논어』…… 곰곰이 따져 보면 인류사의 큰 스승들은 말하는 글이자 걸어 다니는 책이었던 셈이다. 동서고금을 막론하고 저자는 언제나 스승의 또 다른 이름이었다.

저자 만나기. 이는 글과 책의 한계를 단번에 뛰어넘을 수 있는 훌륭한 방법이다. 그러니 반드시 저자를 인터뷰하라. 인터뷰를 마치고 난 뒤에 얻은 깨달음에 대해 쓴 숭문고 2학년들의 글을 읽어 보자. 왜 인터뷰를 하면 좋은지 느끼는 바가 있을 것이다.

소감 1

처음으로 느낀 것은 내가 사고하는 것과 전문가가 생각하는 것이 달랐다는 점이다. 나는 비판 쪽으로만 시화호 이야기를 진행했지만, 전문가는 찬성 쪽의 예도 들고 반대 쪽의 예도 들어서 반대 쪽을 지지한다고 했다.

소감 2

무교동 낙지볶음의 매콤한 맛이랄까? 정말 화끈하고 후련했다. 전문가와 인터뷰를 하면서 내가 모르고 있던 시화호의 배경이라든가 직접적인 개발의 원인, 그리고 어부들의 처우 등에 대한 자세한 정보를 얻을 수 있었기 때문이다. 저자 인터뷰는 정보의 시화호라 불리는(?) 인터넷에서 100쪽의 자료를 얻은 것보다 값졌다.

인터뷰를 하면서 전문가의 어조를 통해서 긍정적으로 말하는지 아니면 부정적으로 말하는지를 대략 짐작할 수 있었다.

한마디 한마디마다 내 경험이 쌓이는 것 같았고, 또 녹음을 해서 집에 와서 다시 들어 보니, 나름대로 알고 있던 배경지식에 살이 조금씩 더 붙어 나가는 것 같았다.

2 저자를 만나려면 어떻게 할까

저자는 해당 분야의 전문가다. 글을 쓰고 책까지 펴내는, 전문가 가운데서도 최고수다. 여러분이 부탁한다고 기다렸다는 듯이 넙죽 만나 줄 리는 없다. 어쩌면 그런 기대는 아예 하지 않는 것이 좋다.

만일 저자가 흔쾌히 만나 주겠다면 여러분이 무척이나 기특하고 대견해서이거나, 자신의 책이 알려지지 않아서 안타까워하고 있을 때임에 틀림없다.

저자와 인터뷰를 하고 싶다면, 그 저자에 대한 자료를 치밀하게 조사하고 저자가 쓴 책을 꼼꼼하게 읽으면서 철저히 준비하는 것이 중요하다. 우선 그가 어떤 활동을 했는지 약력을 조사해야 한다. 또 저자가 쓴 책은 어떤 종류이며 그 특성과 내용은 무엇인지, 어떤 평가를 받는지도 조사해야 한다.

특히 저자의 평가와 관련된 자료를 모을 때는 주의해야 한다. 객관적인 평가랍시고 지나치게 외부의 반응과 의견만 받아들인다면 크게 실례할 수도 있다. 해당 분야의 전문가라면, 대개의 경우 그 분야의 대다수가 생각하고 느끼는 이상의 안목과 경지를 갖추고 월등히 홀로 앞서 나가는 경우도 충분히 가능하기 때문이다. 뒷사람들에게 맨 앞에서 혼자 달리는 사람이 어디 있냐고 물어보는 것은 어리석은 일이다.

어떤 분야의 최고수와 직접 만나 무엇이든 원하는 주제에 관해 이야기를 나눌 수 있다는 것은 저자 인터뷰의 가장 큰 매력이다. 해당 분야에서 가장 앞서서 모든 정보를 장악하고, 그의 움직임이 그대로 속속 새로운 정보가 되는 최고 전문가. 저자는 해당 분야를 이해하는 데 반드시 거쳐야 할 관문이며 정복하는 데 꼭 필요한 토대다. 그러니 전작주의자처럼 저자의 모든 책을 열심히 섭렵하려는 자세가 기본적으로 필요하다.

저자의 작품을 모두 찾아 읽기 어렵다면, 근작부터 역순으로 몇 권을 골라 읽으면 된다. 저자에게 근작이란 저자가 그동안의 여러 과정을 거쳐서 도달한 가장 마지막 노력과 선택의 결과라 할 수 있다. 따라서 근작을 무시하고 작품 세계를 논의한다면 지금까지 쌓아 온 작가의 노력을 무시하고 부정하는 꼴이 된다. 더구나 끊임없이 자신을 새롭게 하면서 현재에 이른 작가라면 더욱더 그러하다. 곁들여 최초의 작품은 어떤 내용과 경향을 보였는지 확인하는 것도 중요하다. 좋든 나쁘든 최초의 작품은 해당 저자를 이해하는 기본 열쇠다.

3 나에게 꼭 맞는 저자를 찾아라!

무엇보다도 자신에게 걸맞은 저자를 고르는 것이 가장 중요하다. 아무리 좋은 책을 썼다 해도 자신이 관심 없거나 잘 모르는 분야, 더 알고 싶지도 않은 분야의 저자라면 열심히 인터뷰하고 싶은 생각이 들지 않을 것이다. 평소 막연하게라도 만나고 싶었다거나, 앞으로 자신이 희망하는 진로를 걸을 때 만나야 할 저자를 골라야 한다.

"어? 나는 아직 희망하는 진로가 없는데……" 이런 경우에는 대형 서점이나 인터넷 서점에서 답을 찾아라. 그저 부담 없이 이 분야 저 분야를 내키는 대로 어슬렁거리며 돌아다녀라. 단, 문학이나 과학, 역사 등 굵직한 마당들을 빼놓아서는 안 된다. 여기저기 들르되, 빠짐없이 산책하라는 말이다. 그러다가 왠지 마음에 드는 책들이 있다면 몇 권이고 집어 들어 펴라. 표지 안쪽의 왼편 책날개에는 저자 소개가 씌어 있다. 저자의 삶과 글, 책에 관해 쓴 글을 찬찬히 읽어 보라. 마음에 안든다면 조용히 내려놓고, 또 다른 책으로 손길을 옮겨라.

자신에게 늘 조언해 줄 평생의 귀인(貴人), 구루(guru, 인도에서 존경하는 사람·종교 지도자 등을 뜻하는 말), 멘토(mentor, 충실하고 현명한 조언자 또는 스승)를 찾아야 한다. 그저 단 한 번의 인터뷰로 끝날 사람을 찾자는 것이 아니다. 그러니 아무나 인터뷰 상대로 삼지 마라.

한 번의 만남으로 끝날 사람이라면 인터뷰는 서로에게 시간 낭비에 지나지 않는다. 자유롭게 인터뷰 상대를 고르되 신중하게 고르고 또 고르라.

이때 인터뷰 희망 메모를 다음과 같이 써 보는 것도 좋다.

예시

흔히들 '우리 시대의 역설'이라 하면서 하는 이야기 중 하나가 "편의 기구의 등장으로 생활은 더 편리해졌지만, 우리는 예전보다 더욱 더 시간에 쫓기면서 살고 있다"이다. 그만큼 사람들 모두가 '시간의 흐름'이라는 압박적인 틀 속에서 급하게 살고 있는 것이다.

이런 경우는 물론 나도 마찬가지다. 시험이니 숙제니 해서 시간에 쫓겨 사는 것이다. 그렇기 때문에 『슬로푸드, 슬로라이프』라는, 약간은 시대에 역행하는 듯한 제목을 달고 나온 이 책의 저자 김종덕 교수님과 인터뷰를 하고 싶었다.

어떻게 보면 교수라는 안정직, 고수입 직업 덕분에 자기 몸 챙겨 가면서 느리게 산다고 생각할 수 있다. 그리고 이런 것을 흔히들 '보신'이라고들 한다. 그러나 책을 조금만 읽어 보면 거창한 이유가 아닌, 자신의 욕심을 조금만 줄인다면, 실천할 수 있는 '여유로운 삶'과 '건강하고 알뜰하게 먹는 법'을 소개하고 있다. 그러므로 위에서 말했듯이 저자와 인터뷰를 해서, '슬로라이프의 실천 방법' '어떻게 책의 내용을 실천하시는지?' '갈수록 가속화되는 사회에서 이것을 어떻게 지켜 나갈 것인지?'에 대해 꼭 인터뷰하고 싶다.

—숭문고 3학년

'나는 꼭 이분과 인터뷰하고 싶다'고 생각하는 저자를 찾았다면 '왜 나하면' '다시 말해' '예를 들어'를 한 번 이상 활용해서 글을 써 보라.

> **함께 해 봅니다**
>
> 나는 _____을/를 쓴 저자 _____와/과 꼭 인터뷰를 하고 싶다. 왜냐 하면……

논술 시험을 걱정하고 있다면, '논술 시험'에 관해 훌륭한 책을 썼다는 저자를 인터뷰하고 싶다고 쓰면 된다. 답은 언제나 문제 속에 숨어 있는 법이다.

제2장
드디어 저자와 만나다

"평생 뭐 하면서 살래?" 이런 질문에 자신 있게 대답할 수 있는가? 말투가 조금 거칠고 껄끄럽게 느껴졌다면 다시 묻는다. "앞으로 어느 분야에서 일하고 싶은가?"

대개 막연한 대답을 듣기 일쑤다. 자신의 진로를 구체적으로 정하지 못했기 때문이다. 허구한 날 그저 열심히 공부하라는 소리만 들었을 뿐, 자신의 진로에 대해서 막상 깊이 고민한 적이 별로 없어서다.

세상을 바라보고, 자신을 들여다보고, 다시 미래를 헤아려 보아야 하는데 우리네 학교에서는 그저 문제지 위에서 답만 찾게 한다. 요행히 진로 적성 검사 등도 해 보지만, 남는 것은 그래프 몇 개에 여러 해석이 가능한 애매한 언어들뿐이다. 도대체 자신의 진로에 대해 무엇을 어떻게 준비해야 한단 말인가?

아무도 가지 않은 길이든, 누군가가 이미 앞서 갔던 길이든, 늘 나침반 역할을 해 줄 인물이 반드시 필요한 법이다. 특정 분야에서 이미 자신의 입지를 분명히 굳힌 저자야말로 '머뭇거리는 나' '비틀거리는

나' '넘어지려는 나'를 가까이에서 밀어 주고, 잡아 주고, 일으켜 주는 살아 있는 수호천사다.

1 저자와 연락할 수 있는 확실한 방법

인터뷰하고 싶은 저자를 찾았다면, 다음 단계는 직접 얼굴 맞대기다. 앞 장에서 연습한 '인터뷰 희망 메모'를 좀 더 다듬어 인터뷰 희망 편지를 보내자.

저자의 소재를 파악하려면 일단 저자의 책을 출판한 출판사에 연락하는 것이 가장 빠르다. 책의 안쪽을 펼쳐 보면 출판사 이름과 전화번호를 인쇄한 부분이 있다. 대개 편집부에 전화를 걸면 된다(출판사에는 저자의 원고를 책으로 만드는 데 결정적인 역할을 하는 편집부, 책의 판매와 홍보를 담당하는 영업부, 보기 좋은 형태를 고민하고 관련 자료들을 책에 적절히 아우르는 디자인부 등이 있다).

전화가 연결되면 최대한 예의를 갖춰 말한다. "저는 ○○책의 독자입니다. 책을 읽다가 궁금한 점이 있어 저자분에게 직접 여쭤 보고 싶습니다. 편지를 보낼 수 있는 저자 주소를 가르쳐 주셨으면 합니다."

미처 말을 끝내기도 전에 상대가 차가운 목소리로 거절할 수도 있다. 출판사가 저자의 소재를 쉽게 알려 주지 않는 경우인데, 독자라고 하면서 저자에게 무엇을 사 달라고 부탁하는 등 엉뚱하게 접근하는 사람들이 있기 때문이다. 출판사로서는 공연히 저자와 연결시켜 주었다가 곤혹을 치를 수도 있으므로 미리 경계하는 것이다.

하지만 위기는 '위험한 기회'다. 편집자가 싸늘하게 대하면 화내지 말고 자신이 준비한 질문거리를 또박또박 말해 준다. "제가 읽은 글 가운데 이러저러한 내용이 있는데 이에 관해서 저자의 최근 생각을 듣고 싶습니다." 이렇게 말했는데도 상대가 미심쩍어 하는 듯싶으면 좀 더 자세하게 말하면 된다. 이를테면 "책의 2부 92쪽에서 94쪽까지 나오는 대목이 현재 어떻게 해석되는지 듣고 싶습니다" 같은 식이다.

이 정도 질문이라면 대개의 편집자들이 두 손을 들고 저자 연락처를 알려 줄 것이다. 그래도 가르쳐 주지 않는다면? 자신이 얼마나 철저하게 책을 읽었는지 '과시'하자. "책 3부에 있는 내용은 사실과 다른 듯싶기도 하고요. 4부에서 서술한 내용의 근거는 과연 합리적인지 묻고 싶습니다. 그리고 또, 그리고 또……"

함께 해 봅니다

저자를 만나서 물어보고 싶은 것들……

이제 미리 작성한 인터뷰 희망 편지를 다시 보완하자. 몇 번이고 보완할수록 좋다. 글을 고칠 때에는 시간을 두고 여러 차례에 걸쳐 진행하는 것이 확실히 효과적이다. 며칠 지난 뒤에 읽어 보면 예전과 달리 모자란 곳, 고쳐야 할 곳이 눈에 확 띈다. 그래서 글쓰기 고수들의 경우에도 미리 글을 써 놓은 다음에 며칠이나 몇 주, 심지어 몇 년 동안 치워 놓았다가 퇴고하는 경우가 적지 않다(이 책도 초고는 2006년쯤 완성되었으나, 6년 이상이나 고치고 또 고쳤다. 틈틈이 시간을 내서 고쳤는데 그때마다 새롭게 고칠 것들이 나왔다. 좀 더 좋은 책을 쓰려면 고통스러워도 이렇게 고치는 과정을 즐겨야 한다).

저자에게 인터뷰 희망 편지를 보낼 때는 자필로 편지를 써서 보내면 좋다. 인터뷰를 꼭 하고 싶다는 자신의 의지를 밝히고, 정성 또한 강조할 수 있기 때문이다. 곁들여 편지지 말미에 슬쩍 전화번호를 남겨 두는 지혜를 발휘하자.

> * 인터뷰 희망 편지의 네 가지 점검 포인트
> • 정중하게 예의를 지켜서 인터뷰를 부탁하는가?—예의
> • 명확하게 인터뷰 성격을 밝히고 있는가?—내용
> • 정확하게 인터뷰 희망 글을 쓰고 있는가?—방향
> • 절실하게 인터뷰를 성사하려는 의지를 보여 주는가?—의지

열흘이 지나도 답신이 오지 않으면 저자에게 다시 연락한다. 이때 미리 확보한 이메일 주소로 편지를 한 번 더 보내는 것도 좋다. 왜 답장 안 보내 주냐고 떼를 써서는 안 된다. 역시 정중하게 예의를 갖춰 글을 쓰고, 앞서의 인터뷰 희망 편지를 첨부 파일로 덧붙인다.

예시

> 인터뷰 희망 편지를 보낸 고교생 ○○○입니다. 선생님을 꼭 뵙고 책에 대해서 깊이 이야기를 듣고 싶습니다. 이러저러한 것들도 잘 모르겠으니 보완 설명해 주셨으면 좋겠습니다. 무엇보다도 선생님 분야에 관심이 많아서 앞으로 진로로 삼을까 결심하고 있으니 많이 도와주시기 바랍니다. 아주 짧은 시간이라도 꼭 뵙고 싶습니다.

만일 전화를 걸기로 결정했다면, 인터뷰 희망 편지를 쓰면서 무수히 그려 보았던 상황을 충분히 떠올려라. 그리고 꼭 저자와 만날 수 있다는 신념을 갖고 전화기를 들어라. '간절히 바라면 이루어진다'는 서양의 옛 속담도 있다.

전화를 걸었는데도 인터뷰를 끝내 거절한다면? 그것은 악몽이다. 하지만 악몽을 헤쳐 가는 방안도 없지는 않다. 꼭 선생님을 뵙고 좋은 말씀 듣고 싶지만 어려우시다면 다른 저자를 소개해 달라고 부탁한다. 그마저 거절하기란 그리 쉽지 않은 것이 인지상정이다.

다른 저자마저 소개해 주지 않는다면? 인터뷰를 하고 싶다고 다시 졸라 대는 수밖에! 아무리 까다로운 저자도 인간이다. 더구나 예의와 품위를 지킨다면 독자가 저자에게 책 내용에 관해서 묻는다는 것은 당연한 권리다. 법적인 권리야 없지만 도덕적인 권리는 충분하다.

　누군가가 자기 책을 열심히 읽고 만나고 싶다며 진지하게 부탁하는데 여러분이라면 과연 거절할 수 있겠는가? 돈에 눈이 어둡거나 마음이 비뚤어진 저자가 아니라면, 또는 정말 바쁜 저자가 아니라면 쉽게 거절하지 못한다.

　그러니 단 10분만이라도 만나게 해 달라고 끝까지 조르자. 정말 10분만 인터뷰를 하려고? 그렇다. 하지만 일단 저자가 인터뷰 장소에 나타나면 10분만 인터뷰를 하고 돌아가기란 어렵다. 오히려 저자가 더 오래 대화하려는 경우가 대부분이다. 인터뷰 약속을 안 하면 안 했지 자신의 책을 열심히 읽은 독자를 인터뷰 10분만에 그냥 돌아가라고 하기란 사실상 불가능하다. 그러니 아무리 10분, 아니 3분 인터뷰라도 모든 정성과 노력을 다 기울여 인터뷰를 성사시켜라.

　인터뷰 승낙을 받으려면 무엇보다도 자신에게는 매우 큰 도움이 되게, 반대로 저자에게는 그리 큰 부담이 되지 않게 해야 한다. 어떤 일이든 보람은 크고 부담이 적을 때 누구나 솔깃하게 마련이다. 저자가 짧은 시간에 알찬 도움을 줄 수 있도록 미리 철저히 준비하는 자세가 필수적이란 뜻이다. 그저 막연하게 좋은 말씀을 해 달라는 식이거나, 갖고 있는 자료를 모두 달라거나, 미리 질문서조차 보내지 않는 등의 자세는 절대 피해야 한다.

3 인터뷰를 더욱 잘하는 방법

다행스럽게 인터뷰 약속을 받아 냈다면, 이제 새로운 고민이 시작된다. 무엇을 물어볼까. 어떻게 물어볼까. 정말 걱정스럽다. 이때 두 가지 질문 방식을 사용하면 효과적이다.

하나는 추상적인 질문으로 시작하여 넓게 묻되, 점점 좁혀 가며 물어보는 방식이다. 요즘 한국 경제를 어떻게 보는가부터 시작해서 시중 금리를 인상해야 하는가 말아야 하는가 식으로 질문하는 것이다. 이와는 달리 구체적인 질문에서 시작해 추상적인 질문으로 넓혀 가는 반대 방식도 가능하다.

모든 일이 대개 그러하듯이 인터뷰 질문 방법에도 왕도란 없다. 가장 진실하게 구체적으로 묻는 것이 최선이다. 물론 인터뷰 상대에게 귀를 기울이는 자세는 어느 경우에도 기본이다.

인터뷰 질문서를 미리 전해 주는 것도 한 방법이다. 이때는 너무 자세한 질문서가 오히려 해가 될 수도 있으니 유의해야 한다. 정말 바쁘고 머리 아픈 저자라면 애써 승낙을 받았더라도 차갑게 거절할 수 있으므로 주의해서 판단해야 한다.

다음은 2004년, 서강대학교 문학부에서 영미 문학을 가르쳤던 고(故) 장영희 교수를 직접 만난 학생이 인터뷰한 내용의 일부이다. 장영희 교수는 『문학의 숲을 거닐다』(샘터사, 2005)와 『내 생애 단 한 번』(샘터사, 2010) 등 여러 수필집을 출간해 많은 호응을 얻은 바 있는 베스트셀러 수필 작가이다. "글이 안 써질 때는 머리를 벽에 박죠!"라고 서슴없이 말할 정도로 소탈하고, 독자들의 마음결을 섬세히 헤아리며, 자신의 글을 읽는 순간 누구라도 문학의 깊은 세계에 흠뻑 빠져들게 만드는 저자였다.

인터뷰 주제는 '영문학과를 지망하는 고등학생들을 위하여'였다. 미리 인터뷰 질문서를 보내자 꼼꼼하게 답을 써서 보내왔다. 이는 대학 신입생들에게 '영문학 개론'을 가르쳤던 장영희 교수로서도 평소의 답답함을 풀 수 있는 좋은 주제였으리라.

학생 단독으로 인터뷰한 자료이기에 기록적 가치까지 있으므로 거의 고치지 않고 그대로 제시한다.

예시

서강대 영문학과 장영희 교수를 만나다!

질문 1: 영문학과 지망생이 읽으면 좋은 책을 추천하신다면 무엇들인가요?

장영희: 『노인과 바다』『호밀밭의 파수꾼』『분노의 포도』『위대한 개츠비』『백경』 정도입니다. 『백경』은 고등학생에게 다소 어려울 수도 있겠군요. 하지만 많이 읽을수록 좋으면 좋았지, 나쁠 것은 없다고 봅니다.

질문 2: 다섯 권의 책을 추천해 주셨는데, 고등학생이라면 원서로 읽는 것이 좋을까요?

장영희: 원서로 읽는 것이 충분히 도움이 될 수 있어요. 특히 『노인과 바

다』 같은 경우는 고등학생이 읽기에 그다지 어렵지 않습니다.

질문 3: 학생들이 입학 시 영문학과에 대해 갖고 있는 잘못된 생각들이 있다면 무엇입니까?

장영희: 영문학과는 문학을 배우는 곳입니다. 국문학과가 무엇을 배우는 곳인지 알고 있다면 이해할 수 있겠지요. 영어 자체의 효용성을 생각한다면 오지 않는 것이 좋습니다. 영어의 기능적인 면은 배우지 않습니다. 다만 공부를 하면서 자연스럽게 영어가 늘 수 있겠지요.

질문 4: 현재 영문학과 신입생들의 실태를 알고 싶습니다. 신입생들이 책을 많이 읽고 들어오는 편인가요?

장영희: 대단히 아쉽게도 여러 작품들을 전혀 안 읽고 입학합니다. 입시 공부로 여유가 없기 때문이겠지요. 대부분은 대학에 들어와서 작품들을 읽기 시작한다고 보면 됩니다.

질문 5: 바람직한 독서 방법을 제시해 주신다면 무엇입니까?

장영희: 고등학교 때는 그저 자신이 좋아하는 것, 흥미를 느끼는 쪽의 책을 많이 읽어 보는 것이 중요합니다. 나도 어릴 때부터 문학 작품 읽기를 좋아했습니다.

질문 6: 작품을 읽을 때 중요한 점, 생각해 보아야 할 것들은 무엇이 있을까요?

장영희: 작품들을 많이 읽어 보고 그것을 다각적이면서 창의적으로 생각해 보는 것이 중요합니다. 독후감을 써 보는 것도 좋은 방법입니다.

질문 7: 영문학과를 진학하는 학생들에게 꼭 해 주고 싶으신 말씀이 있으시다면요?

장영희: 일단 처음 책을 접할 때는 되도록 쉬운 책부터 접하도록 하세요. 그리고 문학을 좋아하게 되면 공부하는 데 더욱 좋습니다. 입학 인터뷰를 해 보면 여러 학생들이 있지만 영문학에 대한 학생의 적성, 잠재성의 여부가 중시되는 만큼 영문학에 대해 자신이 정말 적성에 맞는가, 흥미를 느끼는가에 대하여 고민할 필요가 있습니다.

※이하 생략

― 장영희 교수·숭문고 학생 인터뷰 부분

제3장
다양한 인터뷰들

'내가 쓴 글이 누군가의 가슴을 파고들 수 있다면! 내가 쓴 글이 누군가의 머리를 깨워 줄 수 있다면! 내가 펴낸 책이 누군가의 삶에 의미 있게 다가갈 수 있다면!'

이는 거의 모든 저자들이 간절하게 바라는 소망일 것이다. 그만큼 저자에게 책이란 자기 자신이나 마찬가지며, 자신이 꿈꾸는 세계를 실현하는 수단이자, 언어로 창조하는 이상(理想) 세계 그 자체이기도 하다. 따라서 저자를 직접 만난다는 것은 언어의 매력과 마력을 통해 책에 담긴 그의 진면목과 이상 세계를 좀 더 깊고 넓게 확인하는 일이다.

1 저자를 만날 수 있는 또 다른 길들

가끔 독자 편지를 받는다. 대개는 이메일이지만 자필로 또박또박 쓴 편지도 있다. 진지하게 쓴 편지에 깜짝 놀라 처음부터 꼼꼼하게 다시 읽는 경우도 아주 가끔은 생긴다.

그런가 하면 독자 편지에는 몇 가지 황당한 유형도 있다. 이를테면, 인사를 하자마자 가족과 친구들 흉만 실컷 보다가 끝맺는 '왕수다'형, '고민녀(苦悶女)'라면서 별로 큰 고민거리도 아닌 문제를 심각하게 호소하는 '엄살쟁이'형, 선생님 책은 다 사서 읽는다면서 자주 편지를 보내겠으니 꼭 답장을 달라며 몇 번이고 되풀이 확인하는 '스토커'형, 몇 가지 질문하겠다면서 질문은 없고 자신의 현학만 과시하는 '나르키소스'형 등.

선생님, 글 잘 읽고 있습니다. 그러니까 훌륭한 책을 펴낸 저자를 직접 만나면 좋다는 것이죠? 날카로운 문제의식을 갖고, 풍부한 자료를 바탕으로 자신의 관점을 갈고닦아서 글을 쓰라는 뜻이죠? 그래야 단지 논술 시험에 대비하는 수준을 넘어서서 좀 더 훌륭한 글을 쓸 수 있는 필자, 빼어난 책을 펴낼 수 있는 저자가 될 수 있다는 거고요!

이렇게 '똑' 소리가 나는 독자를 만나면 정말 기분이 좋아진다. 조금 과장하자면 사랑하는 연인과 밀어를 속삭이는 듯하다. 요즘같이 복잡한 세상, 누구와도 제대로 대화하기도 어려운 세상에 이토록 자신을 잘 아는 영혼을 만난다는 것은 행복이다. 마음이 서로 통하는 '지음(知音)'이라도 만난 듯 즐겁고 즐겁다. 글쓰기와 책 읽기는 인간과 인간의 행복한 의사소통이다.

"그런데 문제는 제가 있는 곳에서는 불행하게도 저자를 직접 만나기가 쉽지 않다는 것입니다. 저자를 개인적으로 직접 만나는 것 말고 다른 방법은 없을까요? 알려 주세요."

그렇다. 저자 직접 만나기, 이는 아주 좋은 방법이지만 실현 불가능한 지역이나 상황에서는 그림의 떡일 뿐이다. 또 저자가 마침 외국에 있다든지 까다로운 성품의 소유자라면, 인터뷰 승낙 받기가 결코 쉬운 일이 아니다.

이렇게 부득이한 경우에는 '서면 인터뷰'를 시도해 볼 수도 있다. 서면 인터뷰란 말 그대로 편지나 이메일 등을 통해 시도하는 인터뷰다. 잘만 되면 인터뷰 약속 잡는 데 시간을 낭비할 필요도 없고 꼼꼼하게 준비한 답변은 나중에 귀중한 원고가 되기도 한다.

이를 위해서 일단 정성스러운 자필로 인터뷰를 부탁하는 편지를 보낸다. 이메일을 쓰는 저자라면 이메일을 활용해도 좋다. 편지든 이메일이든 몇 번이나 무시될 수 있으니 끈기와 인내는 필수다. 서면 인터뷰 자체의 수준을 높이는 것도 중요하다. 어떻게 질문을 던질지, 무엇을 중시해서 접근해야 할지, 깊이 따져서 인터뷰 문항을 작성하는 것은 기본이다.

이 밖에도 저자를 직접 만나기가 껄끄럽다면 권해 주고 싶은 방법들이 많다. 그 가운데 하나가 '저자 강연회'를 활용하는 것이다. 저자 강연회란 책이 처음 나왔을 무렵 독자들에게 널리 알리기 위하여 출판사가 저자를 모시고 여는 홍보성 행사다. 이런 강연회는 주로 대형 서점이나 공공 도서관, 지역의 문화 센터 같은 공간에서 열린다. 많은 사람들이 올 수 있도록 하기 위해 대개 무료이며, 현장에서 책을 할인해 판매하기도 한다. 미리 책을 사서 꼼꼼하게 읽고 가면, 책 한 권을 저자와 함께 되짚어 볼 수 있다. 자신이 한 번 읽고 저자와 함께 또 한 번 깊이 읽는 셈이니, 심층적으로 책을 읽는 방법까지 익힐 수 있다.

저자 강연회에 관한 정보는 인터넷 서점에서 쉽게 확인할 수 있다. 저자 강연회는 신간인 경우에 많이 이루어지므로, 신문에 실린 신간 광고만 챙겨도 적지 않게 관련 정보를 얻을 수 있다. 출판사가 독후감 대회를 주최했다면 우수작 시상식에 해당 도서의 저자들을 초청하는 경우도 있다.

전문적인 분야에서 활동하는 저자를 만나려면 '○○학회 정기 발표회'나 '○○주제 세미나' 같은 행사에 참여해도 좋다. 관련 분야의 저자들이 한꺼번에 자리 잡고 앉아서 서로 열띤 토론을 벌이는 모습은 그 자체로 감동적인 경험이 될 것이다.

이렇게 출판계나 교육계의 다양한 행사들을 적극 활용하면 저자를 쉽게 만날 수 있다. 마음만 먹으면 길은 늘 보이는 법이다.

2 그래도 어렵다면?—가상 인터뷰하기

저자를 만나기 어렵다면 반드시 실제 인터뷰만 고집할 까닭은 없다. 이때 멋지게 활용할 수 있는 방법이 바로 가상 인터뷰이다. 저자를 만났다고 가정하고 상상의 날개를 마음껏 펼쳐 보라.

가상 인터뷰라고 해서 대충 아무렇게나 묻고 답하는 식으로 글을 쓰면 곤란하다. 실제 저자와 만나는 것처럼 작품을 철저히 읽고 나서 아무나 생각할 수 없는 멋진 질문을 던지고, 아무나 답할 수 없는 멋진 문답 모음을 만들어야 한다. 그렇다고 어렵게 생각할 필요는 없다. 여기서는 일단 가상 인터뷰를 하고 싶은 인물들을 고르는 정도로 하자. 저자만이 아니라 책 속의 등장인물을 가상 인터뷰 상대로 삼아도 좋다.

오로지 가상 인터뷰로 만든 근사한 책 가운데 하나가 바로 『공민왕과의 대화』(이기담, 고즈윈, 2005)이다. 공민왕(1330~74)은 망해 가는 고려를 어떻게든 일으켜 세우기 위해 노력한 개혁 군주로, 야사(野史)에서는 노국 공주(?~1365)와의 로맨틱한 사랑으로 더욱 유명하다. 이 책은 약 650년 전의 인물인 공민왕을 현재로 불러와 대담하는 형식으로 이루어진 역사 대담서다.

"공민왕과의 대화 형식을 빌려 온 것은 긴 시간의 간격을 좁히고, 함께한 시간이 없는 데서 오는 낯섦을 없애기 위해서이다. 좀 더 가깝게, 좀 더 심층적으로 공민왕 시대에 접근하고자 선택한 구성이다"라는 저자의 말에서 알 수 있듯이, 가상 인터뷰 형식을 더욱 발전시켜서 아예 청문회 형식의 대담서를 시도하고 있어 눈길을 끈다. 저자는 공민왕에 대해 철저히 자료를 수집하고 현장 답사를 거친 뒤, 이를 바탕으로 뛰어난 상상력을 발휘하여 가상 대담의 형식을 구성하였다. 덕분에 독자들은 책을 읽으면서 마치 공민왕과 마주 앉아 직접 대화하는 듯한 생생한 분위기를 느낄 수 있다. 최근에 발간된 『그 남자 조선 왕』(박경남, 판테온하우스, 2012)이라는 책은 저자가 조선 왕 열 명과 가상 인터뷰한 내용으로 이루어져 있다.

함께 해 봅니다

내가 인터뷰하고 싶은 저자/등장인물은 누구인지 생각해 보고 인터뷰를 준비해 보자.

3 읽기와 쓰기 그리고 삶―인터뷰로 만든 책들

가상 인터뷰로 쓴 책뿐만 아니라 실제 인터뷰를 바탕으로 쓰인 책들도 많다. 이런 책들은 살아 숨 쉬는 인간들이 모여 서로 대화하면서 이루어지는 풍경을 담아 늘 생생하고 활기차다. 그래서 '아하, 책은 결국 사람에게서 나와 사람에게 전해지는구나. 사람과 사람 사이를 풍성하고 윤택하게 가꿔 주는 것이 바로 책이구나!' 하고 깨닫게 해 준다. 인터뷰의 이러한 매력에 흠뻑 빠진 사람들의 모임도 있다.

"우리는 당분간, 인터뷰로 세상과 만나려고 합니다. 혼잣말이나 주절거리며 잘난 척하는 건 우리랑 관계없다는 뜻이기도 합니다. 우리는 당신과 말을 '섞고' 싶습니다."(퍼슨웹, www.personweb.com)

다음은 이 모임에서 펴낸 책의 첫머리 글 일부다. 이 글에서 이들이 왜 인터뷰를 중시하며, 어떻게 책을 펴내게 되었는지 확인할 수 있다.

인터뷰는 묻는 사람과 듣는 사람이 함께 내면을 들여다보는 일입니다. 눈을 맞추고 '대화'했고, '대화'로 글을 썼습니다. 〈퍼슨웹〉의 인터뷰 글은 형식이 다양합니다. 순전한 녹취록이 있는가 하면, 다큐멘터리나 에세이도 있고 어떤 것은 단편 소설과 같아 보이기도 합니다. 양방향인 한에서, 어떤 형식도 좋다고 생각합니다. 인터뷰를 쓴 사람들은 그 대화가 자기에게 준 느낌을 가장 잘 표현하는 형식을 찾아서 글로 써 왔습니다. 자기 참조적일 뿐이거나, 일방적이지 않은 말하기가 어떻게 가능한지를 보여 주고자 했습니다. 그래서 저 글들이야말로 새로운 문학일지 모른다는 생각도 가끔은 해 봅니다.

― 퍼슨웹,『눈맞춤을 쓰다』, 이가서, 2004, 4쪽

4 저자가 되자―미래의 '나' 인터뷰하기

그래도 저자를 만날 수 없다면 어떻게 할까? 물론 답이 있다. 자신을 미래의 저자라고 생각하고 직접 글을 써 보자. 혹시 막연하다면 즉시 서가로 달려가 책을 집어 들고 저자 소개 글을 읽어 보자. 최근에는 저자를 소개하는 글의 형식이 다양해지고 있으니, 굳이 형식에 구애 받지 말고 자신이 쓰고 싶은 책을 지금 막 썼다고 가정하고 저자 소개 글을 써 보자.

> **함께 해 봅니다**
>
> 이 책을 쓴 저자 _____은/는……

평생의 멘토에게 감사 편지 쓰기

저자를 만난 다음에는 반드시 감사 편지를 쓰도록 하자. 대개 저자와 만나는 데만 신경 쓰다가 감사 편지를 보내지 않는 경우가 많은데 별로 바람직하지 않다. 간단하게라도 감사의 마음을 전달하면, 자기 인생의 영원한 멘토이자 훌륭한 스승님을 모실 수 있게 된다. 그러지 않는다면 훌륭한 저자를 만난 소중한 경험은 아깝게도 일회적인 것에 그치게 될 가능성이 높다. 더욱이 저자를 다시 만날 때 오히려 불편해질 수도 있다면 정말 안타까운 일이다.

감사 편지는 인터뷰에 응해 주셔서 얼마나 감사한지, 어떻게 도움이 되었는지를 구체적으로 자세히 표현하면서 앞으로도 많은 가르침을 바란다고 정중하게 쓰면 된다.

예시

이필렬 교수님께

안녕하세요. 저는 '대안 에너지의 현재와 미래, 그리고 우리'라는 주제로 인터뷰했던 허태회입니다. 바쁘신데도 불구하고 제 인터뷰 요청을 허락해 주신 점, 다시 한 번 감사드립니다.

그리고 제가 실수한 것이 있다면 너그럽게 용서해 주시기 바랍니다. 처음 하는 인터뷰였지만 교수님께서 적극적으로 임해 주시고, 제가 이해하기 쉽도록 자세하게 설명해 주셔서 제게 큰 힘이 되었습니다.

특히 대체 에너지를 대안 에너지로 알고 있던 저는 교수님의 설명을 듣고 작은 충격을 받았습니다. 그리고 제가 대안 에너지에 대해 얼마나 몰랐는지도 잘 알게 되었습니다.

다시 한 번 바쁘신데도 인터뷰에 응해 주시고 배려해 주신 점 진심으로 감사드립니다. 내년에 대학에 가서 대안 에너지 활동에 적극적으로 참여하겠습니다.

— 숭문고 3학년

제 **4** 부
원형정리법을 이용해 글을 써보자

개요는 글을 효과적으로 쓰기 위한 일종의 메모다. 하지만 글이 완성되면 목차에만 흔적을 남길 뿐 철저히 사라진다. 개요는 이미 완성된 글의 요약이 아닌 것이다.

현재 대부분의 글쓰기 관련 책에 제시되어 있는 개요들은 그 주제에 대해 충분히 알고 있는 수준의 사람이나 만들 수 있을 정도로 너무나 완벽하다. 그 결과 글쓰기 초보자와 청소년 들이 개요에 대해 오해하기 일쑤이며 개요 작성하기를 매우 부담스럽게 여기고 어려워한다.

용케 개요를 만들었다 해도 제대로 실제 글쓰기에 활용하지 못하는 경우가 많다. '수집 따로, 구상 따로, 구성 따로, 집필 따로,' 이렇게 글쓰기 과정이 순서대로 엄격하게 나뉘어야 한다고 믿는 고정관념 때문에 글쓰기는 더 어렵게 다가온다.

개요 작성은 너무 어렵지 않아야 한다. 부담 없이 작성할 수 있어야 하며 생각이 모이고 엮이면서, 무엇인가 새로운 세계를 언어로 펼쳐 내는 짜릿한 순간을 맞이해야 한다. 이를 가능케 하는 묘방이 바로 원형정리법이다.

여기에서는 기존의 개요 작성에서 오는 한계를 손쉽게 해결해 주는 원형정리법을 익혀 보자.

제1장
쓸 말이 없는 당신에게 드리는 선물,
원형정리법

그림을 그릴 때는 항상 한 손에 팔레트를 들고 필요한 물감을 만들어 골라 쓴다. 팔레트가 없다면 물감이 필요할 때마다 꺼내 쓰느라 그림 그리기가 어려워질 것이다. 그림 그리기의 필수품인 팔레트를 글쓰기에도 적용해 보면 어떨까?

'원형정리법'*이라는 말은 제자들이 붙여 준 애칭이다. 브레인스토밍을 하면서 마치 다양한 글감과 생각이 둥근 방사선 형태로 나타나는 것이 무척 인상적이었단다. 거기다가 실제 글쓰기에 활용해 보니 신기할 정도로 쉽게 글을 쓸 수 있었기에 '원형정리법'이라고 부르기 시작했다는 것이다.

---

* 원형정리법을 '마인드 맵(Mind Map)'과 비슷하다고 생각할 수도 있겠다. 무엇보다도 둘 다 중심을 정하고 바깥으로 생각을 펼쳐 나간다는 점에서 같다. 하지만 원형정리법은 마인드 맵과 달리 매우 실제적이고 실전적이다. 이를테면, 마인드 맵은 책이나 강의 내용을 떠올리기 쉽게 그림과 색깔을 정성스럽게 사용하여 작성한다. 반면에 원형정리법은 어디까지나 글을 쓰기 위한 수단으로서 가능한 한 쉽고 간단하게 작성하며 미관 따위는 신경 쓰지 않는다. 그저 아주 간단하게 메모하듯이 생각과 느낌을 담을 수도 있고, 본격적으로 글의 구성을 짜는 데 활용할 수도 있다. 실제 글을 쓰는 데 도움이 되면서도 부담 없이 쓸 수 있는 방법이 바로 원형정리법이다.

1 원형정리법이란?

원형정리법은 자신의 생각과 느낌을 팔레트 사용하듯 펼치는 방법이다. 좀 더 정확히 말하자면, 자유롭게 자신의 생각과 느낌을 떠올리며 이를 원 둘레에 메모하며 방사선 형태로 펼쳐 나가는 특별한 메모식 정리 방법이다.

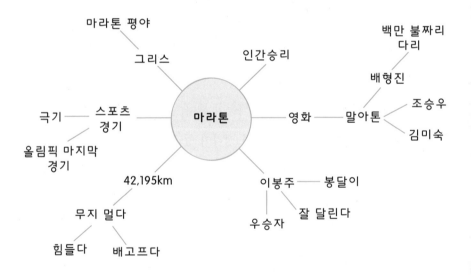

원형정리법은 더욱 자유로운 창조적 발상을 가능하게 하면서도, '소재 수집하기와 구상하기, 개요 작성하기, 실제 글쓰기' 등의 글쓰기 모든 과정에 두루 활용할 수 있으므로 매우 효과적이다.

원형정리법이란 도대체 무엇이며 어떻게 하면 되는지 차근차근 익혀 보자. 먼저, A4 정도 크기의 종이 한가운데에 엄지와 검지를 동그랗게 모은 크기의 원을 그린다. 원형정리법의 중심이 되는 기본 원이다. 원을 그렸다면, 쓰고 싶은 (또는 써야 하는) 글감이나 주제, 제목 등을 그 안에 써넣는다. 그냥 가볍게 스케치하듯, 끼적끼적 메모하면 된다.

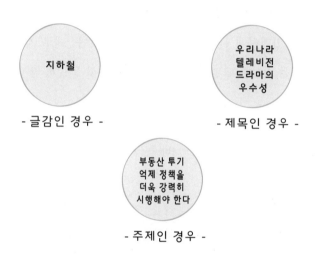

- 글감인 경우 -

- 제목인 경우 -

- 주제인 경우 -

원 밖으로 글자가 불거져 나왔다고? 신경 쓰지 마시라. 원 또한 대강 그려도 된다. 글쓰기 방법을 공부하는데 원이 조금 찌그러지면 어떻고 원 밖으로 글씨가 좀 나오면 어떤가? 생각과 느낌을 가지처럼 펼쳐 나갈 중심 뿌리만 원 안에 잡아 주면 된다.

2 '돌아돌아!' '끼리끼리!' '줄서줄서!'

원형정리법의 세 가지 핵심 요령을 차례대로 자세하게 소개하겠다. 별로 어렵지도 않고 겨우 세 가지 정도밖에 안 되니 부담을 가질 필요는 없다.

첫 번째 요령부터 설명하겠다. 방금 글감이나 주제, 제목을 써넣은 원을 다시 진지하게 들여다보자. 그리고 떠오르는 대로 자신의 생각이나 느낌을 자유롭게 펼치되, 원 둘레를 따라서 둥글게 써 나가자.

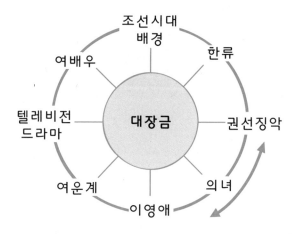

원 안에 써넣은 글감이나 주제, 제목 등을 놓고 '1분 글쓰기'를 한다고 생각하면 쉽다. 다만, '1분 글쓰기'를 할 때처럼 최고 속도로 쓰는 대신, 시간에 구애받지 말고 느긋하게 임하면 된다. 그리고 브레인

스토밍 방법도 함께 쓰면서 원 둘레를 따라가며 자신의 생각과 느낌을 펼쳐 보자.

원형정리법을 시도할 때는 낱말로 쓰든 문장으로 쓰든 상관없다. 원 안에 써넣은 내용을 중심으로 생각과 느낌을 펼치되, 마치 볼록 렌즈가 주변의 햇빛을 몽땅 움켜잡아 한 점으로 모아 불을 일으키듯이 집중하는 태도가 중요하다.

* 요령 1 – '돌아돌아!'(원형적 사고)

글감이나 주제, 제목 등에 관해 떠오르는 생각과 느낌을 원 둘레를 따라서 빙빙 돌아가며 쓰는 것이 바로 첫 번째 요령. 이리저리 방향에 상관없이 자유롭게 쓰면 된다. 원형으로 돌아가며, 즉 '돌아돌아!' 메모하라.

원 안에 씌어 있는 글감이나 주제, 제목 등을 보면서, 떠오르는 생각과 느낌을 원 둘레를 따라 이리저리 펼쳐라. '돌아돌아!' 이렇게 외치면 침팬지도 충분히 할 수 있는 것이 바로 첫 번째 요령이다.

그럼 왜 이렇게 원을 중심으로 배열하면 좋을까? 대답은 간단하다. 원 둘레의 어느 곳에든 생각과 느낌이 떠오르는 대로 자유롭게 끼워 넣으면 되기 때문이다. 기존에 하던 대로 위에서부터 아래로 쓰다가 보면 중간에 끼워 넣기가 어렵다. 막 떠오른 생각과 느낌을 어느 곳에 넣어야 하나 고민하게 되기 때문이다. 함정에 빠진 듯 자연히 그다음 생각과 느낌마저 떠오르지 않는다. 어디에 써야 할까? 고민하지 말고 일단 떠오르는 대로 종이 위에 펼쳐 보자는 뜻이다. 자신의 머리와 가슴에서 떠오르는 모든 것들을 원 둘레에 모두 드러내라.

* 요령 2—'끼리끼리!'(평면적 사고)

첫 번째 요령대로 원 둘레를 따라서 빙빙 돌아가며 펼쳐 가되, 글감이나 주제, 제목 등에 관해 떠오르는 생각과 느낌을 서로 비슷한 것들끼리 '끼리끼리' 모아 가며 써라.

이어서 두 번째 요령. 첫 번째보다는 조금 더 수준 높은 정리 방법이다. 앞서의 첫 번째 요령이 침팬지 수준이라면 이제는 크로마뇽인 수준이라 할까. 첫 번째 요령과 똑같이 원 둘레를 따라서 펼치듯이 생각과 느낌을 써 나가되, 비슷한 것들끼리 '끼리끼리' 모아 가는 것이 두 번째 요령의 핵심이다.

이를테면 허씨(許氏) 종친회가 열린다고 하자. 김해 허씨, 양천 허씨, 하양 허씨 등 본관이 다른 허씨들이 모두 모일 것이다. 워낙 드문 성씨라서 그렇게 많지는 않겠지만 전국의 모든 허씨들이 모여든다면 아무래도 꽤나 복잡할 것이다. 어떻게 해야 종친회를 질서 있게 진행할 수 있을까?

일단 전국의 허씨들이 행사장에 도착하는 대로 미리 준비한 원형 마당의 둘레에 앉혀 보자. 하지만 계속 그렇게 할 수는 없을 것이다.

아무리 원을 크게 그려도 금세 원 둘레가 가득 찰 것이기 때문이다. 여기에 서로 오랜만에 만났다며 왁자지껄, 또는 이참에 동기간을 만나 보겠다고 아우성치며 찾기 시작하면 종친회가 아니라 시장터, 아니 삽시간에 난장판이 될 가능성이 높다.

이때 본관이 같은 허씨들끼리 모이라고 하면 어느 정도 질서가 잡힐 것이다. 김해 허씨끼리 모이는 곳! 양천 허씨끼리 모이는 곳! 하양 허씨끼리 모이는 곳! 이렇게 '끼리끼리!' 모이도록 안내판이라도 동원하면 훨씬 쉽게 질서가 잡힐 것이다. 이것이 바로 두 번째 요령의 핵심이다. 가능한 한 '끼리끼리' 모아라! 원 둘레를 따라서 생각을 펼쳐 가되, 되도록 서로 비슷한 것들끼리 연관 지어 메모하자.

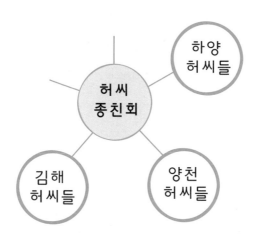

원형정리법, 곧 창조적 사고를 불러일으켜 글쓰기를 더욱 쉽게 해 주는 특별 정리법을 소개하는데 웬 허씨 가문 종친회냐고? 이는 떼려야 뗄 수 없는 핏줄 관계처럼, 서로 '끼리끼리' 깊은 연관이 있는 생각과 느낌을 떠올리면서 정리하라는 뜻에서다.

곁들여, '끼리끼리' 모으는 기준을 무엇으로 하면 좋을까? 생각해 보자. 앞서와 같이 '가문'이나 '학교' '동아리' 등 이미 익숙한 기준이라면 쉽다. 하지만 인간의 생각과 느낌은 워낙 다양해서 이런 기존의 기준으로만 '끼리끼리' 모으면 단조롭고 진부하다. 언제나 대상들 사이에서 색다른 연관성을 찾아내어 새로운 기준을 마련하는 밝은 눈을 길러야 한다.

친구들을 새로운 기준을 잡아 '끼리끼리' 모아 보라. 이를테면 '멋진 배우자를 얻을 것 같은 친구들' '여행을 많이 다닐 것 같은 친구들' '특별한 취미 생활을 즐기는 친구들' 하는 식으로 얼마든지 다양하고 참신한 기준을 생각해 낼 수 있다. 이러한 기준으로 친구들을 나누다 보면, 친구들이 지금까지와는 전혀 다른 색다른 모습으로 다가올 것이다. 새로운 기준을 마련한다는 것은 새롭게 인식한다는 것을 뜻한다.

자, 이제 마지막 요령을 익히면 침팬지에서 크로마뇽인을 거쳐 비로소 현대인 수준으로 발전한다. 첫 번째와 두 번째 요령을 기본적으로 중시하되, 이왕이면 좀 더 본격적인 기준을 마련하여 질서를 부여하려는 것이 바로 세 번째 요령의 핵심이다.

원 안에 써넣은 글감이나 주제, 제목 등에 관해 떠오르는 생각이나 느낌들을 '끼리끼리' 모을 때, 이왕이면 그 각각이 감당하는 범위가 넓으면 안쪽으로, 좁으면 바깥쪽으로 배열하라. 위계를 따져서 '줄서줄서!' 메모하라.

위계(hierarchy)라고? 조금 어렵다면 잠깐 앞서의 예로 다시 돌아가자. 허씨 종친회에서 김해 허씨와 양천 허씨, 하양 허씨들을 '끼리끼리' 모이게 했다고 해서 행사가 원만하게 치러질까? 아니다. 연령이나 항렬 등을 기준으로 웃어른에게 적절한 자리를 마련해 주어야 한다. 인격적으로는 모두 평등하다고 하지만, 집안에 웃어른을 존경하고 모시는 위계질서가 없다면 곤란하지 않겠는가. 위계란 분류 체계의 기본이 되는 계층, 즉 대상이나 개념의 상·하 관계를 뜻한다.

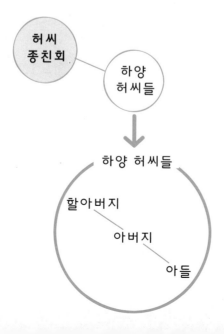

원형정리법도 이와 마찬가지다. 일단 떠오른 생각과 느낌 들을 '끼리끼리' 모아 놓았다면 그 각각의 범위를 따져서 넓으면 안쪽으로, 좁으면 바깥쪽으로 배열하여 정리해야 한다. 즉, 좀 더 '추상적'이라면 안쪽으로, 좀 더 '구체적'이라면 바깥쪽으로 배열하라. 이것이 세 번째 요령이다.

이는 상위 개념과 하위 개념의 관계를 떠올리면 이해하기 쉽다. 쉽게 말해, 어떤 낱말로 떠올린 생각의 범위가 넓으면 상위 개념, 범위가 좁으면 하위 개념이다. 식물과 창포를 예로 들면, 식물이 의미하는 범위가 창포보다 넓으므로 각각 서로에게 상위 개념과 하위 개념이 된다. 세 번째 요령은 결국, 상위 개념은 원의 중심 쪽으로, 하위 개념은 원의 바깥쪽으로 정리하라는 이야기인 셈이다.

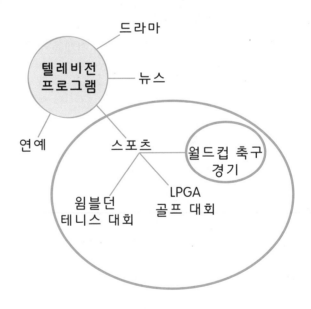

앞의 그림은 텔레비전 프로그램에는 드라마, 뉴스, 스포츠, 연예 등이 있으며 스포츠 프로그램에는 월드컵 축구 경기, LPGA 골프 대회, 윔블던 테니스 대회 등이 있음을 보여 주는 원형정리법의 사례다. 처음부터 이렇게 작성하려면 어렵고 힘들다. 하지만 원형정리법을 사용하면 자연스럽게 이러한 결과를 만들어 나갈 수 있다.

종전의 개요 작성법들은 글 쓰는 이가 완벽하게 머릿속에서 구상하고 소재와 자료를 충분히 입수했을 때 가능하다. 개요 작성법에 관한 기존 관련 서적들의 설명을 읽다 보면 무척 곤혹스럽다. 아니, 이렇게 개요를 완벽하게 만든다면 개요 작성법을 굳이 배울 필요가 없지 않은가. 이렇게 개요 작성에 관해 설명하면 이 세상에 해당 주제에 맞는 개요는 오직 하나뿐이라고 오해하지 않을까 걱정스럽기까지 하다.

그나마 열심히 개요를 작성하다가도 중간에 고치거나 덧붙이고 빼려면 정말 난감하다. 애써 작성한 개요가 마구 흐트러지고 조잡해지기 일쑤이기 때문이다.

하지만 원형정리법은 다르다. 원래부터 스케치하듯이 메모하는 수준이기 때문에 전혀 부담스러워 할 필요가 없다. 특히 원형으로 정리하기 때문에 순서대로 떠오르지 않는 생각이나 느낌을 언제라도 자유롭게 모두 담아내고 정리할 수 있다. 그리고 원형정리법을 작성하는 도중은 물론, 심지어 완성한 뒤에도 얼마든지 수정과 보완이 가능하다. 그럼 '신문'이란 주제로 지금까지 소개한 세 가지 요령에 따라 원형정리법을 부담 없이 연습해 보자.

신 문

제2장
원형정리법으로 개요 작성하기

'글이 건축물이라면 개요는 설계도다.' 글쓰기 도움 책마다 빠지지 않고 나오는 말이다. 글을 잘 쓰려면 반드시 개요(outline)를 작성해야 한다는 뜻이다. 실제로 개요는 글의 방향을 정확히 가늠하고 내용을 알차게 꾸밀 수 있도록 도와준다. 분명히 개요 작성은 좋은 글을 쓰기 위한 필수 활동이다.

하지만 책마다 예로 제시되어 있는 개요들은 대개 그 수준이 보통을 넘는다. '세상에!' '어쩜!' 그저 감탄할 뿐이다. 하지만 이런 개요는 한 편의 글이 이미 머릿속에 자리 잡혀 있을 때나 가능한 높은 수준이다. '이렇게 완벽한 개요를 작성할 정도라면 글쓰기를 별도로 가르쳐 줄 필요도 없겠다.' 혼잣말이 저절로 나올 정도다.

개요 작성이 그렇게 쉽다고?

다음은 전형적인 교과서식 개요 가운데 하나다. 그린 IT 운동의 확산을 주제로 글을 쓰기 위한 개요란다.

예시

I. 그린 IT 운동의 개념

II. 그린 IT 운동의 실천 방안

  1. 기술 및 기기 개발 차원

    가. 획기적인 정보 통신 기술 개발

    나. 폐기물을 재활용한 정보 통신 기기 개발

  2. 기기 이용 차원

    가. 에너지 효율이 높은 기기 이용

    나. 빈번한 기기 교체 자제

    다. 성과에 대한 포상 제도 마련

  3. 정책적 차원

    가. 사회적 인식 확산을 위한 대책 마련

    나. 경쟁력 강화를 위한 생산성 향상

III. 그린 IT 운동 정착을 위한 당국의 정책 개발 촉구

— 2009년 대학수학능력시험 언어영역 문제

이러한 개요가 도대체 요약문과 무엇이 다른가! 개요란 글을 쓰기

위해 준비하는 과정에서 미리 작성하는 것인데, 개요가 이미 완성된 글의 요약과 같다는 것은 문제가 아닐 수 없다. 게다가 이런 수준의 '완벽한' 개요를 쓰기란 상당히 어렵다.

머릿속에 완벽하게 글을 쓸 수 있는 내용과 방향이 정해져 있지 않는 한, 이런 식의 개요가 나오기는 힘들다. 그린 IT 운동의 개념을 서론으로 쓰겠다고 생각하기가 쉬운가? 전문가가 아닌 이상 이런 문제의식을 갖기란 쉽지 않다. 글쓰기 초보자라면 서론을 이렇게 시작하면 좋겠다는 생각조차 하기 힘들다. 전문가들도 첫 줄을 어떻게 시작해야 할까 전전긍긍하기 일쑤다. 심지어 첫 줄을 썼다면 글의 70% 이상 쓴 것과 다름없다고까지 한다. 글의 서론을 그저 먼저 나오는 글 정도로만 오해하면 곤란하다는 뜻이다. 처음에 무엇을 쓸지 결정한다는 것은 중간과 나중, 즉 글 전체를 어떤 내용과 순서로 쓸지를 웬만큼 결정했다는 뜻이다.

그뿐인가. 앞서의 개요처럼 본론에 해당하는 내용을 떠올리고(생성) 펼쳐 내기(전개)란 결코 쉽지 않다. 그린 IT 운동의 실천 방안을 기술 및 기기 개발 차원, 기기 차원, 정책적 차원으로 나누어 말할 수 있으려면 평소 많은 독서와 사색, 경험이 뒷받침되어야 한다. 그뿐 아니라 본론의 세부 내용들을 제시하기도 그리 쉽지 않다. 결국 앞서와 같은 개요란 오로지 '개요'를 설명하기 위해 만든 지극히 작위적인 모범 요약일 뿐이며, 이는 글쓰기 공부에 심각한 걸림돌이 된다.

2 원형정리법으로 현실적인 개요 작성을!

글쓰기 초보자들에게는 글을 쓰는 데 도움이 되는 개요가 얼마나 중요한지, 또 어떻게 해야 개요를 쉽게 활용할 수 있는지 가르쳐 주는 것이 무엇보다도 중요하다. 당연히 개요 작성에 관해 쉽게 설명하고, 편리하게 활용할 수 있는 노하우를 제시해야 한다.

거듭 말하지만 기존의 개요 작성 설명에 따라 개요를 작성하기란 결코 쉽지 않다. 생각이 그렇게 착착 완벽하게 떠오르는 것도 아니다. 설명한 개요대로 생각이 펼쳐지지 않는다고 자신을 탓할 필요는 없다. 개요는 어디까지나 글을 쓰는 데 도움이 되게 시도하는 중간 메모다. 개요는 그 자체가 중요한 것은 결코 아니다. 차례처럼 완벽하게 체계를 갖추어야 할 필요도 없이 그저 차례를 만들기 위한 중간 설계도 정도로 생각하자.

개요는 단 한 가지만 있는 것이 아니라, 얼마든지 다양하게 나올 수 있다. 그러니 개요는 얼마든지 편하고 자유롭게 만들 수 있으며, 단 하나라는 고정관념에서 벗어나야 다양한 성과를 낳을 수 있다.

원형정리법은 자신의 사고력을 기르고 표현력을 극대화할 수 있도록 도와주는 특별한 메모식 정리 방법이다. 배우기 쉽고 효과도 뛰어나 글을 쓸 때 활용하면 그야말로 안성맞춤이다. 즐겁고 알차게 글을 쓰고 싶다면 언제라도 원형정리법을 시도해 보자.

이제 엄지와 검지를 동그랗게 모아서 원을 만들어 A4 정도 크기의 백지 위에 그려 넣자. 쓰고 싶은, 또는 써야 하는 글감이나 제목, 주제 등을 원 안에 쓴다. 이어서 원 둘레를 따라서 떠오르는 생각들을 펼쳐 간다. 낱말로 써도 좋고 문장으로 써도 좋다. 심지어 자신만이 알고 있는 약자로 써도 무방하다. 원형을 중심으로 다양하고 깊이 있는 사고를 하고, 이것을 어떻게 표현할까 궁리한 과정이 종이 위에 자유롭고 쉽게 담겨 있으면 된다.

원형정리법을 시도할 때는 반드시 깨끗하게 작성하지 않아도 좋다. 틀리면 그저 볼펜으로 줄을 쭉 그으면 된다. 글씨? 꼭 잘 써야 할 필요는 더더욱 없다. 어디까지나 글을 쓰는 데 도움이 될 기본 메모를 작성한다는 생각으로 부담 없이 하면 된다.

원형정리법을 시도한 뒤에 새로운 생각이 불현듯 떠오른다면? 대환영이다. 일반적인 개요 작성은 그 자체로 완벽해야 하지만 (그래서 고칠 수 없지만!) 원형정리법은 얼마든지 중간에 수정해도 된다. 심지어 원형정리법을 시도하다가 글이 신기하게도 잘 풀려 나간다면 그 즉시 미련 없이 버려도 된다. 원형정리법은 어디까지나 글을 효과적으로 쓸 수 있도록 고안된 방법이니 그림을 충분히 그릴 수 있다면 팔레트는 잊어도 좋다.

이제 예를 들어 보자. 드라마 「대장금」은 유례를 찾기 어려울 정도로 폭발적인 인기를 끌었던 국민 드라마다. 외국에까지 수출되어 한류 열풍의 선두 주자가 되었으며 「대장금 2」가 제작될지도 모른다는 소문만으로도 중국 언론이 보도를 할 정도다. 「대장금」을 연출한 이병훈 PD는 "천민의 신분으로 궁녀로 들어와 최고의 요리사가 되고 급기야 숱한 남자 의관(醫官)들을 제치고 중종 임금의 주치의가 되어 대장금이라는 호칭까지 부여받습니다. 뛰어난 의술과 높은 학식으로 엄격했던 당시 신분 제도를 타파하고 전문직 여성으로 최고의 자리에 오르기까지 그녀의 삶은 극적인 인생 드라마 바로 그 자체입니다"라고 말한다. 그럼 이 드라마의 내용과 특징 그리고 이영애, 여운계 등의 주요 배우들을 중심으로 원형정리법을 시도해 보도록 하자. 일단 세 가지 요령, 원 둘레를 따라서 '돌아돌아!' '끼리끼리!' '줄서줄서!'를 되뇌면서 시도했다.

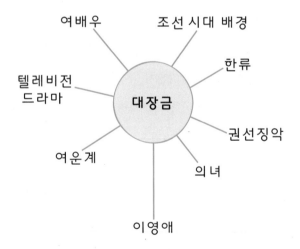

그런데 가만 살펴보니 '여배우'란 낱말이 '이영애'라는 낱말과 별도로 있다. 이래서는 곤란하다. 두 번째 요령, '끼리끼리!', 곧 관련 있는 것들끼리 함께 모아야 한다. '여배우'와 '이영애'는 관련이 깊으니까 '끼리끼리!'라 할 수 있다. 그러니 같은 '동네'에 살도록 함께 모아 보자. 그럼 이동 작전 개시!

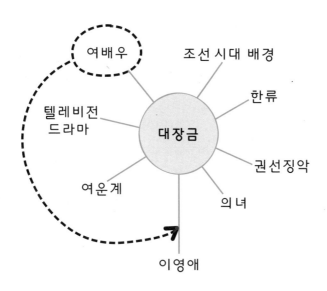

잠깐! 여기서 그냥 같은 동네로 옮기면 끝일까? 아니다. 세 번째 요령인 '줄서줄서!'를 존중해야 한다. 여배우 가운데 하나가 이영애니까 상위 개념, 곧 범위가 넓은 쪽(여배우)을 안쪽으로, 하위 개념, 곧 범위가 좁은 쪽(이영애)을 바깥쪽으로 배열할 수 있을 것이다.

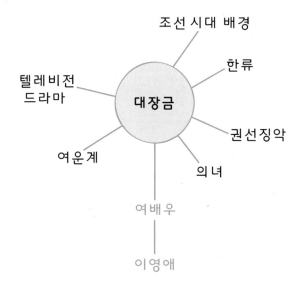

좀 더 자세히 볼까? 앗! 여운계! 원로급 여배우 아닌가. 장독을 관리하다 일약 수라간 최고 상궁이 된 정 상궁 배역을 멋지게 소화했다. 그럼 당연히 다음과 같이 메모하면 된다.

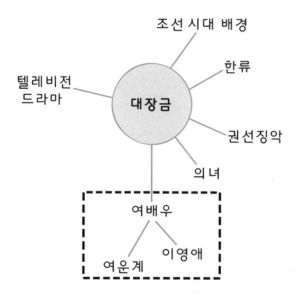

이쯤 되면 슬슬 생각이 달라지기 시작한다. 원형정리법으로 생각과 표현을 활성화하다 보니 문득 임현식이 생각난다. (이것이 원형정리법의 장점이다.) 임현식은 코믹한 연기를 잘하는 배우다. 「대장금」을 비롯한 여러 사극과 현대적 드라마에서 조연으로서 감초 역할을 톡톡히 하여, 그가 출연한 작품은 반드시 성공한다는 말이 생겼을 정도다.

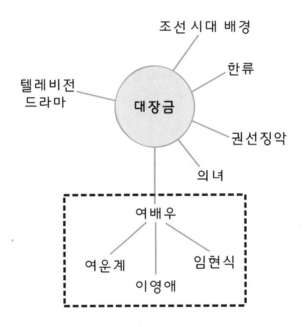

원형정리법의 또 다른 장점을 소개한다. 어떤 생각을 펼쳐 나가다가도 언제라도 새롭게 바꿀 수 있다는 것이다. 이를테면 「대장금」의 경우 이들 세 배우(이영애, 여운계, 임현식)가 특히 기억난다면 슬쩍 바꿀 수 있다. 다음 그림의 점선 부분을 유의해서 보라. '여배우'라고 쓴 곳을 한 줄로 쭉 긋고 '배우'라고 고쳤다. 이들 셋을 배우라는 틀로 모아 놓은 셈이다.

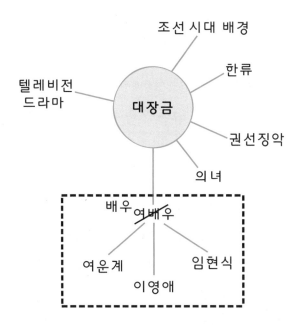

다시 말해, 이영애와 여배우가 아무 관련 없이 떠올랐지만 나중에 함께 묶어서 정리할 수 있으며, 도중에 다시 생각이 바뀐다면 즉시 반영할 수도 있다. 또한 이영애를 넘어서서 다양한 배우에 관해서 전체적으로 말하고 싶다면 언제라도 바꾸면 된다. 다시 생각이 바뀐다면?

그래도 여배우들만 부각시키는 것이 좋겠다면? 다시 한 줄로 쭉 긋고 원래대로 돌아왔다고 표시하면 된다.

③ 원형정리법, 좀 더 본격적으로 알아보기

문학 평론가인 후배와 언젠가 이런 대화를 나눈 적이 있다. 평범하지 않은 대화니 긴장해서 상황을 떠올려 보시라.

"형. 제가 말이죠. (머뭇머뭇) 영화배우 이영애 아시죠?" "응, 알지." "이영애를 직접 봤거든요." "그래서?" "…… 아!" "왜?? (답답한 표정으로) 말을 하라니까!" "(고개를 푹 수그리며 한숨 소리) 휴우."

알고 봤더니 이 친구가 영화배우 이영애를 방송국에서 직접 보았단다. 얼마나 예쁘던지 직접 보는 순간 그만 사랑의 큐피드가 쏜 화살을 맞았던 것이다. 문학 프로그램에 출연하러 갔다가 우연히 일을 마치고 나온 이영애를 만나고서는 이 친구, 그만 이영애 생각에 밥맛이 떨어지고 기운이 없어지더란다. 머리가 조금씩 빠지기 시작한 노총각이지만 화려한 화술과 풍부한 유머 감각으로 여자들에게 꽤 인기 있었던 후배. 얼마나 오래가랴 싶었지만 예상외로(?) 꽤 길었다. 무려 일주일간이나 사랑의 열병을 앓더니 서서히 마음을 수습했다. 다행인지 불행인지! 나중에 이 후배가 회고하는 말이 걸작이었다. "그 일주일

동안 서울 시내에는 여자가 한 사람도 없더라고요!"

무슨 뜻인가? 그렇다. 사랑에 눈멀게 된 이 친구에게는 서울 시민의 절반에 해당하는 여자들 가운데 그 누구도 눈에 들어오지 않았다는 것이다. 딱 일주일 동안 이 친구에게 '이영애'라는 한 사람은, 서울 시민 가운데 절반을 차지하는 여자들 모두보다 절대적으로 중요했던 것이다.

이성적으로 따지면 이는 분명히 비논리적이고 비합리적이다. 어떻게 여자 한 사람이 500만 명 정도 되는 여자들보다 중요하다는 것일까. 서울 시민의 절반인 여자들이 발끈 화를 낼지도 모르지만, 그러나 어쩌랴. 이것이 사람의 마음인 것을!

간단하게 실험해 보자. 지금, '이영애'의 이름을 여러분 부모님의 이름으로 바꿔 보자. 이 세상 누구보다도 소중한 분들이 바로 부모님이다. 나를 낳아 주시고 길러 주신 부모님이 단지 소수라고 해서 다수인 서울 시민보다 중요하지 않다고? 다수보다 귀한 소수도 있을 수 있다. 사람은 이성과 논리로만 무장된 로봇이 아니다. '배보다 배꼽이 더 큰 경우'는 이 세상에 얼마든지 있다.

4 세 가지 방식의 사고 전개

이제 세 종류의 사례들을 살펴보자. 〈그림 1〉〈그림 2〉〈그림 3〉의 경우가 각각 어떻게 다른가? 어느 경우를 의미하는지 따져 보는 것은, 원형정리법을 본격적으로 시도하는 데 큰 도움이 된다.

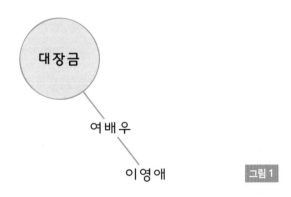

그림 1

이상은 지극히 논리적이고 이성적인 전개다. 「대장금」하면 여배우들이 떠오르고 그 가운데 이영애가 떠오르는 식이다(이처럼 논리적인 생각이 잘 떠오르지 않는다 해도, 생각의 줄기를 따라가면서 사고를 체계적으로 정리해 나갈 수 있다는 데 원형정리법의 묘미가 있다).

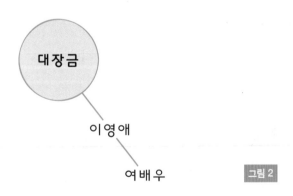

그림 2

「대장금」 하면 무엇보다도 이영애가 떠오르고 그녀는 여배우라는 생각이 이어지는 사고의 흐름이다. 또는 「대장금」 하면 그 어느 여배우보다도 이영애가 떠오른다는 식으로 강조할 수도 있다. 이 경우가 바로 앞에서 설명한 '배보다 배꼽이 더 큰' 예에 해당된다. 감성적인 내용을 '주관적으로' 강조하여 서술할 때 특히 적절하다.

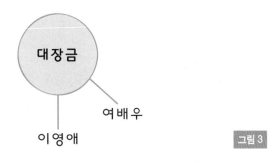

그림 3

이번에는 「대장금」 하면 이영애와 여배우가 각각 생각나는 경우다. 이 경우는 이영애를 여배우와 별도로 소개할 정도로 이영애의 비중을 크게 잡을 때, 곧 여배우 집단만큼이나 우뚝 솟은 개인 이영애를 '객관적으로' 강조할 때 활용할 수 있다. 요컨대, 집단과 별개로 개인을 다루거나, 집단과 대등하게 개인을 강조할 때 쓸 수 있는 방식이다.

제3장
원형정리법을 활용한 실제 글쓰기

원형정리법의 장점은 무엇보다도 매우 실용적이라는 데 있다. 나 역시 글을 쓰거나 책을 집필할 때 늘 활용한다. 아무 생각이 안 나거나 머릿속이 뒤죽박죽일 때 종이 위에 원을 그리고 그 안에 글감이나 제목, 주제 등을 쓴 뒤 이를 중심으로 떠오르는 생각들을 자유롭게 '돌아돌아!' 펼치고, 다시 '끼리끼리!' 모은 뒤, '줄서줄서!' 위계를 잡다 보면, 어느새 머릿속이 서서히 정리되고 글이 술술 풀린다. 창조적 글쓰기의 즐거움을 쉽게 만끽할 수 있는 순간이다.

더구나 원형정리법으로 떠올린 낱말이나 문장 들을 찬찬히 짚어 가다 보면, 모르는 사이 글쓰기에 자신감까지 생긴다. 당연하다. 생각해 보라. 자기도 모르게 제일 먼저 떠오르는 낱말과 문장 들이라면 무엇인가 사연이 있고 곡절이 있을 터, 이를 활용하기란 쉬울 수밖에 없다.

준비 단계—생각과 느낌을 한껏 펼치면서 정리하기

이제 원형정리법을 활용하여 실제로 글을 쓴 사례를 확인해 보자. 어느 일간지에 기고한 내 글을 예로 들어, 글을 쓰기 위해 무엇을 어떻게 했는지, 원형정리법을 구체적으로 어떻게 시도하고 활용했는지 차근차근 살펴보겠다.

원고를 청탁한 기자는 자유롭게 주제를 잡아 칼럼을 써 달라고 했다. 분량은 200자 원고지 10매 정도면 좋겠단다. 그렇다면 비중이 꽤 큰 셈이다. 신문 한 면에 대략 22~23매 정도의 기사가 실리니까. 음······ 무엇을 쓸까?

약간 고심하다가 이내 주제를 찾았다. 그래, 교사들에 대한 바람직한 인식을 촉구하는 내용을 주제로 삼자. 요즘 우리 사회 한편에서 교사들을 지나치게 깎아내리고 있으니까.

바람직한 교육을 위해서는 아무리 교사에 대한 불만이 많아도 신중하게 임해야 한다. 선생님들이 욕을 먹는 것이, 배우는 학생들에게 전혀 득이 될 리 없다는 사실은 기본 상식이다. 하지만 요즘에 그런 기본 상식은 잊힌 지 오래된 듯, 교사에 대한 불만만 가득할 뿐이다. 이렇게 된 가장 큰 원인은 무엇일까? 곱씹어 보니 마음속에 진심으로 존경할 만한 선생님이 없으면 그럴 수 있겠다는 생각이 들었다. 그렇다면 이제 가벼운 마음으로 원형정리법 활용하기, 시작!

일단, 종이 위에 동그라미를 그리고 '존경하는 선생님이 계세요?' 라고 제목을 잡아 썼다. 그리고 원형정리법을 7~8분 정도 시도하였다. 원형정리법은 웬만한 글의 경우라면 A4 용지 1장 정도, 길어야 15분을 넘어갈 필요가 없다. 일단 나는 〈예시 1〉과 같이 원형정리법을 활용하여 기본적인 생각과 느낌을 펼쳐 보았다.

2 집필 단계—정리한 내용을 보면서 글쓰기에 활용하기

자, 여기까지는 원의 중심에 쓴 주제나 제목, 글감 등을 중심으로 어떻게 해서든지 자신의 생각과 느낌을 펼쳐 나가는 단계다. 이제는 그 결과를 보면서 살려 쓸 수 있는 대목들에 표시를 해야 한다. 방법은 간단하다. 살려 쓸 수 있다고 생각되는 대목에 동그라미를 치면 된다. 나중에 시간이 넉넉하게 생긴다든지, 아니면 책이나 논문, 주변 사람의 이야기, 인터넷 자료 검색 서비스 등을 이용하면서 충분히 글을 쓸 수 있겠다 싶은 대목에 동그라미를 쳐 보자.

살려 쓸 만한 대목에 동그라미 치는 과정에서도 무엇인가 생각난다면 얼마든지 덧붙여도 된다. 물론 이건 아니다 싶으면 빼도 된다. 고치는 것은? 물론 된다. 원형정리법은 언제라도 자유롭게 보완·삭제·수정이 가능하다. 무엇인가 떠오른다면 언제라도 얼마든지 바꿀 수 있는 것이 원형정리법 활용의 장점이다.

그림을 그릴 때를 떠올려 보자. 팔레트를 만들 때 정성을 기울일 필

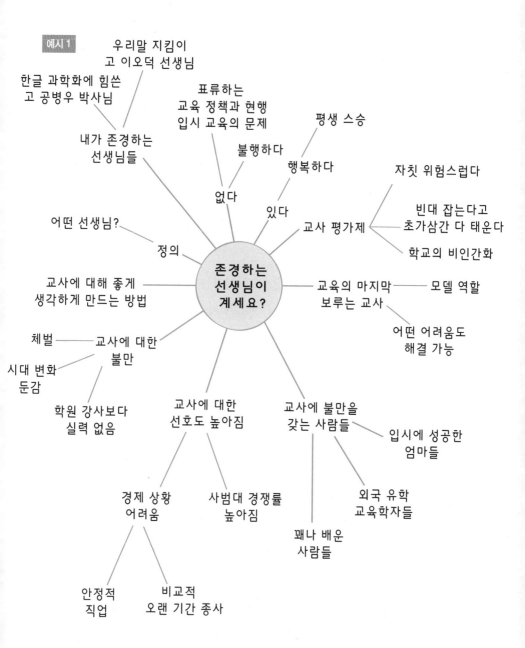

예시 1

- 우리말 지킴이 고 이오덕 선생님
- 한글 과학화에 힘쓴 고 공병우 박사님

내가 존경하는 선생님들

- 표류하는 교육 정책과 현행 입시 교육의 문제
- 평생 스승

불행하다

행복하다

없다

있다

어떤 선생님?

정의

교사에 대해 좋게 생각하게 만드는 방법

존경하는 선생님이 계세요?

교사 평가제
- 자칫 위험스럽다
- 빈대 잡는다고 초가삼간 다 태운다
- 학교의 비인간화

교육의 마지막 보루는 교사
- 모델 역할
- 어떤 어려움도 해결 가능

교사에 대한 불만
- 체벌
- 시대 변화 둔감
- 학원 강사보다 실력 없음

교사에 대한 선호도 높아짐

교사에 불만을 갖는 사람들
- 입시에 성공한 엄마들
- 외국 유학 교육학자들
- 꽤나 배운 사람들

경제 상황 어려움
- 안정적 직업
- 비교적 오랜 기간 종사

사범대 경쟁률 높아짐

요는 없다. 그림이 예뻐야지 팔레트가 예쁠 필요가 있겠는가. 어디까지나 자신의 생각과 느낌을 펼쳐 내는 것이 가장 중요하다.

여기저기 웬만큼 동그라미를 쳤다고 생각되면 다음 단계로 넘어가자. 이제 동그라미 친 대목들에 일련번호를 붙인다(〈예시 2〉 참조). 역시 간단하게 생각해야 한다. 제일 먼저 살려 쓸 수 있다고 생각하는 대목을 표시한 동그라미에 1이라 쓰고, 그다음 살려 쓸 대목을 표시한 동그라미에 2라 쓰면 된다. 그다음은 3, 또 그다음은 4 하는 식으로 순서대로 번호를 매겨 보자. 그러다가 5라고 표시해야 할 대목인데 아무리 생각해도 1과 2 사이에 들어가는 것이 적절한 것 같으면 그 중간을 잡아 1.5라고 표시한다. 똑같은 식으로, 이미 2라고 표시한 대목이라도 다시 생각해 보니 3과 4 사이에 들어가는 것이 낫겠다 싶으면 줄을 긋고 3.5라고 번호를 고치면 된다. 종이가 약간 어지러워 보여도 순서를 편안하면서도 꼼꼼하게 매기려는 자세가 중요하다.

(1.5를 1과 2 사이에 있는 같은 자격(위계)으로 끼워 넣는 경우, 즉 1, 1.5, 2 형식으로 배열할 수 있다. 책으로 말하자면 1장 → 1.5장 → 2장 식이다.

이와는 달리 1.5는 1을 전체 집합, 1.5는 그 안에 속한 부분 집합, 1.5.5는 다시 그 부분 집합 안의 부분 집합 식으로 생각할 수도 있다. 책으로 말하자면 1장, 1장 5과, 1장 5과 5항 식이다.)

이러한 모든 단계, 각 과정에서 원형정리법을 시도할 때는, 내용뿐만 아니라 형식 또한 얼마든지 자유롭게 바꿀 수 있다. 이를테면 원형정리를 하면서 번호를 매기다가 1과 1.5가 긴밀하게 연관된다고 생각하면 원의 중심에 이어진 1의 줄기를 1.5와 선을 그어 연결하면 된다.

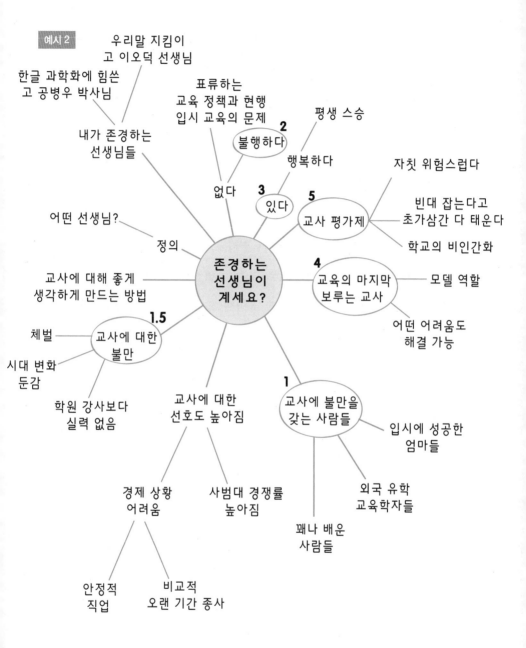

우리말 지킴이
고 이오덕 선생님

한글 과학화에 힘쓴
고 공병우 박사님

내가 존경하는
선생님들

표류하는
교육 정책과 현행
입시 교육의 문제

평생 스승

2
불행하다

행복하다

자칫 위험스럽다

빈대 잡는다고
초가삼간 다 태운다

학교의 비인간화

어떤 선생님?

없다

3
있다

5
교사 평가제

정의

존경하는
선생님이
계세요?

4
교육의 마지막
보루는 교사

모델 역할

교사에 대해 좋게
생각하게 만드는 방법

어떤 어려움도
해결 가능

체벌

1.5
교사에 대한
불만

시대 변화
둔감

교사에 대한
선호도 높아짐

1
교사에 불만을
갖는 사람들

입시에 성공한
엄마들

학원 강사보다
실력 없음

경제 상황
어려움

사범대 경쟁률
높아짐

외국 유학
교육학자들

꽤나 배운
사람들

안정적
직업

비교적
오랜 기간 종사

이때 교정 부호를 사용하여 원의 중심에 이어진 원래의 선이 사라졌다고 표시해도 좋고 그냥 두어도 무방하다. 1.5라는 번호 자체가 이미 1과 긴밀히 연관된다는 사실을 알려 주기 때문이다.

다음은 지금까지 동그라미를 치고 번호를 매겨 놓은 원형정리를 보면서 직접 글을 쓰는 단계다. 지금까지의 결과가 담긴 종이를 왼쪽에 두고, 오른쪽에 새 종이를 한 장 놓는다. 왼쪽에 있는 종이를 팔레트처럼 활용하면서 오른쪽에 있는 종이에 글을 쓰려는 것이다. 원형정리법의 결과를 차근히 다시 확인하면서 번호를 매긴 순서대로 살려서 글을 써 나가면 된다. 즉, 왼쪽 종이에 동그라미 친 대목 1을 보면서 나중에 살려 쓸 수 있다고 생각한 내용들을 떠올리고, 이를 오른쪽 종이에 써넣는 식이다. 이렇게 1을 살려서 쓴 다음에는 1.5, 2, 3, 4, 5…… 순서에 따라 계속 글을 써 나가면 된다.

이때 자신이 글을 쓰는 상황을 알아보기 쉽게 하기 위하여 오른쪽 종이에 다 쓴 다음에는 왼쪽 종이의 동그라미와 번호에 과감하게 사선이나 가위표를 긋는 것이 효과적이다. 〈예시 3〉을 참고하라.

글을 좀 더 완성도 높게 만드려면 단락을 반드시 나누며 써야 한다. 하지만 단락을 나누어 쓰라고 아무리 강조해도 그리 쉽지 않으니 안타깝다. 단언컨대, 단락이 나누어지지 않은 글은 글이 아니다.

왼쪽 종이에 표시한 번호가 크게 바뀌는 경우에는 반드시 스스로에게 신중하게 물어볼 것. "단락 한번 바꿔 봐?" 그게 좋겠다 싶으면 단

우리말 지킴이
고 이오덕 선생님

한글 과학화에 힘쓴
고 공병우 박사님

내가 존경하는
선생님들

표류하는
교육 정책과 현행
입시 교육의 문제

평생 스승

2
불행하다

행복하다

자칫 위험스럽다

없다

3
있다

5
교사 평가제

빈대 잡는다고
초가삼간 다 태운다

어떤 선생님?

정의

학교의 비인간화

존경하는
선생님이
계세요?

4
교육의 마지막
보루는 교사

모델 역할

교사에 대해 좋게
생각하게 만드는 방법

어떤 어려움도
해결 가능

체벌

1,5
교사에 대한
불만

시대 변화
둔감

학원 강사보다
실력 없음

교사에 대한
선호도 높아짐

1
교사에 불만을
갖는 사람들

입시에 성공한
엄마들

경제 상황
어려움

사범대 경쟁률
높아짐

외국 유학
교육학자들

꽤나 배운
사람들

안정적
직업

비교적
오랜 기간 종사

락을 바꿔서 쓰면 된다. 이를테면 1에서 2로 넘어갈 때 단락* 나누기를 검토해 보라는 얘기다.

원형정리법을 활용하며 지금까지와 같은 단계를 밟아 내가 기고한 글은 다음과 같다.

존경하는 선생님이 계세요?

교사들에 대해 불만이 가득한 분들을 가끔 만나게 된다. 요즘 교사들은 아이들을 함부로 대하며 시대 변화에 둔감하고 학원 선생보다 실력이 없다는 것이다. 심지어 정년까지 자리만 지키는 철밥통이라고 목소리를 높이기도 한다.

이런 분들을 만나면 예전에는 정말 논리적으로 조목조목 따져 가며 반박했다. 합리적인 설명에 대개는 고개를 끄덕거리지만 여전히 얼굴 한편에 불만이 사라지지 않는 경우가 많았다. 왜 그럴까? 그 까닭이 꽤 오랫동안 궁금했다.

요즘에는 아무리 교직에 대해 폄하하거나 매도하는 사람을 만나도 그렇게 논리적으로 따지지 않는다. 그저 애처롭게 느껴지기 때문이다. 다만 새삼 확인하고 싶어서 조심스럽게 꼭 묻는다. 혹시, 저 혹시…… 마음속으로 진정 존경하는 선생님이 계시나요?

---

* 단락은 흔히 '통일성 있는 의미의 덩어리'라 불리는데, 사고(思考)를 정리하면서 체계적으로 표현하는 데에 결정적인 역할을 한다. 맨 앞의 한 칸을 비우고 시작하면 바로 그것이 '단락' 표시다. 글쓰기 시험인 경우, 단락을 거의 나누지 않은 글은 최하 수준의 평가를 받을 정도로 단락 나누기는 글쓰기에서 중요하다.

이렇게 물으면 거의 모두 당황한 표정을 짓는다. 해외에서 유학하고 돌아온 교육학자들부터 아이 셋을 모두 세칭 명문대에 보냈다고 자랑하는 '전직 학부모'까지, 교사보다 더 많이 배우고 교사보다 더 실력(?) 있다는 사람들의 표정이 급작스럽게 무너지는 것이다.

역시 그렇구나! 앞서의 애처로움이 더 커지며 마냥 슬퍼진다. 마음속으로 존경하는 스승이 단 한 분만이라도 있다면 저렇게 교사들에 대해 함부로 말할 수 없을 텐데. 아무리 많이 배우고 아는 것이 많아도, 그래서 절대 남에게 뒤지지 않는다고 자부해도 진정 존경하는 스승을 모시지 못하면 결코 행복할 수 없구나.

교육 정책이 밤낮 뒤바뀌어도 좋다. 아무리 교육 환경이 열악해도 좋다. 아무리 교육 내용이 구태의연해도 좋다. 아무리 교육 방법이 바뀌지 않아도 좋다. 마음속으로 존경하는 스승을 단 한 분이라도 모실 수 있다면 그 아이의 삶은 평생 행복하다. 그 아이는 존경하는 선생님의 말씀을 따라 올바른 길을 걸어갈 테고, 선생님의 뜻을 키워 아름다운 꿈을 이루어 낼 것이다. 선생님의 태도를 닮아 가다가 어느 날 문득 자신을 존경하는 또 다른 사람들을 발견하고 이내 선생님의 노릇을 할 것이다.

최근 논란이 되고 있는 교사 평가제를 보면서 마음이 착잡하다. 논리 여부를 떠나서 지금의 논쟁 자체가 어떤 의미로 아이들에게 다가올까. 과연 교사 평가제라는 제도로 우리 아이들의 마음속에 스승을 모시게 만들 수 있을까? 교육에서 평가야말로 가장 쉬우면서도 위험한 수단이라는 것을 곱씹어야 한다.

교사 평가제의 당위성을 소리 높여 주장하는 학부모와 교육 전문가들에게 말한다. 지금의 입시 교육이 아이들을 '평가'의 잣대로만 따져서 얼마나 기진맥진하게 만들었는지, 또 그 과정에서 얼마나 많은 선생님들이 '꼰대'나 '담탱이'로 전락했는지 돌이켜 보라. 오늘도 학교는 입시 전사들을 길러 내는 학원으로 점점 바뀌어 가고 있다. 당신들이 '철밥통'으로 부르는 교사들이 어떻게 아이들에게 '스승'으로 다가올 수 있겠는가.

마지막 보루인 교사들마저 신중한 성찰 없이 마구 대할 때 누구에게 학교를 지키고 아이들을 키우라고 할 것인가. 교사 평가제가 시행되어 우수한 교사들을 대우해 준다는 말도 우스꽝스러운 언어유희다. 지금 학원으로 가면 그러한 대우 이상쯤은 얼마든지 받을 수 있기 때문이다. 또한 삼류 학원이 된 학교에서 교사로서 무슨 보람을 기대할 수 있단 말인가. 무엇보다도 나는 교사 이전에 학부모로서 내 아이가 학교에서 좀 더 많은 스승을 진정으로 모실 수 있기를 진심으로 바란다.

3 실제 연습—원형정리법을 활용하여 글을 써 보자

원형정리법은 A4 용지같이 쓰기 편한 종이 한가운데에 동그랗게 원을 그리고, 그 안에 주제나 제목, 글감 등을 써넣는 데서 시작한다. 간단해 보이지만 이러한 행동이 글쓰기 초보자에게는 결정적인 도움이 된다.

왜 그럴까? 우주가 점에서 시작하고 끝나듯이, 이 원은 자신의 생각을 멀리 펼칠 수 있는 출발점, 다시 돌아와 확인할 수 있는 종착점 역할을 한다. 즉, 글을 쓰려면 주제나 제목, 글감 등을 구체화하여 부풀리면서도, 원래의 주제나 제목, 글감 등에 집중되는지, 끊임없이 명확히 확인해야 한다. 바로 그 중심 역할을 원으로 삼은 것이다.

만일 이를 소홀히 여기면 글쓰기를 훼방하는 문제들이 불거져 나올 수 있다. 우선 자신이 무엇을 중심으로, 다시 말해 무엇에 관해서 생각과 느낌을 펼쳐야 할지 막연해질 수 있다. 또 한껏 생각과 느낌을 펼쳐 놓고도 주제나 제목, 글감 등과 무관해질 수 있다. 앞서의 경우는 사고가 퍼져 나가지 못하니 창조적 사고가 어렵고, 뒤의 경우는 아무리 사고가 넓게 퍼져 나가도 자칫 주제에서 벗어나거나 흐트러져 글의 '통일성'을 해치기 쉽다(통일성이라는 용어가 어렵게 느껴진다면 간단히 이렇게 정리하자. 말을 하다 말고 옆길로 새지 말자! 꼭 이런 사람들이 있다. 심각한 경우 도대체 무엇을 말하고 싶은지 알 수 없을 정도로 횡설수설하기까지 한다. 이처럼 글이 원래의 주제에서 벗어나면, 곧 주제와 무관한 내용을 조금이라도 쓰게 되면 통일성에 어긋났다고 말한다. 통일성이란 한마디로 '꼭 써야 할 것을 쓴 상태'를 뜻한다).

따라서 원 안에 주제와 제목, 글감 등을 써넣고 이를 중심으로 다양하고 참신하게 사고를 펼쳐 나가되(확산), 여기서 너무 벗어나지 않았는지 끊임없이 확인해 보는 자세(방향)가 필요하다. 곧 창조적 사고를 펼쳐 갈 때는 열정적으로 온갖 아이디어를 떠올리면서 힘차게 폭발하듯이 해야 하고, 원이 뜻하는 주제와 제목, 글감 등에서 너무 벗어나지 않았는지 신중하게 목표를 확인해야 한다는 말이다. 힘차게 날면서 나침반을 계속 확인하라.

자, 이제 직접 원형정리법을 시도할 것.

원을 그리고 안에다 쓰고 싶은 주제나 제목, 글감 등을 써넣기 시작하는 단계 → 세 가지 요령('돌아돌아!' '끼리끼리!' '줄서줄서!')을 떠올리면서 생각을 확산시키고 방향을 가다듬는 단계 → 충분히 살려 쓸 수 있겠다 싶은 대목들을 동그라미로 표시하는 단계 → 다시 이들에 번호를 붙여 가는 단계

이러한 각 단계들을 시도하는 데 시간을 그리 많이 들일 필요는 없다. 앞서 강조했듯이 모든 단계에서 새로운 생각과 느낌이 든다면 얼마든지 결과를 바꿀 수 있어 효과적이다.

그럼, 원형정리법을 직접 시도해 보자. 만일 원 가운데에 쓸 주제나 제목, 글감이 떠오르지 않는다면 다음 보기에서 골라 쓸 것.

보기

요즘의 나는……/내가 행복할 때/내가 좋아하는 음악/대학/나의 미래/논술에 효과적으로 대비하려면?/사랑/징병 제도의 장점과 단점/직업에는 과연 귀천이 없는가?/국산품을 애용해야 한다?/인간에게 가장 중요한 것들을 네 가지만 고른다면?/독도 영유권 문제의 해법/두발 자유화

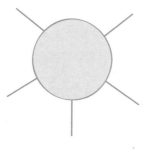

자, 어떤가. 원형정리법으로 생각과 느낌을 펼쳐 내다가 직접 글을 써 보니 또 다르지 않은가. 살려 쓸 만한 대목에 동그라미를 칠 때까지만 해도 심드렁한 표정을 짓던 '용사'들도 막상 번호를 매기고 하나씩 지워 가며 글을 쓰기 시작하면 확실히 달라진다(아무도 어떤 형식으로 얼마만큼 쓰냐고 묻지 않는다. 그냥 자기도 모르게 열중하면서 글을 쓰게 된다. 수업 중이라면, 선생님인 내가 나갔다 와도 모를 정도로 집중하며 모두 글을 쓴다. 믿기 힘들지만 사실이다. 여러분도 충분히 경험할 수 있다!).

머릿속에 있는 낱말과 문장 들을 충분히 밖으로 끌어내어 소재를 수집하고, '끼리끼리' 모아서 위계를 설정하는 분류 작업을 한 뒤, 여기에 다시 동그라미를 치면서 최종 선택을 하고, 번호를 붙여 가며 글의 순서를 정하여 약식으로 구성까지 끝낸 셈이다. 이렇게 글쓰기의 전 과정을 자신도 모르는 사이에 간단하게 모두 수행하면서, 손쉽게 글을 쓰는 방법이 바로 원형정리법이다.

"선생님, 저는 어려워요. 잘 못하겠어요." 이렇게 하소연하는 학생도 있을 수 있다. 처음부터 원형정리법을 차근히 익히지 못한 경우라면 충분히 그럴 수 있다. 유독 처음 배우는 것에 부담을 느끼는 학생도 있을 수 있다. 또한 너무 철저하게 원형정리법의 요령과 방법을 익혀야 한다는 지나친 부담감에 시달릴 수도 있다.

원인이야 어떻든 원형정리법을 마음대로 구사하기가 어렵다면, 일단 내 생각과 느낌을 종이 위에 자유롭게 펼쳐 본다는 정도로 목표를 단순하게 잡으라. 극단적으로 강조하자면 내가 고안하고 제시한 원형정리법의 요령과 방법까지 완전히 무시해도 좋다. 자신이 직접 생각과 느낌을 펼쳐 보면서, 즐겁게 또한 그 결과를 활용하여 체계적으로 글을 쓸 수 있으면 그만이다. 그러니 무엇을 어떻게 해야 하는지를 즐겁게 고민하고 직접 시도하라. 원형정리법도 즐겁고 손쉽게 글을 쓰기 위해 수없이 시행착오를 거친 끝에 일구어 낸 방법이다.

무엇보다도 원형정리법의 핵심은 생각과 느낌을 자유롭게 펼치면서도 원래의 주제나 제목, 글감에서 벗어나지 않아야 한다는 점이다. 글을 쓸 때 가장 결정적으로 힘든 것이 바로 사고의 확산과 주제의 집중이다. 원형정리법을 활용하면 이러한 어려움을 쉽게 극복할 수 있다. 자, 이제 원을 그린 다음 세상 모든 것을 향해 자유롭게 날아가자!

제4장
심층! 원형정리법의 이해와 활용

　원형정리법은 즐겁고 알차게 글을 쓸 수 있도록 특별히 고안한 글쓰기 방법이다. 이 방법을 활용하면 무엇보다도 창조적인 사고를 펼쳐 나갈 수 있으며, 머릿속에서 어지럽게 맴도는 생각과 느낌을 쉽게 정리할 수 있다. 그뿐 아니라 훨씬 자연스럽게 글을 쓸 수 있다.

　지금까지 원형정리법을 활용하여 글 쓰는 방법을 소개하고, 실제 글쓰기까지 함께 연습해 보았다. 이제 원형정리법을 더욱 효과적으로 활용할 수 있도록, 형태의 핵심인 '갈래'와 '위계'를 중심으로 심도 있는 설명을 덧붙이려 한다. 이미 강조했듯이 원형정리법은 글을 쓸 때만이 아니라 학습 내용을 정리하고 기억하는 데도 효과적이다. 배우기도 쉽고 활용하기도 편하니 여러모로 활용하기 바란다.

1 원형정리법의 기본 형태―원, 갈래, 위계

원형정리법은 주제나 글감 또는 제목을 중심으로 생각과 느낌을 마음껏 펼쳐 가는 특별한 메모 방법이다. '다양하면서도' '강력하고' '참신하게' 생각과 느낌을 펼쳐 갈 수 있기에 풍요롭고 심오하며 개성 넘치는 글로 자연스럽게 이어질 수 있다.

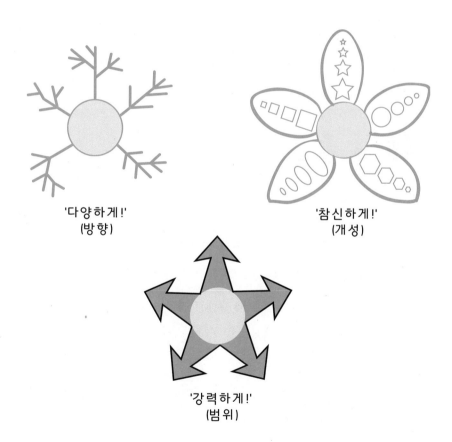

'다양하게!'
(방향)

'참신하게!'
(개성)

'강력하게!'
(범위)

'다양하게' 생각과 느낌을 펼쳐 가면 글의 전개 방향이 다채로워진다. '강력하게' 생각과 느낌을 펼쳐 가면 글의 서술 범위가 넓어지고 심도 역시 깊어진다. '참신하게' 생각과 느낌을 펼쳐 가면 글의 개성이 도드라진다. 원형정리법을 이렇게 다양하면서도 강력하고 참신한 상상력과 감수성으로 생각과 느낌을 펼쳐 가는 것이 무엇보다도 중요하다.

원형정리법의 기본 형태는 크게 세 가지다. '원' '갈래' 그리고 '위계'가 바로 그것들이다. 여기서 '원'은 주제나 글감 또는 제목이며, '갈래'와 '위계'는 이를 구체적으로 펼치는 과정이자 그 결과다. 먼저 '갈래'를 중심으로 살펴보자.

2 갈래—생각과 느낌 펼치기

원형정리법을 완벽하게 활용할 수 있을 정도가 되면, 원(주제나 글감, 제목)을 중심으로 대략 세 갈래에서 다섯 갈래 정도로 생각과 느낌을 펼칠 수 있다.

이때 세 갈래의 경우는 글을 세 갈래로 펼치는 구성, 곧 3단 구성으로 발전시킬 수 있다. 마찬가지로 네 갈래는 4단 구성, 다섯 갈래는 5단 구성으로 그대로 활용할 수 있다.

다시 말해 3단 구성인 '서론-본론-결론'을 기본으로, 주제와 글감, 제목에 따라서 4단 구성인 '서론-본론1-본론2-결론', 5단 구성인 '서론-본론1-본론2-본론3-결론' 등으로 만들 수 있다는 의미다.

　이때 4단 구성은 '기-승-전-결', 5단 구성은 '발단-전개-위기-절정-결말'의 형식으로 발전시킬 수도 있으나, 이 경우는 대개 문학 작품과 연관되므로 여기서는 생략한다. 아울러 '찬-반' 형태의 2단 구성도 가능하나, 특별히 구성이라 소개할 만한 수준은 아니므로 역시 접어 둔다.

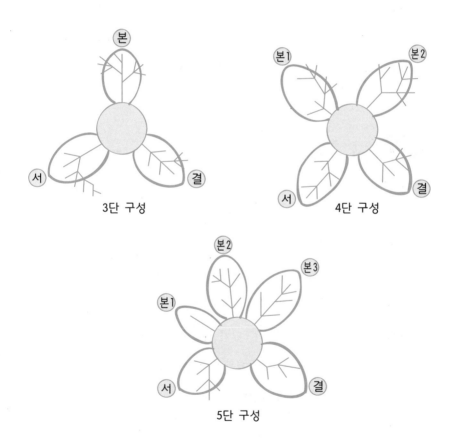

3단 구성 4단 구성 5단 구성

물론 처음부터 이렇게 이상적인 형태로 생각과 느낌을 펼쳐 가기란 결코 쉽지 않다. 더구나 주제나 글감, 제목은 물론 그날의 기분이나 상태까지 관여하게 되므로, 이상적인 형태는 구경하기조차 어려울 수도 있다.

처음에는 부담 없이 자유롭게 생각과 느낌을 펼치되, 마지막 정리하는 순간에 3단 구성이나 4단 구성, 5단 구성 등을 염두에 두고 다듬으면 된다(만일 특별한 까닭이 없는데도 원형정리법을 활용한 결과가 빈약하거나 무성의하게 나타난다면, 생각과 느낌이 너무 소홀하거나 방만한 경우다). 한편, 어느 정도 원형정리법에 익숙해지면 아예 몇 개의 갈래를 미리 정해 놓고 생각과 느낌을 자유롭게 펼쳐 갈 수 있다.

3 위계— 깊이 정하기

원형정리법을 시도하다 보면 갈래 안에서 다시 몇 개의 위계를 마련해야 한다. 그렇다면 같은 갈래 안에서 과연 몇 개의 위계를 마련하는 것이 적절할까? 이 역시 3단계에서 5단계 정도로 설정하면 무난하다. 한두 단계로 위계를 잡으면 너무 깊이가 없고, 예닐곱 단계 이상 넘어가면 지나치게 지엽적일 수 있기 때문이다.

민사 소송법을 주제나 글감, 제목으로 잡았을 때 어떻게 위계가 설정되는지, 위계를 표시하면 다음과 같다.

'법령의 체계'를 중심으로 이를 다시 설명하겠다. 먼저 우리나라 법의 위계는 '편(section) 〉 장(chapter) 〉 절(paragraph) 〉 조(article) 〉 항(clause)' 순으로 이루어져 있다. 이 결과는 다시 다음과 같이 숫자 개요 형태로 표현할 수 있다.

○ 민사 소송법(법)

1. 총칙(편)

  1.4 소송 절차(장)

    1.4.3 기일과 기간(절)

     1.4.3.167 기일의 통지(조)

      1.4.3.167.1 기일은 기일통지서 또는 출석요구서를 송달하여 통지한다. 다만, 그 사건으로 출석한 사람에게는 기일을 직접 고지하면 된다.(항)

이와 달리 우리가 흔히 보는 책에서는 부(part) 〉 장(chapter) 〉 절 (paragraph) 등으로 내용을 나누곤 한다. 이 책, 『허병두의 즐거운 글 쓰기 3』을 예로 들어 살펴보자.

부: 책쓰기의 첫걸음은 주제 설정

　장: 무엇을 쓸지 찾아보자 (주제를 설정하는 방법)

　　절: ― 모범 답안 대신에 문제의식과 주제 의식을!

　　　― 무엇을 주제로 삼을까 (흥미성, 유용성, 가능성 따지기)

4　연습―생각과 느낌 펼치기

생각과 느낌을 펼쳐 나가는 방법에도 여러 가지가 있다. 대표적인 것이 바로 구체화 전략이다. 이를테면 앞에서 살펴본 '예를 들어~' '왜냐하면~' '다시 말해~' 등을 주문처럼 외우며 내용을 펼쳐 나가 면, 쉽고 자연스럽게 글을 쓸 수 있다. 이들 세 가지는 무엇인가를 구 체화하는 데 가장 전형적인 방법들이다.

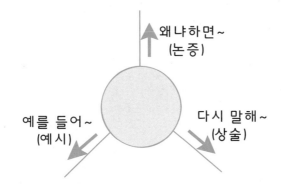

(* '예를 들어~' '왜냐하면~' '다시 말해~'는 몇 번을 펼쳐 나가도 상관없다.)

자, 이제 아울러 앞에서 살펴본 육하원칙도 구체화 전략으로 활용해 보자. 또한 사실·방안·가치 등의 차원에서 생각을 의도적으로 펼쳐 보는 것도 주제를 구체화하는 데 좋은 전략이다. 이상의 구체화 전략들을 활용하여 자신의 생각과 느낌을 펼쳐 보자.

함께 해 봅니다

제 5 부
책쓰기, 책 만들기, 더 큰 책쓰기

글을 모았다고 책이 되는 것은 아니다. 책쓰기 역시 오랫동안에 걸친 글쓰기 정도로 오해해서는 안 된다. 책쓰기는 글을 써서 책으로 펴내는 과정에 이르는 모든 행위다.

여기에서는 책쓰기의 중요한 핵심들을 두루 톺아 본다. 앞에서 소개한 육하원칙을 실제로 활용하면서 관련 지식들을 찬찬히 살펴보자. '집필 의도와 출판 동기(Why?)' '집필 내용과 관련 자료(What?)' '발간 주체와 대상 독자(Who?)' '책의 구성과 차례, 제작 형태, 추진 방법(How?)' '출간 시점과 집필 일정(When?)' '출판사와 자료 입수처(Where?)' 등, 읽기와 쓰기를 아우르고 넘어서는 책쓰기의 과정과 의미를 세심하게 확인한다.

이어서 '책'이라는 물적 존재를 어떻게 만들어 내는지 구체적으로 살펴본다. 실제 제작 과정을 살펴보면 글과 책, 책쓰기에 대해 심도 있게 이해할 수 있으며 북 아트 차원의 미적 감각도 높일 수 있다. 이는 좀 더 근사하고 유익한 문화적 경험과 안목을 갖출 수 있게 도와 주며, 자연스럽게 책 읽기에 대한 흥미까지 고취시켜 줄 것이다.

마지막으로 저작권 기부 운동에 대해 알아보자. 책쓰기 능력을 자신만의 이익을 위해서 쓴다면 정말 안타깝고 애석한 일이다. 스스로의 진정한 즐거움을 느끼지 못할 뿐만 아니라 다른 이들에게 피해까지 줄 수 있기 때문이다. 그러니 책쓰기 능력을 지금까지 키워 온 여러분에게 간곡히 부탁한다. 저작권 기부와 읽기·쓰기 문화의 진정한 의미를 살피고 함께 더 큰 책쓰기로 나아가자. 지식의 나눔과 사랑의 더함을 실천하는 진정한 저자가 되어야 한다.

제1장

책을 펴내기 위한 몇 가지 도움말

책을 쓸 때는 기존의 책들과 최대한 다르게, 즉 독창성을 중시해야 한다. 자칫 잘못하면 모방과 표절, 저작권 침해라는 오명과 책임을 지게 된다. 남과 다르게 책을 쓸 수 없다면 차라리 쓰지 않는 게 현명하다는 조언은 소중하다. 무엇보다도 여러 어려움을 극복하고 새롭게 태어난 책만이 자신을 바꾸고 기존의 현실을 의미 있게 바꾼다.

책을 쓰고자 할 때 꼭 짚어 보아야 할 사항들은 무엇이 있을까. 앞에서 익힌 '육하원칙 활용법'을 복습 삼아 시도하면 중요 사항들을 꼼꼼하게 점검할 수 있다. 그럼 책을 펴내는 데 꼭 필요한 점들이 무엇인지 육하원칙에 근거하여 질문을 던지며 확인해 보자. 이를테면, 왜 책을 써야 하는지(Why?), 무엇을 내용으로 담을지(What?), 누가 읽을 것인지(Who?), 어떻게 내용을 구성할 것인지(How?), 언제까지 어느 출판사에서 책으로 펴낼 것인지(When?, Where?) 등을 떠올릴 수 있을 것이다.

이를 좀 더 줄이면 '집필 의도와 출판 동기(Why?)' '집필 내용과 관련 자료(What?) '발간 주체와 대상 독자(Who?)' '책의 구성과 차례, 제작 형태, 추진 방법(How?)' '출간 시점과 집필 일정(When?)' '출판사 선택과 자료 입수처(Where?)' 등의 중요 항목들로 정돈할 수 있다.

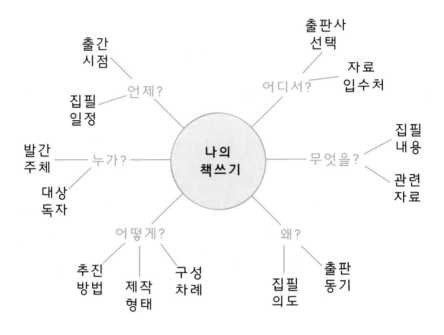

1 집필 의도와 출판 동기: Why?

왜 책을 쓰는가? 이는 책 전체의 방향과 내용을 결정하는 중요한 질문이다. 무엇인가에 대해 자세히 알려 주고 싶어서, 부당하고 잘못된 것을 제대로 만들고자 의견과 주장을 피력하고 싶어서, 기존의 가치나 관점을 새롭게 바꿔 보고 싶어서, 그저 무엇인가 견딜 수 없게 표현하고 싶어서, 너무나 억울하고 분하여 이를 풀어 보고 싶어서, 반드시 문자로 기록하여 남겨야 한다는 책임감에서 등 실로 다양한 이유로 인간은 글을 쓰고 책을 펴낸다.

이렇게 집필 의도와 출판 동기는 아주 사소할 수도 있고 대단히 심각할 수도 있다. 누가 시키지도 않았는데 그냥 책을 쓰고 있는가 하면, 추상같은 명령을 받고 부담감에 시달리며 책을 써야 하는 경우도 있다. 어느 쪽이든 집필 의도와 출판 동기는 책의 방향과 내용을 좌우하는 결정적인 요소이다. 책을 읽으며 제대로 해석하고 수용하려면 결코 놓쳐서는 안 될 점이 바로 집필 의도와 출판 동기다.

특히 '왜?(Why?)'라는 질문은 육하원칙 가운데 나머지 다섯 가지 질문들을 가늠하고 구체화하는 근본적인 질문으로서 주제 의식과 직결된다. 머리말에서 주제 의식을 보여 주는 집필 의도와 출판 동기 등을 대부분 언급하는 것도 이러한 까닭에서다. 주제 의식이 불분명하거나 적절하지 않은 책은 집필하는 데도 여러 어려움을 겪으며 설혹 책으로 나와도 좋은 평가를 받지 못한다. 왜 책을 쓰는가? 책을 쓰면서 늘 잊지 말아야 할 물음이다.

2 집필 내용과 관련 자료: What?

무엇을 쓸 것인가? 이는 책의 내용을 구체적으로 결정하는 중요한 질문으로서 주제와 직결된다. 주제를 결정하면 관련 자료들을 찾을 수 있고 이를 뒷받침하는 내용을 작성할 수 있기 때문이다. 실제로 어떤 책이 무엇을 다루었는지 파악하면 책을 쓴 이의 의도와 주장, 주제가 선명하게 드러난다. 저자가 중요하게 강조할수록 책에서 많이 언급하는 데에서도 알 수 있듯이 집필 내용은 책의 주제를 구체화하는 데 커다란 역할을 한다. 따라서 책을 쓸 때는 '꼭 써야 할 것을 써야 한다'고 늘 떠올리며 독자들이 주제를 쉽게 파악할 수 있도록 배려해야 한다.

또한 관련 자료는 가능한 한 많이 다양하게 확보해야 한다. 얼마나 많은 자료를 얼마나 다양하게 얻을 수 있느냐에 따라서 책의 평가가 달라질 수 있다. 대강 몇 가지만 살펴본다거나, 중요한 자료를 빼놓거나, 자료와 연관된 현장을 확인하지 않는다면 결코 좋은 책으로 평가받지 못한다.

따라서 조금이라도 관련되는 자료들이라면 가능한 한 많이 확보해야 한다. '자료가 말한다'는 이야기도 있듯이 자료들을 많이 모아 놓으면 좋은 글과 책을 낳는 데 요긴하다. 언뜻 별로 연관되지 않는 자료들이라도 어느 순간에 일정한 연관 관계가 드러나며 새로운 주제나 글, 책의 핵심이 되는 가치를 표출하게 된다.

무엇을 얼마큼 써야 하는가? 활용할 만한 자료들은 무엇이 있을까? 이러한 질문들에 스스로 답하면서 열심히 자료를 찾다 보면 무엇을 써야 할지 말아야 할지 판단하는 능력 또한 자연스럽게 기를 수 있다. 이러다 보면 자료의 근처에 있게 마련인 해당 분야 전문가들도 만나는 덤까지 챙길 수 있다. 어느 분야이든지 전문가들은 관련 자료 옆에 늘 있기 마련이다.

3 발간 주체와 대상 독자: Who?

저자는 책에 들어갈 내용 일체를 생산하는 창조자이다. 저자는 자신의 사고와 정서를 문자와 기타 수단을 통하여 책이라는 매체에 담는 도전자이다. 저자는 자신의 시도에 대한 보상을 받는 권리자이며 그에 따른 책임 또한 감당해야 하는 의무자이다. 저자는 책이요 책은 곧 저자라 해도 별로 지나치지 않다.

저자가 무엇을 공부하고, 어느 분야에 관심을 보이고 있는지, 어떤 사람들과 함께 활동하고 있는지, 어떤 책을 써 왔는지 살펴보면 저자의 성격과 특성이 대체로 드러난다. 책에 담긴 저자 소개는 저자의 과거를 밝혀 줌으로써 현재인 책을 가늠케 하며 저자의 미래를 암시해 준다.

공동 저자는 단독 저자의 경우보다 책을 펴내기가 더 쉬울 수도 있다. 하지만 아무리 글을 잘 쓰고 수준 높은 책을 펴낸 저자들이라도 어떠한 과정과 절차, 의지를 보였느냐에 따라 공저한 책의 수준이 기대 이하일 가능성도 있다. 이는 최고의 선수들을 모아 놓았으나 보잘것없는 성적을 내는 축구팀이 되기도 하는 경우다.

저자는 책의 판매에 따른 저작권 수입을 출판사로부터 받는다. 이를 전통적으로 '인세(印稅)'라 부르는데 한 권당 책 정가의 10% 정도 금액으로 책정되는 것이 관례다. 여기에 다시 책의 발행 부수를 곱하면 저자가 받는 총 인세가 된다. 가령, 정가 1만 원의 책을 3천 부 발간했고 책 정가의 10%로 계약했다면 저자의 인세 수입은 총 3백만 원인 셈이다. 실제 저작권 수입은 각종 세금을 떼고 나서 받는다.

한편 잘 팔리지 않는 학술서나 전문서는 책 정가의 5%까지 낮게 산 정되거나 미리 일정 금액을 지급하는 조건으로 계약하는 경우도 있다. 최근에는 디지털 환경의 등장에 따라 전자책이 속속 출간되고 있는데 이 경우 저작권 수입 산정 방식은 또 다를 수도 있다. 아직까지 관례로 굳어지지 않았으니 가능한 한 다른 출판사의 계약서들과 비교하여 꼼꼼하게 살펴야 한다.

대상 독자는 책을 읽는 주 독자층을 뜻한다. 대상 독자가 누구냐에 따라 책의 내용과 형식이 달라질 수 있다. 노인을 대상으로 했다면 노인들이 가장 읽고 싶은 분야를 담아야 하며 아무래도 활자를 크게 인쇄하는 것이 좋다. 어린이를 대상으로 한다면 어른의 시각에서 책을 만들어서는 안 된다. 이처럼 대상 독자의 특성이 맞춰서 책을 쓰려면 연령, 지역, 학력 등과 같은 전통적인 기준들은 물론 신문 구독 여부, 각종 정보 기기 활용도, 관심 분야 등 새로운 기준들도 세심하게 따지는 것이 바람직하다.

4   책의 구성과 차례, 제작 형태, 추진 방법 등: How?

구슬이 서 말이라도 꿰어야 보배라고 했다. 같은 내용이라도 어떻게 이야기하냐에 따라 흥미가 좌우되듯이 내용을 어떻게 구성할지,

그리고 어떤 방식으로 차례를 만들지 집필 과정 내내 떠올려야 한다. 원형정리법을 활용하되, 생각이 펼쳐 가는 대로 계속 종이를 여러 장 덧대어 큼지막하게 만든 뒤 벽에 붙여 놓고 보면서 집필하면 매우 효과적이다.

가장 좋은 구성과 차례는 주제 의식에 맞춘 집필 내용과 자료들 가운데서 자연스럽게 만들어지는 것이다. 미리 정한 닫힌 틀 속에 집필 내용과 관련 자료들을 억지로 꿰맞추기보다는 문학 작품의 경우가 그러하듯이 주제 의식과 집필 내용, 관련 자료들 사이에서 책의 구성과 차례가 자연스럽게 나오는 것이 이상적이다.

이와 관련하여 좀 더 구체적으로 설명해 보자. 가령, 어떤 대목을 강조하고 싶다면 분량을 늘려라. 어떤 지점을 생략하고 싶다면 과감히 빼라. 이에 대해 설명을 덧붙이고 싶다면 본문에서 언급하거나 각주나 미주에서 밝혀라. 왜 다루지 않았는지, 왜 소홀하게 처리했는지 더 친절하게 알려 주고 싶다면 머리말에 밝혀도 좋다.

책을 읽을 때 역시 이에 집중하면 저자의 생각을 오롯이 읽을 수 있다. 즉 책의 구성과 차례를 살피면 대략 그 책이 어떤 대목을 강조하고 있으며 어떤 지점은 생략하고 어떤 사실이나 주장은 무시하는지 알 수 있다.

흔히 개요를 중시하는데 이보다 더 중요한 것이 바로 구성이요 차례다. 개요가 건물의 설계도와 같다면 구성과 차례는 건물의 실제 골격이다. 개요가 중요한 것은 어디까지나 구성과 차례를 위해서일 뿐이다. 구상은 개요를 작성하여 구성과 차례로 이어지기까지 관련되는 일체의 사고를 뜻한다.

틈나는 대로 여러 책들의 차례를 확인하는 자세가 중요하다. 이런 제목과 주제를 가지고 이러한 구성과 차례로 다루었구나! 색다른 방식의 구성과 차례들을 모아 봐야지! 이 책의 개정 증보판을 낸다면 구성과 차례를 어떻게 고칠 수 있을까? 이 책의 구성과 차례를 모두 담을 수 있는 더 큰 책은 무엇일까? 특정한 대목의 구성과 차례를 좀 더 자세하게 만들어 본다면 어떻게 할 수 있을까?

이렇게 스스로 묻고 답하거나 서로 의견을 나누다 보면, 특정 주제와 내용을 어떠한 구성과 차례로 제시하는 것이 가장 바람직한지 생각하게 되어 자연스럽게 실력을 쌓을 수 있다. 어느 경우든지 교과서에 나오는 천편일률적인 구성과 차례를 떠올리면 곤란하다. 책들을 자주 대하다 보면 예상과 달리 매우 다양한 구성과 차례를 찾을 수 있으니 당장 책들을 뒤지며 확인해 보자.

책의 기본적인 체재(體裁)는 '머리말-본문-맺음말'과 같은 식이다. 여기에 본문의 앞과 뒤에 프롤로그와 에필로그를 각각 넣기도 하고 본문에서 다루기 힘들지만 꼭 넣고 싶은 내용이 있다면 부록으로 처리하기도 한다. 책의 앞에 헌사(獻詞: 지은이가 책을 다른 사람에게 바치는 뜻을 적은 글)나 감사의 글, 뒤에 발문(跋文: 책의 끝에 본문 내용의 대강이나 간행 경위에 관한 사항을 간략히 적은 글)이나 후기(後記), 색인(索引) 등을 덧붙이기도 한다.

본문의 경우 내용이 복잡하고 방대하면 '장'이나 '부'로 묶어서 제시한다. 하지만 '입문과 연습, 실전' 등과 같이 널리 익숙해진 구성을 택하는 경우도 있다. 책의 구성과 차례는 교과서나 참고서, 수험서 같은 경우가 가장 단순하다. 연구서나 교양서 경우는 좀 더 다양하며 문학 작품의 경우는 매우 치밀하고 복잡하며 언어 예술로서의 역할을 다한다.

대체로 저자가 원고를 모두 완성해야 책으로 출간할 수 있다. 하지만 저자와 출판사가 의견을 조율하면서 원고를 함께 완성할 수도 있다. 그런가 하면 완전히 집필이 끝난 원고라 할지라도 협의 과정에서 출판사가 저자에게 새롭게 원고를 덧붙이거나 다시 새로운 콘셉트나 문체의 글로 바꿔 써 달라고 요청할 수도 있다.

글은 자신의 이름을 붙여서 발표하는 순간에 완료되지만, 책은 저자가 글을 쓰는 데서 시작하여 출판사와 함께 완성하는 것이다. 물론 자신의 원고는 한 글자는커녕 한 획도 건드릴 수 없다는 식의 매우 엄격한 저자들도 있기는 하다. 문학 부문의 저자들이 특히 그러하다. 하지만 대개의 저자들은 편집자들과 원활하게 의사소통을 하면서 어떻게 해야 독자들에게 좋은 책으로 전달할 수 있을지 심도 있게 고민한다. 유능한 편집자들은 저자들이 미처 생각하지 못한 관점과 맥락에서 원고 집필을 돕거나 책의 형태, 나아가 구성과 차례에까지 관여한다.

책에 관한 여러 요소들을 꼼꼼하게 따져 보고, 자신이 쓰는 책의 내용과 콘셉트에 따라 형식과 포맷 또한 새롭게 바꾸는 것 또한 중요하다. 요컨대 자신의 책을 차별화하는 전략은 곧 책 자체에 존재 의의를 부여하는 행위다.

이를 위해서는 평소에 책을 열심히 읽고 살피는 자세를 갖춰야 한다. 내 책은 기존의 책들과 무엇이 다를까? 착실하게 검토하고 톺아보지 않으면 자신의 책을 제대로 써 나가기가 어렵다. 기존의 책들에서 양분을 흡수하되 자신만의 시각과 정서로 뿌리를 기르고 줄기를 세워 '나만의 꽃'을 피워 내야 한다.

5 출간 시점과 집필 일정: When?

책의 출간 시점과 집필 일정은 최대한 서두르는 것이 좋다. 완벽하게 준비하려다 보면 늦어지는 경우가 많다. 출간 시점과 집필 일정은 결국 빨리 책을 펴내고 싶은 마음과 좀 더 시간을 들여서 완벽하게 만들고 싶다는 의지가 서로 맞서는 순간이다.

엉성하고 어설픈 책을 내놓고 독자들에게 읽으라는 것은 일종의 사기다. 당연히 자신의 모든 것을 쏟아붓는 혼신의 노력이 반드시 필요하다. 그만큼의 시간과 준비 또한 절대적으로 있어야 한다.

그렇다고 너무 느긋하게 임하면 곤란하다. 이를테면 책의 성격에 따라서 출간이 늦어지면 의미가 약화되는 경우가 생긴다. 만약 사회 문제에 정면으로 문제 제기를 하고 싶다면 즉시 책을 펴내야 하니 밤을 지새우는 무리한 집필 일정도 감수해야 한다. 공교롭게도 중복되는 주제와 내용으로 다른 책이 나온다면 출간 자체를 포기해야 한다.

제일 심각한 경우는 어름어름하다가 책을 출간하려는 의지 자체를 아예 잃게 되는 경우다. 나아가 다른 책들을 낼 수 있는 기회나 의욕을 잃게 되는 최악의 경우도 충분히 일어날 수 있다.

따라서 시대와 상황 등은 물론 자신의 의지와 체력 등의 여러 조건을 최대한 고려하되, 적절한 출간 시점과 집필 일정을 정하는 것이 가장 현명하다.

6 출판사 선택과 자료 입수처: Where?

어느 출판사에서 책을 낼까? 출판사 선택은 중요하다. 책을 쓰는 데 필요한 도움을 얼마나 받을 수 있느냐와, 책을 펴내고 난 다음에도 자신의 책을 어떻게 널리 알리고 얼마나 수명을 갖게 하느냐에 출판사의 힘이 적지 않게 달려 있다.

좋은 출판사란 편집과 제작, 관리 등 책의 차원에서 실력과 신뢰를 두루 갖춘 곳이다. 또한 좋은 책을 펴내기 위하여 저자를 존중하고 지원하는 출판사다. 오랜 역사를 자랑하고 평판이 좋은 출판사들은 자신들의 출판 철학을 지키고 자신들의 낼 책을 엄선하여 저자와 독자에게 환영과 존경을 받는다. 이러한 출판사들에서 책을 낸다면 책을 쓰는 사람으로서는 어떤 형태로든 큰 힘이 된다.

다만 이렇게 출판사로서 전통과 색깔, 철학 등을 자랑하는 경우에는 이제 막 새로 책을 내려는 저자들에게 그렇게 많은 기회가 열려 있지 않다. 설령 책을 펴낸다고 하더라도 이미 정해진 많은 작업들 때문에 저자와 밀착하여 여러 가지 일을 하기란 사실상 불가능하다.

이 경우 조금 작은 규모의 출판사나 이제 막 걸음마를 뗀 출판사를 선택하는 것도 충분히 생각해 봄 직하다. 이들 출판사는 자신들이 출판하거나 관리하는 책이 그렇게 많지는 않으므로 저자와 함께 밀착하여 많은 시간과 노력을 들인다. 또한 새로운 책과 저자를 확보하고 싶은 마음에 전통이나 규모를 자랑하는 대형 출판사보다 훨씬 더 '인간적'으로 작업을 하게 되며 따뜻한 신뢰 관계를 맺을 수 있다. 이런 까닭에 이미 널리 알려진 저자라도 일부러 작은 규모나 신생 출판사를 찾는 경우도 많다.

중요한 것은 자신의 책을 처음 펴낼 때에는 이에 대해 충분히 시간과 노력을 기울여 줄 수 있는 출판인과 출판사를 찾아야 한다는 사실이다. 이를 위하여 가장 중요한 객관적 판별 기준은 해당 출판인과 출판사가 그동안 어떤 책을 펴내 왔느냐라고 할 수 있다. 단 한 권의 책이라도 정성을 다하여 좋은 책을 냈다면 신뢰할 만하며, 그러한 책들이 많다면 그에 걸맞게 신뢰를 높일 수 있다. 단 한 권의 책조차 발간하지 않은 출판사라도 출판사 대표와 충분히 대화한다면 훌륭한 출판인인지 여부를 가늠할 수 있다.

한편 자료 입수처는 책을 펴내는 데 필요한 자료의 소재처를 뜻한다. 예전에는 해당 분야의 단행본들이거나 학회지, 도서관의 참고 도서 코너의 책들 정도였으나 이제는 신문이나 잡지, 방송을 비롯하여 인터넷 공간의 수많은 페이지에서 다양한 자료들을 찾을 수 있다.

아직 디지털로 제공되지 않았거나 그러기에는 적절하지 않은 자료들은 관련 지역에 직접 가야 구할 수 있는 것들도 많다. 책을 쓸 때에는 가능한 한 저인망식으로 남김없이 모든 자료를 확보하겠다는 자세로 자료를 입수할 수 있는 곳이라면 온/오프라인 어느 쪽이든 모두 빠짐없이 살펴야 한다.

한두 군데 찾아보고 자료가 없다고 포기하면 곤란하다. 국내 사이트에서는 잘못된 저작권법에 대한 인식으로 구하기 어려운 자료도 외국 사이트에서 쉽게 구할 수 있는 경우가 있다. 가령, 헨델이 작곡한 「울게 하소서(Rinaldo)」의 경우, 국내 사이트에서는 저작권법을 두려워한 나머지 거의 삭제하였고 최근에야 겨우 악보를 구할 수 있게 되었으나 외국 사이트[ChoralWiki: The Choral Public Domain Library(CPDL)]에 가면 악보는 물론 관련 자료, 연주 동영상까지 총망라된 자료를 구할 수 있다. 저작권이 기부되거나 만료된 저작물들이 있는 오픈 소스 사이트들도 꼭 찾아볼 것을 추천한다['책으로 따뜻한 세상 만드는 교사들(책따세)': www.readread.or.kr의 추천 사이트 참고].

제2장
책, 어떻게 만들어지나

1 원고 정리와 검토—저자와 편집자의 대화

본격적인 책 만드는 과정은 저자가 출판사의 편집자에게 최종 원고를 넘기면서부터다(일반적으로 원고 모두를 완성하여 넘기지만, 일부만 완성한 다음에 편집과 함께 집필이 동시에 이루어지는 경우도 드물게 있다). 이제 편집자는 원고를 최종 정리하고 검토하여 조판 단계로 넘겨야 한다.

예전에 원고는 저자의 육필로 또박또박 쓰인 원고지였지만 요즘에는 컴퓨터 워드프로세서 프로그램을 활용한 문서 형태의 종이와 파일로 제시된다. 최근에는 인터넷 전자우편이나 USB 메모리를 주로 활용한다.

워드프로세서 프로그램은 주로 '흔글'을 쓰는데, '흔글' 문서는 자체에 원고지 분량 계산 기능이 있어서(단축키: Control+Q+D), 도표와 그림 들을 제외한 원고 분량을 확인할 수 있다. 군이 원고지 형태로 화

교정 중인 편집자. PC는 출판의 모든 과정에 쓰인다.

면이나 지면에 출력하지 않아도 원고 분량을 따질 수 있어 편리하다.

편집자의 원고 최종 검토 작업은 무엇보다도 원고를 충분히 읽는 데서부터 시작한다. 편집자는 최초의 독자로서 책이 나왔을 때 읽게 될 다수의 예상 독자들을 떠올리며 원고를 읽어야 한다. 이때 앞으로 보완해야 할 점, 당장 고쳐야 할 점, 새롭게 떠오른 아이디어 등을 정리하여 저자에게 제시하면 저자가 이를 반영하여 원고의 완성도를 높인다.

저자가 원고 전문가라면 편집자는 책 전문가다. 저자가 원고 차원에서 구슬을 제시한다면 편집자는 이를 책의 차원에서 보배로 만드는 이들이다. 이처럼 편집자는 원고를 책으로 만들었을 때 더욱 빛나게 하는 결정적인 역할을 한다. 따라서 현명한 저자라면 편집자의 전문적인 조언과 관여를 적극적으로 받아들이기 마련이다.

물론 시나 소설, 희곡 같은 문학 작품의 경우에는 편집자의 역할이 상대적으로 줄어든다. 하지만 이 경우에도 원고를 책으로 만드는 데 결정적인 역할을 하는 것은 편집자다. 여러분이 만약 글을 모아 책으로 펴내기로 마음먹었다면 훌륭한 편집자를 만나는 것이 무엇보다 중요하다. 편집자의 조언에 따라 저자가 원고를 최종 완성하면 원고 정리와 검토 작업은 완료된다.

2 조판 지정─원고 뭉치에서 책으로 업그레이드하기

저자의 원고가 아무리 좋아도 그대로 책이 될 수는 없다. 원고가 단지 글 모음이라면 책은 전혀 다른 차원의 존재이기 때문이다. 따라서 원고를 책의 형태로 조판(組版)하는 작업이 필수적이다. 이 작업은 대개 편집자가 맡아서 디자이너와 함께 진행한다. 다음은 제작부가 조판 작업을 할 때 점검하는 것들이다.

- **책의 체재**: 본문이나 표제, 목차, 도판, 표 등을 보기 좋고 읽기 쉽게 만들기 위해 조판 지정을 한다.
- **조판**: 지정된 대로 인쇄소에서 조판한다. 옛날에는 활판이 주였지만 현재는 전산 조판으로 처리한다. 최근에는 DTP(Desktop Publishing)로 거의 모두 제작한다.
- *이 밖에도 장정이나 용지를 선정하고 전체 진행 관리도 한다. (참고: 일본 이와나미 출판사 홈페이지: www.iwanami.co.jp/todokumade/kumihan/kumihan.html)

'흔글'의 특별한 편집 기능(F7)을 활용하면 문서를 자신이 인쇄하고 싶은 형태로 만드는 '조판'도 할 수 있다. 하지만 '흔글'의 경우, 일반인들이 문서 수준에서 쓰기는 좋으나 직접 인쇄하여 책으로 내기에는 고가의 전자출판 전문 프로그램에 비해 정밀도와 세련성, 기능성이 떨어진다. 따라서 일반적인 경우, 저자들이 넘겨준 '흔글' 원고를 출판사의 디자이너가 다시 매킨토시 컴퓨터와 전자출판 전문 프로그램인 '쿼크 익스프레스(Quark Xpress)' 등을 활용하여 변환한다. 최근에는 '인디자인(inDesign)' 프로그램도 많이 쓴다.

3 원고 최종 교정—책을 낳기 위한 마지막 원고 작업

교정을 볼 때 굳이 인쇄소의 정식 인쇄본이 필요한 것은 아니다. 시간과 경비를 아끼기 위하여 임시 사본을 만들어 활용하면 효과적이다. 최근에는 컴퓨터와 출판 전문 프로그램 그리고 사무용 일반 프린터로 간단하게 만들 수 있다.

이때 책의 형태로 조판한 사본을 '교정본' 또는 '교정쇄'라 한다. 교정본 단계에서부터는 편집자와 필자가 더욱 합심하여 장차 나올 책의 내용과 형태, 구현 양상 등을 염두에 두어 좀 더 책임 있게 교정에 임하여야 한다. 굳이 최종 책임 여부를 따지자면 조판 이전에는 저자가, 조판 이후에는 편집자가 진다고 할 수 있다. 하지만 저자와 편집자가 공동 책임이라는 생각으로 상호 대화를 통하여 적극적으로 교정 작업에 임해야 한다.

이 단계에서 교정은, 내용 면에서 의문점을 확인하고 관련 정보를 최신으로 교체하며, 각주나 미주를 다는 식으로 진행된다. 또한 형식 면에서 오자와 탈자 확인, 용어나 문체의 통일 등도 신경 써야 한다. 이 과정에서 국어사전이나 각종 관련 사전들을 확실히 참고하여야 하며, 각종 데이터베이스나 인터넷 정보원들을 성실하게 점검해야 한다.

〈국립국어원〉(www.korean.go.kr)에 가면 '표준국어대사전'과 '온라인 국어생활 종합상담' 등 다양한 서비스를 이용할 수 있다. 또한 〈우리말 다듬기〉(www.malteo.net)와 같은 관련 사이트들도 평소 관심 있게 살펴보면 좋다. 내용을 확인할 때도 '네이버'나 '구글' 같은 검색 서비스는 물론 국내외의 데이터베이스나 인터넷 리소스를 철저하게 활용하여 정확하게 해야 한다. 만약, 『조선왕조실록』을 찾아본다면 기존의 자료(태조~철종)에 최근 자료(고종~순종)를 덧붙이고 인명 검색 서비스 강화와 함께 『승정원 일기』 연계 서비스까지 도입한 국사편찬위원회 제공 〈조선왕조실록〉(sillok.history.go.kr) 사이트를 반드시 참고하는 식이다.

교정을 보는 방식은 상황에 따라 다양하다. 일단 저자가 교정한 원고를 편집자가 다시 교정하는 식으로 교정을 거듭해 가는 방식이 일반적이다. 이때 저자가 첫 번째 교정을 본 교정본을 '1교(또는 초교)'라 한다. 이후 순차에 따라 2교(또는 재교), 3교, 4교 순으로 늘어나며, 통상 3교나 4교 정도가 되면 완료된다(내 경우 많을 때에는 6교까지 다룬 적이 있다. 그래도 오류가 나온다. 그럴 때면 머리를 쥐어뜯고 싶은 심정이 된다. 이를 막으려다 보면 실제로 원고 쓰기보다 교정에 더 시간과 노력이 많이 드는 경우도 있다. 원고에서 책으로 질적 변환을 한다는 것은 단순한 듯 보여도 이렇게 힘들다. 어렵지는 않으나 힘들다. 이것이 글쓰기와 책쓰기의 다른 점 가운데 하나다). 교정을 다 보면 교정 완료란 뜻으로 '교료(校了)'라 쓴다.

　일정을 서둘러야 한다면 사전에 미리 서로 교정의 기준이나 범위를 정할 수도 있다. 이를테면 잘못된 문장은 저자가 고치고, 띄어쓰기나 맞춤법 등은 편집자가 맡는 식이다. 이렇게 다른 차원에서 일단 두 가지 교정본을 완성하고 다시 모아서 최종 점검을 하는 경우다. 저자와 편집자의 성격에 따라서 서로 조율하면 된다(내 경우에는 자간이나 장평, 활자, 심지어 줄 간격까지 눈에 띄는 대로 몽땅 고친다. 그러니 시간도 많이 걸리고 힘도 무척 든다. 편집자들이여 명심하라. 조판을 잘하지 않으면 이렇게 막무가내 저자를 만나서 원고 교정에 시간과 노력이 많이 들 수 있다는 사실을!).

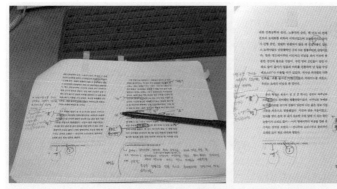

레이아웃이 끝나고 교정지가 출력되면 교정을 본다.

두 대의 PC로 표지 시안 작업 중인 디자이너.

인쇄는 문자나 그림, 사진 등의 정보를 종이나 기타 물체의 표면에 일정한 방법으로 옮겨 찍는 커뮤니케이션 행위이다. 감각·정서의 반응을 이끌어 내는 수단이기도 한 인쇄는 여러 벌의 복제를 만들어 낸다는 점에서 최근의 디지털 기술 혁명의 혜택을 톡톡히 보며 변화하고 있다.

4 인쇄—제판과 아연판 작업, 인쇄기 작업

흔히 인쇄의 5요소를 '원고, 판(版), 인쇄기, 피인쇄체, 인쇄 잉크'라 한다. 이 모든 요소를 상세히 다루기는 쉽지 않다. 여기서는 일반 독자들에게 도움이 될 만한 수준과 범위에서 간략하게 살핀다. 덧붙여 종이라는 평면에서 책이라는 입체로 바꾸는 제본에 대해서도 대략 살펴본다.

원고 교정이 끝났으면 이제 본격적으로 인쇄를 해야 할 차례다. 출판과 같이 대량 인쇄를 하기 위해서는 먼저 인쇄에 쓸 필름을 만들어야 한다. 출판사는 전문 출력소에 의뢰하여 통상 네 장의 제판용 CMYK 필름을 만들어 인쇄소에 가져간다. 여기서 CMYK란 청록색(Cyan), 자홍색(Magenta), 노란색(Yellow), 검은색(BlacK) 네 가지 색상의 약어다. 이들을 섞으면 흔히 '4도 인쇄'라 하는데 컬러 인쇄라는 뜻이다.

인쇄소에서 처음 하는 일은 제판(製版)이다. 제판이란 문자와 그림, 사진 등이 흑백으로 인쇄된 필름들을 재편집하여 한 장의 '통필름'으로 만드는 과정 일체를 뜻한다.

1) 제판 작업

파주출판단지에 있는 어느 인쇄소의 제판실 겸 쇄판실에서 두 명의 인쇄 전문가들이 부지런히 일하고 있다. 교실 한 칸 정도의 크기에서 이들이 하고 있는 일이 바로 제판과 쇄판 작업이다. 앞의 전문가가 필름을 갖고 하는 작업이 바로 제판. 뒤의 전문가는 앞의 전문가가 완성한 통필름을 아연판에 인화하여 인쇄기에 걸 준비를 하고 있다. 이를 흔히 '쇄판(아연판)' 작업이라 한다. 대량 인쇄를 하기 위해 둘 다 반드시 필요한 작업이므로 섬세하고 정밀한 솜씨가 필요한 대목이다.

작업 순서는 크게 이러하다. 먼저, 인쇄소 제판 담당자가 출판사에서 보내온 제판용 필름을 확인한다. 형광등 불빛 위에 필름을 얹고 정확성 여부와 품질 상태를 최종 확인한다. 아무리 사소한 흠이라도 찾아 고쳐야 인쇄 품질을 높일 수 있다.

제판한 필름은 이제 인쇄하기 좋도록 특별한 판(plate)으로 바꿔야
한다. 이때 판을 일본에서는 쇄판(刷版)이라고 하는데 대개 아연으로
되어 있다.

제판실과 쇄판실에서 작업 중인 전문가들.

필름을 불빛에 비춰 잘못된 부분이 없는지 살핀다.

잘못된 곳을 발견하면 수정하여 최종 필름을 만든다.

2) 쇄판 작업(통필름을 아연판에 맺히게 하는 일련의 작업)

필름을 판현상기에 넣어서 아연판에 연녹색으로 인화되도록 한다. 물과 기름이 서로 반발하듯이 아연판 표면에 상이 그려지는 화선부와 그렇지 않은 비화선부로 인화되면서 인쇄가 가능해진다. 다음은 아연판에 필름 내용이 인화되는 과정이다.

쇄판이 모두 완성되면 정확히 만들어졌는지 최종적으로 확인해야 한다.

쇄판 작업을 위해 필름을 판 현상기에 얹고 있다.

* 빛쪼임 공정을 통해 쇄판을 만드는 과정

현상된 결과물을 통해 쇄판
이 제대로 되었는지 최종 점
검한다.

검토가 끝난 쇄판은 인쇄를
할 수 있도록 모아둔다.

3) 인쇄 작업

쇄판을 다 만들었다면 인쇄기에 걸어서 종이 위에 인쇄하면 된다. 단, 쇄판이 인쇄기에 정확히 맞도록 미리 정렬해야 한다.

정렬한 쇄판들을 인쇄기에 건다. 4도 인쇄, 즉 컬러 인쇄를 할 때는 다음과 같이 4개의 잉크가 각각 뿌려지는 인쇄기를 사용한다. 출판용 대형 인쇄기는 저렴한 비용으로 엄청나게 빠른 작업 속도를 낼 수 있다.

시험 인쇄한 결과를 보면서 본격적인 인쇄에 필요한 조정 작업을 한다. 방송국 스튜디오에서 기사들이 소리와 화면을 조정하듯이, 인쇄소에서도 전문 기사가 출력물을 보면서 원래 의도에 맞춰 색이 나올 수 있도록 재조정한다.

최종 인쇄된 종이의 모습을 자세히 살피면 종이의 위아래 방향이 서로 다르다는 것을 확인할 수 있다. 이는 인쇄된 종이를 최대한 자르지 않고 접어서 제본하여 책의 내구력을 높일 수 있게 인쇄하기 위해서다.

위아래 방향이 바뀐 최종 인쇄 전지를 직접 책 형태로 묶어 보면 좋다. 평면인 종이에서 입체인 책으로 바꿔서 사고할 수 있도록 도와주는 결정적인 순간이기 때문이다.

중앙 모니터 속 두 개의 동그라미 안에 상하 좌우를 정렬해 초점을 맞춘다.

인쇄기를 돌려 초벌 인쇄를 해 본다.

인쇄기 윗면 잉크함의 모습

인쇄기는 매우 빠른 속도로 종이를 끌고 온다.

초벌 인쇄물을 보고 색과 농도를 재조정한다.

제본소로 가기 위하여 대기 중인 접지된 인쇄물.

5 제본하기

인쇄된 종이 뭉치들은 즉시 제본소에 옮겨 간다. 인쇄된 용지(이를
일본에서는 쇄본이라 한다)를 묶어서 책자 형태로 만들면 된다. 표지를
넣고, 중간에 간지를 넣어 묶어 내는 등, 이 역시 섬세하고 정밀한 작
업이다. 거의 기계화되었으나 중간에 사람의 손길이 꼭 필요한 곳들
도 적지 않다.

제본 공정은 거의 자동화되어 있다.

사람의 손길이 꼭 필요한 곳들도 적지 않다.

사이에 특별 간지 등도 끼워 넣는다.

평면인 종이들이 입체인 책으로 바뀌는 중이다.

제본소로 가기 위해 대기 중인 인쇄물의 모습

마침내 책으로 탄생하는 순간이다.

제본된 많은 종류의 책들이 독자의 손으로 가기 위하여 기다리는 중이다.

서점으로 떠나는 책들의 모습.

마침내 독자의 손에 도달한 책들.

제3장
저작권 기부와 읽기·쓰기 문화

1 쓰기, 저작권, 그리고 기부

1) 책쓰기의 진정한 의미

책쓰기란 자신만의 시각과 감성으로 의미 있는 주제를 설정하고 이를 글로 써서 책의 형태로 펴내는 일련의 행위다. 다시 말해 책을 쓸 수 있다는 것은 인간과 자연의 아름다움을 발견하고, 세계의 본질을 통찰하며 현실의 문제점을 인식하여 이를 자신만의 창조적인 언어 표현으로 슬기롭게 해결할 수 있는 당당한 주체가 되었다는 뜻이다.

하지만 자신이 책을 썼다고 해서 그것이 전적으로 자신의 능력과 노력 덕분이라고 오해하면 곤란하다. 책을 쓰려면 우리 이웃과 사회, 나아가 인류의 문화유산 등에 어떠한 방식과 형태이든 도움을 받아야 한다. 책쓰기 교육을 받고 책을 썼다면 더욱 그러하다. 책쓰기란 자신이 당당한 주체가 되었음을 선언하되 이를 가능하게 해 준 공동체에 자신의 성과와 노력을 창조적으로 환원하는 문화 행위다.

어떠한 저자도 자신만의 능력과 노력으로 책을 쓸 수는 없다. 자신이 쓰고 있는 문자는 물론 이웃과 사회, 국가 같은 공동체의 문화 등에 의지하기 마련이다. 한마디로 이 세상의 모든 책들은 많든 적든 기존의 책과 저자에 일정한 영향을 받아서 태어난다. 이를 명시적으로 밝히느냐 아니냐의 차이만 있을 뿐이다. 이를테면, 로렌스 레식(Lawrence Lessig)은 자신이 쓴 『자유문화』(이주명 옮김, 필맥, 2005)의 '감사의 말'을 이렇게 시작한다.

> 이 책은 내가 책을 자유롭게 하기 위한 에릭 엘드레드의 싸움에 관한 글을 읽었을 때부터 시작한 기나긴 투쟁, 그러나 아직은 성공하지 못한 투쟁의 산물이다. 엘드레드의 싸움은 '자유문화 운동'이라는 하나의 운동이 출범하는 것을 도왔다. 나는 이 책을 그에게 바친다.
> —같은 책, 487쪽

로렌스 레식은 자신의 책이 어디에 영향을 받아 나왔는지 '계보(系譜)'를 밝히고 감사의 마음으로 책을 '헌정(獻呈)'하기까지 한다. 이어서 그는 자신이 책을 쓰면서 어떻게 아이디어를 얻고 도움을 받았는지 또한 구체적으로 분명히 밝힌다.

> 이 책의 제목, 그리고 내용 중 많은 부분은 리처드 스톨먼과 자유소프트웨어재단(Free Software Foundation)으로부터 아이디어나 힌트를 얻은 결과다. 사실 나는 스톨먼의 글들, 특히 그의 저서인 『자유로운 소

프트웨어, 자유로운 사회(Free Software, Free Society)』에 들어 있는 에세이들을 다시 읽어 보면서 내가 이 책에서 전개하는, 이론적 통찰이라고 할 만한 모든 것을 스톨먼은 이미 몇십 년 전에 모두 다 글로 썼다는 사실을 알게 됐다. 따라서 누구라도 나의 이 책은 스톨먼의 글로부터 파생된 것일 뿐이라고 말해도 좋다.—같은 책, 13쪽

로렌스 레식은 자신의 책을 스스로 '파생'이라고 불러도 좋다고까지 말한다. 이러한 글을 읽으면 언뜻 그가 엘드레드와 스톨먼을 답습하거나 표절하고, 심각한 저작권 침해를 한 것이 아닌가 의문이 들 정도다.

하지만 그의 책『자유문화』는 에릭 엘드레드에서부터 리처드 스톨먼의 정신과 책을 모두 본뜬 책이 결코 아니다. 더구나 리처드 스톨먼은『자유문화』의 초고를 사전에 꼼꼼하게 읽고 정정하고 조언해 주었다. 그러면서도 스톨먼이 책 전체에 걸쳐 중요한 대목들에서 레식에게 전혀 동의하지 않았다는 것도 재미있다(실제 그는 저작권 관련 문제 전반에 걸쳐 로렌스 레식보다 단연 급진적이다).

이렇듯 명시적으로 인정하지 않더라도 자신이 책을 쓰고 저자가 되었다면 결코 혼자의 재능이나 능력 덕분은 아니다. 따라서 현재의 책과 자신을 가능하게 한 이웃과 세상, 인류의 문화유산 등에 도움을 받았다는 사실을 인정하고 이를 되갚고자 애써야 한다.

그러므로 책쓰기를 그저 개인의 물질적인 욕망을 채우고 자기 과시욕을 해소하는 계기로 활용한다면 이 또한 바람직하지 않다. 이를테

면 베스트셀러를 내서 일확천금을 얻겠다거나 좀 더 높은 지위나 명예를 얻고자 책을 쓰는 일은 너무나 어리석은 짓이다.

물론 자신이 쓴 책이 많은 사람들에 의해 읽힌다는 것은 반가워할 일이다. 책쓰기의 의미는 다른 이들에게 읽힐 때 비로소 실현되기 시작하기 때문이다. 그러나 많은 이들에게 읽혔다고 해서 무조건 좋은 책은 아니다. 즉 베스트셀러가 반드시 '베스트 북'은 아니라는 뜻이다. 저자라면 베스트 북을 쓰려고 노력해야지 베스트셀러를 펴내겠다고 나서서는 안 된다.

요컨대 훌륭한 저자라면 책의 판매, 남의 평판이나 판매 수익 따위에 상관없이 늘 겸허한 자세로 배우고 익히며 그 과정과 성과를 나누어야 한다. 자신의 재능과 노력을 다 쏟아 책을 쓰며 그 과정과 결과에서 얻게 된 모든 성과들을 이웃과 사회, 인류를 위하여 함께 나누고 더하려 해야 한다. 책쓰기의 진정한 의미는 바로 여기서 완성된다.

2) 저작권 시대와 책쓰기의 진정한 의미

저자는 존경받아야 한다. 하지만 최근에 저작권이 지나치게 강조되면서 오히려 저자들이 점점 위기에 빠지고 있다. 독자와 진정으로 소통하기 위하여 글을 쓰고 책을 펴냈던 본연의 자세를 잃고 저작권 수입에 촉각을 곤두세우는 저작권자로서 자신을 격하시키고 있어서다. 소통의 발화점이 되어야 하는 저자가 유통의 종착점인 듯 오해하고 행동하고 있는 것이다.

저자가 저작권이라는 경제적 차원에서 자신의 글과 책을 대하고 스스로의 존재 의의를 규정할수록 독자들 또한 저자와 작품을 일반적인 소비의 관점에서 바라볼 것이다. 이는 저자의 실종과 독자의 부재라는 최악의 상황을 초래하여 결국 읽기·쓰기 문화라는 문화 창조의 기반을 붕괴시킬 것이다.

특히 문학의 경우에 더욱 그러하다. 이를테면 시인이 시를 쓰고 시집을 펴내면서 저작권을 떠올리고 수입을 계산한다면 우리가 시를 읽어야 할 까닭은 더없이 의문스러워진다. 시와 시집의 경제적 가치는 직접적으로 산정하기가 불가능할 정도로 크지만, 굳이 이를 계산하겠다고 나서는 순간 그 가치는 본질적으로 사라지게 되는 것이다.

나아가 흔히 말하듯이 시인은 누구보다도 먼저 이웃의 아픔을 앓고 누구보다도 오래 시대의 고통을 짊어지며 독자들에게 진정한 영혼의 언어를 제시해 주어야 한다. 이웃의 아픈 가슴을 다독이고 동시대에 새로운 희망을 품게 해 주는 고귀한 소명의 주인공, 그가 바로 시인이다. 시인은 자신의 시가 민요로 불리기를 늘 원해야 하는 존재다. 시는 그러한 시인이 부르는 즐거운 고통의 노래요 고통의 즐거운 언어다.

책이라는 문화 상품이나 저작권의 존재 의미를 본질적으로 부정하자는 것은 아니다. 하지만 어떤 책을 쓴 저자든지 자신이 처음 품었던 (또는 품어야 하는) 책쓰기의 진정한 의미를 늘 톺아 봐야 한다. 앞서 강조했듯이 저자라면 최소한 스스로의 노력과 재능을 북돋고 키워 준 이웃과 사회, 인류 문화에 기여해야 함을 결코 잊어서는 안 된다.

3) 저작권에 대한 오해와 이해

대개 저작권이라면 두려움부터 느낀다. 저작권을 침해했을 경우 막대한 벌금을 무는 등의 법적인 제재를 받기 때문이다. 또한 저작권이란 제대로 지키지도 못하면서 철저히 보호해야 할 배타적 재산권으로 확신하고 있다.

하지만 이는 그릇된 고정관념일 뿐이다. 즉, 저작권이란 단순히 보호 차원에만 한정되고 강요되는 재산권이 아니다. 저작권법에 밝혀있듯이 저작권은 '보호와 이용'이라는 두 가지 차원에 걸쳐져 있다. 새가 두 개의 날개로 날 듯이 저작권은 '저작권자의 보호' 차원과 함께 '사회적 이용' 차원을 보장하는 데서 법적인 정당성을 지닌다. 따라서 저작권을 '보호' 차원에서만 강조하는 대신에 '이용' 차원에서 활성화하여 '보호'와 '이용'이라는 두 가지의 중심축을 모두 균형 있게 준수하도록 보장해야 한다.

당연히 '저작권을 보호해야만 훌륭한 저작물이 나온다'는 식의 일방적인 저작권 보호만 강조하는 주장들은 재검토해야 한다. 그것이 합리적이고 타당하며 정당한지 충분히 논의함으로써 저작권 보호가 오히려 저작물 이용을 위축시켜서 자유롭고 활발한 저작 행위를 제한하고 있지 않은지 확인해야 한다.

실제로 우리들은 저작권에 대한 잘못된 시각과 두려움 때문에 '자발적인 검열'에 익숙해 있다. 앞에서도 언급했듯이 우리말로 표현되는 국내 인터넷 환경에서는 쉽게 찾을 수 없는 헨델의 악보조차 외국의 경우, 〈코랄위키(ChoralWiki, www.cpdl.org)〉 같은 곳에 가면 악보는 물론 연주 동영상들, 관련된 상세 설명들이 알차게 정리되어 있다. 결국 정보 혁명의 시대에 저작권 보호를 지나치게 강조하면 저작물 이용을 위축시키고 자발적인 검열을 하게 되는 등 우리의 저작 환경을 심각하게 억압할 수 있다는 것이다.

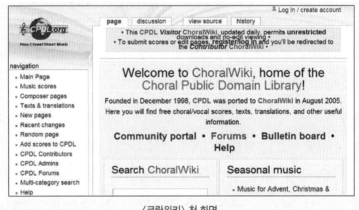

〈코랄위키〉첫 화면

이제 저작권이란 과연 무엇인지 깊이 생각해 보자. 어떻게 해야 바람직하게 권리를 행사할 수 있는지, 그에 따른 의무는 무엇인지 총체적으로 따져 보아야 한다. 최소한 저작권이 그저 보호만 해야 하는 배타적 권리라는 시각은 하루빨리 버려야 한다. 또한 이용의 활성화를 위하여 기부와 같은 공익적인 저작권 행사가 반드시 필요하다.

책쓰기 능력을 갖추어 책의 저자가 되었다면 자신의 저작권을 능동적이고 적극적으로 구사하는 것이 좋겠다. 이때 저작권 기부 운동에 동참하는 것도 좋은 방법이다.

4) 저작권 기부 운동과 참여 방법

〈책으로 따뜻한 세상 만드는 교사들〉은 지난 2007년부터 저작권 기부 운동을 펼쳐오고 있다. 이는 "지식의 나눔과 사랑의 더함"을 모토로 삼는데, 인터넷을 통해 누구나 아무런 경제적 부담 없이 좋은 책을 널리 읽게 함으로써 청소년들이 지성과 감성을 키우고 공동체적 삶의 의미를 깨달아 가기를 바라는 마음에서 시작하였다.

저작권 기부 운동은 저자가 자신의 저서 중 한 권 이상을 전자책 형태로 인터넷에 공개하여 누구나 무료로 볼 수 있도록 저작권(전송권)을 기부하는 운동이다. 이는 빈곤의 대물림 등이 오히려 심화되는 바람직하지 못한 최근 현실에서 독서 소외층이 언제 어디서나 읽을거리를 자유롭게 접할 수 있게 하자는 독서 문화 운동으로 널리 확산되고 있다. 『한비야의 중국 견문록』 등 44권의 책들을 인터넷에 공개한 바 있으며, 국내외 유명 저자들이 속속 동참하고 있다(2012년 10월 현재 90여 분 동의함).

과연 얼마나 동의해 줄까, 저작권 강화 시대에 자신의 저작권을 사회에 환원하는 기부 운동에 얼마나 많은 저자와 출판인이 동참할까. 회의적인 시각도 적지 않았다. 괜한 힘 들이지 말고 그냥 우리가 쓴 책인 『책 따세와 함께하는 독서교육』 등을 비롯하여 취지에 동의하는 운영진들의 저작물을 공개하자는 의견도 있었다.

하지만 예상을 뛰어넘는 호응에 우리는 그저 좋은 책을 공개하겠다는 차원을 넘어서서 본격적으로 힘을 쏟기로 마음먹었다. 2007년 여름방학

동안 해당 책들을 알차게 읽을 수 있는 독서 프로그램들을 개발하고 직접 동영상 형태로 책을 추천하는 등, 이 운동을 기존의 카피라이트(Copyright)와 카피레프트(Copyleft) 운동을 넘어서는 세계 최초의 카피기프트(Copygift) 운동으로 승화시키고자 노력 중이다. '책따세'는 앞으로도 '저작권 기부 운동'을 건강하고 의미 있는 교육, 문화, 정보 활동으로 더욱 활발하게 추진할 수 있도록 모든 노력을 다할 것이다.

—〈'책따세' 홈페이지(www.readread.or.kr)〉, 「저작권 기부 운동 관련 글」

만일 자신의 책 저작권을 기부하고 싶다면 '책따세'에 연락하여 의사 표시를 하면 된다.(출판사에서 낸 책이라면 출판사의 동의를 구해야 한다.) '책따세'는 저자의 책을 전자책 형태로 만든 뒤 '저작권 기부 사이트(www.copygift.or.kr, www.copygift.org)'에 탑재하여 누구나 어떠한 제약 없이 읽을 수 있게 한다.

저자와 출판사는 전자책의 기부 범위를 결정할 수 있는데 단지 읽을 수 있게만 할 것인지 인쇄도 할 수 있게 할 것인지, 변형하는 것도 허락할 것인지 등 자유롭게 선택할 수 있다.

참고

* **CCL(Creative Commons License):** 이는 저작물 자유 이용 허락 표시 제도의 일종으로 가장 널리 알려져 있다. CCL은 저작권자가 자신의 저작물에 미리 이용 허락 조건을 밝혀서 다른 사람들이 자유롭게 이용할 수 있게 하자는 취지에서 만들어졌다. 기본적으로 저작자 표시

(BY), 변경 금지(ND), 동일 조건 변경 허락(SA), 비영리(NC) 등 4가지 종류가 있다. 이들 조건을 각각 조합하면 여러 경우의 저작물 이용 허락 조건을 알려 줄 수 있다. 예: 저작자 표시(BY), 저작자 표시-변경 금지(BY-ND), 저작자 표시-동일 조건 변경 허락(BY-SA), 저작자 표시-비영리(BY-NC), 저작자 표시-비영리-변경 금지(BY-NC-ND), 저작자 표시-비영리-동일 조건 변경 허락(BY-NC-SA) 등.

Creative Commons License 구성 요소

 비영리   저작자 표시   변경 금지   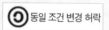 동일 조건 변경 허락

Creative Commons License 종류

저작자 표시	저작자 표시-비영리	저작자 표시-동일 조건 변경 허락
저작자 표시-변경 금지	저작자 표시-비영리-변경 금지	저작자 표시-비영리-동일 조건 변경 허락

'책따세'는 이미 2000년부터 '청소년을 위한 추천 도서 목록'을 저작권 기부 방식으로 만들어 공개해 왔다. '책따세'의 추천 도서 목록은 기본적으로 상업성과 강제성, 획일성을 거부하며, '책따세' 운영진이 직접 읽고 만장일치 끝에 추천한 책의 소개 글을 써서 대략 200자 원고지 180매에서 220매 정도 되는 방대한 분량으로 발표된다. 지금까

지 대략 5천여 매 이상의 추천 글을 직접 써서 누구나 이용할 수 있게 저작권 기부 방식으로 책따세 홈페이지에 발표하고 널리 알려 왔다.

"책따세의 추천 도서 목록은 상업적이지 않으며 출처를 밝힌다면 마음대로 사용할 수 있으며 심지어 변형해서 쓸 수도 있다."

지난 2011년 여름부터는 '책따세 상호 대화형 저작권 기부 추천 도서 목록'을 새롭게 고안하여 만드는 중이다. 이는 책 이름만 달랑 나열한 기존의 리스트 중심 추천 도서 목록을 저작권 기부 방식으로 만들어 청소년의 바람직한 독서 문화를 조성해 온 '책따세'의 정신을 한층 더 발전시키려는 시도다.

예전에는 '책따세 추천 도서 목록'이 저작권 기부 방식으로 발표되면 이용자들은 이를 활용하여 책을 읽었다. 하지만 '상호 대화형 저작권 기부 추천 도서 목록'은 이용자들이 이를 활용하여 책을 읽은 후 끝나는 일방적인 방향 대신에, 자신이 읽은 독후 활동들을 덧붙여 모으며 함께 만드는 방식을 취하는 것이다.

이를테면 새로운 방식의 추천 도서 목록 이용자들은 독후감이나 독서 그림, 주인공 캐리커처, 관련 삽화, 함께 보면 좋은 사진, 주제 관련 동영상이나 창작 음악 등을 직접 만들어 저작권 기부 방식으로 다시 '저작권 기부 사이트'에 올려서 '책따세 추천 도서 목록'에 덧붙여 가는 방식으로 함께 만든다.

눈여겨보아야 할 점이 더 있다. 즉, 누구든지 저작권 기부 사이트에 자신의 작품을 올리는 순간, 그는 저작권 기부자가 된다. 이는 곧바로 자신이 저작권자가 되는 순간이기도 하다. 이런 방식의 저작권 기부는 새로운 형태의 저작권 교육 모델로도 활용하기에 충분하다.

기존의 저작권 교육이 보호만을 앞세워 모든 이들을 잠재적인 저작권 범법자들로 간주하고 위협과 공포를 주던 것과는 완전히 다르다. 전문가들도 저작권 기부 운동에 동참하여 지금까지와 같이 자신의 책 저작권만 기부하는 데서 나아가, 다양한 형태의 자기 저작물을 기부함으로써 새로운 문화적 시도를 할 수 있다. 뿐만 아니라 새로운 세대를 위하여 전문성과 공익성을 겸비한 멘토 역할을 할 수도 있다. 이는 저작권 기부 운동의 대중적인 버전 격인데 기존의 추천 도서 목록과는 차원이 다르게 훌륭하다.

저작권 기부 운동은 단순히 책을 무료로 읽게 해 주자는 시도가 아니다. 이 운동은 저작권자의 위상을 새롭게 강조하는 문화 운동이며 독서와 독서 교육의 새로운 차원을 개척하는 교육 운동이다. 또한 저자와 독자가 새롭게 만나는 사회 운동이기도 하다. 저작권 기부를 하는 순간에 자신이 얼마나 의미 있는 운동에 동참하게 되었는지, 글을 쓰고 책을 펴내는 자신이 얼마나 소중한지 직접 확인할 수 있을 것이다. 책쓰기의 궁극적 의미는 '지식의 나눔과 사랑의 더함'이다.

덧말: 2012년 여름을 달구며 순식간에 월드 스타로 등극한 '싸이'의 경우가 좋은 예다. 그가 만일 자신의 뮤직비디오인 「강남 스타일」을 저작권 보호라는 기존의 굴레에 가둬 놓았더라면 절대로 월드 스타가 될 수 없었을 것이다. 싸이가 동영상 공유 사이트인 〈유튜브〉에 자신의 작품을 올려놓자마자 단 3개월 만에 2억 5천만 번의 조회 수를 기록하며 그는 전 세계인들의 연예인이 되었다. 한국어로 부른 노래가 이렇게 단 기간에 세계인들을 들썩이게 만든 사례는 전혀 없었다. 이제 '저작권 보호=문화 창조'라는 무조건적인 고정관념의 덫에서 벗어나야 한다.

읽기와 쓰기 능력 향상을 위한
구체적인 조언 열 가지

1) 열정적으로, 더욱 열정적으로!

—열정은 삶을 신나고 가치 있게 북돋워 주는 무한 에너지

오우, 새날이 밝았다. 신나는 하루가 될 거야! 아침에 일어날 때 가볍게 외쳐 보라. 누군가의 말대로 '오늘은 어제 죽어 간 이들이 그렇게도 살아 있기를 바랐던 날'. 그냥 아무렇게나 보낼 수는 없다. 즐겁고 보람 있게, '살맛 나게!' 보내야지. 늘 기분 좋게 하루를 시작하고 보내라.

실제로 그 어느 시간보다 오늘, 바로 현재가 가장 중요하다. '지금 여기'라는 내 눈앞의 현실은 내가 얼마나 즐겁고 보람 있게 사는지 경험하고 확인할 수 있는 가장 결정적인 잣대다. 나아가 현재를 열정적으로, 더욱 열정적으로 사는 것이야말로 과거와 미래를 더 의미 있게 만들고 희망을 품게 해 준다. 아무리 형편없는 과거라 할지라도 열정

적으로 현재에 임한다면 그 모든 과거는 훌륭한 뿌리가 되며, 미래를 위한 자연스러운 씨앗이 되는 것이다. 요컨대 과거를 반성적으로 돌아보고, 미래를 희망적으로 떠올리며, 현재에 열정적으로 임한다면, 삶은 늘 즐겁고 보람 있게 마련이다. 자, 다시 한 번 가볍게 외쳐 보라. 열정적으로! 더욱 열정적으로!!

TIP

　사람의 표정은 보통 그 사람의 내면을 보여 준다. 길거리에서 만난 이들에게서 본 즐거운 표정을 떠올려 보라. 어두운 표정이 떠오른다면 가능한 한 밝게 고쳐서 상상해 보라.
　아침에 일어나서 오늘 자신이 인생을 즐길 수 있는 방법을 세 가지 이상 떠올려 보라. 잠자기 전에는 오늘을 얼마나 '살맛 나게!' 만들었는지 돌이켜 볼 것. 그러한 경험이 없었다면 내일부터 반드시 만들겠다고 마음먹으라.

2) 신문 읽기에 관심을 가질 것
—신문은 세상과 인간을 읽는 일간(日刊) 지도

　신문을 읽으며 그야말로 온갖 모습으로 펼쳐지는 인간과 세상을 확인하라. 우선 처음부터 끝까지 훑어보며 오늘의 세상을 대략적으로 점검하라. 그리고 무엇이 가장 큰 문제인지 따져 보며 이슈를 정리하라. '오늘의 이슈 세 가지' 등을 꼽으며, 왜 문제가 되는지 전후 맥락을 챙겨 보는 것도 좋다.

시사 칼럼을 한두 개 정도 골라 읽으며 간단하게 밑줄을 치고 낱말 뜻을 찾으라. 나중에 확인하고 싶으면 그냥 훑어보며 살짝 찢어서 작은 서랍이나 상자에 담아 두라. 정성을 기울여 스크랩하다 보면 스크랩 자체에 너무 많이 시간을 쏟게 된다. 잘 모르는 용어나 대목은 인터넷 검색을 활용하여 역시 간략하게 뜻풀이를 덧붙인다.

TIP

최근 관심거리가 된 '통합교과형 논술'에 관하여 각 신문들은 다양한 관련 자료를 발간하고 있다. 대개 별지(section) 형식으로 나오는데, 친구들과 함께 여러 신문의 관련 자료들을 모두 모으자. 일주일에 한 번 정도 이를 서로 바꿔 보면서 자유롭게 토론하라.

전혀 관심 없는 분야의 전문 신문을 찾아 읽으라. 『전자신문』『보건신문』 등등. 만일 이들을 구하기가 쉽지 않다면 흔히 구할 수 있는 종합 일간지를 보면서 평소 눈길을 주지 않던 분야의 지면들을 열심히 읽어 보라. 이때 자신이 관심 있는 분야와 어떻게 해서든지 연관시켜 읽으려고 노력하는 자세가 중요하다.

3) 인터넷을 200% 활용할 것
—인터넷은 여전히 중요한 정보의 바다

인터넷은 정보의 바다인가? 쓰레기의 바다인가? 인터넷에 떠도는 정보들 가운데 90%는 쓸모없다는 통계만 떠올리면 답은 후자일 것이다. 하지만 설령 그렇더라도 10%는 분명 유익하니, 전자가 답이 될 수도 있다. 결국 90%와 10%의 갈림길에서 스스로 어느 쪽을 선택하느냐에 달려 있다.

인터넷에 있는 유익한 정보들을 찾아서 얼마나 적절히 활용할 수 있느냐는 앞으로 더욱 중시될 21세기형 인재의 능력이다. 평소에 교육 방송을 비롯한 각종 유익한 사이트나 블로그를 미리 잘 챙겨 두고 친구끼리 정보를 나누자. 특정 포털 사이트의 카페나 지식 검색 서비스 등을 적절히 활용하자. 착실히 정보를 찾아 정리하되, 불필요한 사이트에서 헛되게 시간을 보내고 있지 않은지 늘 스스로 점검하는 자세가 필요하다.

TIP

자신이 취약한 공부 분야의 유명 사이트들은 무엇인지 찾아보라. 특정 과목이나 논술 같은 분야의 유명 사이트를 직접 확인하라.

자신의 '즐겨찾기' 파일을 친구들과 서로 바꿔서 확인하라. 도움이 되는 사이트들을 서로 알려 주며 상부상조하는 자세가 반드시 필요하다.

4) 텔레비전 기획 특집 프로그램을 잘 챙길 것

—프로그램은 한 권의 훌륭한 영상 도서

방송사에서는 종종 시사 문제를 체계적으로 정리하여 기획 특집 프로그램을 만든다. 이때 프로듀서는 짧은 방송 시간 동안에 시청자들에게 해당 주제의 핵심을 인상 깊게 펼쳐 보이기 위해 애쓴다. '동북공정(東北工程)'이나 '핵' '독도' 같은 주제들은 오늘날의 시사와 직접 연관된다. 또한 특정한 전문 주제로 프로그램을 제작하기도 한다. '훈민정음' '금속 활자' 같은 전문 주제를 잡아서 만든 프로그램은 해당 분야를 충분히 탐색할 수 있게 해 준다.

대개 50분 정도의 시간이므로 공부하는 틈틈이 머리도 식힐 겸 보면 일거양득이다. 방송국 인터넷 사이트에 유료 회원으로 가입하여 이용하면 편리하다. 비용은 그렇게 많이 들지 않는다.

기획 특집 프로그램을 시청할 때는 자신이 해당 프로그램의 프로듀서라고 생각하며 인터뷰 대상자를 찾고, 관련 저서나 견해 등을 정리한다. 좀 더 나아가서, 평소 책을 읽을 때도 '이 책을 시사나 주제 특집 프로그램으로 만든다면 어떨까' 하고 생각을 펼쳐보자. 생각하고 또 생각하다 보면 어렴풋이 프로그램의 윤곽이 떠오를 것이다. 이를 정리하면 작은 문고본 수준의 프로그램쯤은 그렇게 어렵지 않다.

TIP

텔레비전 프로그램 편성표를 자세히 들여다보라. 문득 새롭게 깨달은 점들이 있다면 자유롭게 적는다. 편성표에서 보완해야 할 점, 고쳐야 할 점들을 본격적으로 따져 보는 것도 좋겠다.

무엇인가 마음에 들지 않거나 꼭 바꾸고 싶은 것들이 있다면 이를 주제로 자신이 직접 방송 대본을 작성해 보라. 관련 자료들을 찾고 다양한 견해들을 살핀 다음 자신의 주장을 담아 보라.

5) 예술 작품을 흠뻑 즐길 것

―예술은 인생의 향기, 세상의 아름다움

예술 작품은 인생을 아름답고 진실하게 표현하는 예술가의 성과물이다. 따라서 예술 작품에 흠뻑 빠진다는 것은 예술가를 진정으로 만나는 일이다. 참신하고 깊이 있는 지성과 감성의 멋진 꿈을 가장 근사하게 만날 수 있는 방법이 바로 예술 감상인 것이다.

예술 작품을 즐길 수 없다면 아무리 그가 성공하고 명예와 부를 움켜쥐었다 해도 인간다운 삶을 살았다고 볼 수 없다. 삶의 가장 내밀하고 근사한 향기와 매력을 경험하지 못한 삶은 그저 생존에 불과할 뿐이기 때문이다.

그러니 늘 예술 작품을 가까이하라. 여러분의 영혼을 풍요롭고 심오하게 키워 주는 삶의 빛, 꿈, 향기, 매력이 바로 예술 작품이다. 어느덧 여러분의 삶이 예술 그 자체가 될 것이니!

TIP

예술 작품을 늘 가까이하라. 명화가 담긴 화집을 틈나는 대로 펼쳐보라. 잠자기 전에 명화를 하나 골라 5분 동안 깊이 들여다보고 자는 것도 좋은 방법이다. 이때 미술사의 흐름에 따라서 시간 순서대로 감상해 보라. 물론 이런 식의 그림 보기가 지루하다면 그냥 아무 쪽이나 펼쳐서 살펴보아도 좋다.

서양 음악이나 국악 가운데 명곡들을 찾아서 들어 보라. 아무리 시간에 쫓기고 힘들어도 단 몇 분만이라도 선율과 리듬을 즐겨라. 최신

유행 음악도 좋으나 가능한 한 명곡으로 손꼽히는 작품들을 들어 보라.

6) 책 읽기의 즐거움에 흠뻑 빠질 것
—책은 나를 만드는 또 다른 나

좋은 책을 읽어야 한다. 그런데 무엇을 어떻게 읽어야 할까. 쉽게 판단이 서지 않는다면, 우선 자신이 직접 책을 신중하게 고르라. 이를 위해 먼저 도서관이나 서점을 찾아가라.

도서관이나 서점은 지성과 감성의 영원한 우주다. 눈앞에 펼쳐진 수많은 책들을 별을 헤아리듯 차근히 살펴보라. 신기한 동물원에 온 것마냥 책을 자세히 관찰하라. 각 분야의 좋은 책들을 찾아서, 어루만지고 쓰다듬으며 기대어 보라. 조심스럽게 껴안아 보고 조심스럽게 넘겨 보라. 한참 동안 읽다가 책장을 덮고 오랫동안 생각에 잠겨 보라.

시집이라면 하루에 한 행, 한 연이라도 좋다. 음미하고 또 음미하라. 이때 교과서에 나오는 시들만 읽는 것은 튜브 속의 우주 식량으로 매일 식사를 하는 것과 같다. 영양학적으로는 균형이 잘 잡혔겠지만, 무미건조하여 시의 맛과 멋을 제대로 만끽할 수는 없다.

소설이라면 단숨에 읽어 갈 만한 시간을 넉넉하게 확보해야 한다. 하지만 평소에는 그렇게 시간을 내기가 어려우니, 단편 소설을 조금씩 읽다가 주말을 이용해서 장편 소설에 푹 빠지는 것도 좋은 방법이다. 매주 한두 권씩 몇 달간 읽으면 세상과 자신이 달리 보일 것이다.

'내 인생 최고의 책들'이란 제목으로 간단하게 추천 도서 목록을 작성해 보라. 혹시 그동안 떠오르는 생각이 있으면 간단히 메모해도 좋다. 싫으면 그냥 두어도 좋다.

동생에게 권해 줄 만한 책들의 목록을 작성하고 왜 추천했는지 이유를 간략히 적어 보라. 동생이 없다면 후배들로 바꿔서 시도해도 무방하다.

7) 매일 꾸준하게 글을 쓸 것

—글쓰기는 지성과 감성을 일깨워 주는 날숨

글쓰기는 영혼의 날숨이다. 책읽기가 영혼의 들숨이듯이! 글을 쓰면 비로소 자신의 머리와 가슴속에 복잡하게 널려 있던 생각과 느낌들이 가지런히 정리된다. 바로 그 순간에 밀물처럼 밀려오는 행복감이라니! 창조적 즐거움의 진수를 유감없이 만끽할 수 있다.

본격적으로 글을 쓰기 위하여 우선 가볍게 메모하는 것도 권할 만하다. 나아가 '원형정리법'을 활용하여 본격적으로 매일 꾸준하게 메모하면, 자신의 상상력도 자연스럽게 넓어지고 깊어진다.

무엇인가 쓰고 싶은데 어떻게 표현할지 모르겠다면 무척 답답하기 마련이다. 그래도 관심을 갖고 꾸준히 글을 쓰다 보면 그만큼 일상생활에서 그에 걸맞은 표현을 이내 찾을 수 있다. 자기도 모르게 국어사전도 찾게 되고, 신기한 이름의 간판도 다시 뒤돌아보게 되고, 이리저리 인터넷을 헤매다가 '국립국어원' 같은 곳에도 들어가 보다 보면 결과는 늘 낙관적이다.

혹시 대입 논술에 관심을 갖는다면 주말에 집중적으로 긴 분량의 글을 써 보면 좋겠다. 토요일 저녁에 쓴 다음 일요일 오후에 다시 살펴보며 스스로 고쳐 본다면 그다지 무리 없을 것이다. 내친김에 월요일이나 화요일쯤에는 학교 선생님의 조언을 받거나, 친구들과 함께 서로 잘잘못을 고쳐 주면 더욱 좋겠다.

TIP

어떤 문장이든지 뒤에 접속어들을 붙이면서 문장을 새롭게 써 보라. 예를 들어, '행복은 성적순이 아니잖아요'. 자, 이 문장에 '그리고' '그러나' '그런데' '그러므로' '그럼에도' 등을 넣으면서 문장을 새롭게 만들어 보라.

신문에 나오는 자료들을 무작위로 섞어서 글을 써 보라. 이를테면 1면의 사진과 2면의 광고, 18면의 사설 등을 묶어서 공통점과 차이점을 찾아 글을 써 보는 식이다.

8) 아무것도 하지 말고 생각에 잠길 것
—사색은 영혼을 살찌게 하는 보약

모두들 너무 바쁘게 살고 있다. 그리고 반드시 무엇인가 성과를 거두려고 애를 쓴다. 이때는 오히려 아무것도 안 하고 멈추는 것이 오히려 가장 효과적일 수 있다. 그러니 아무것도 하지 않은 채 생각에 잠겨 보라. 5분이나 10분, 30분이나 1시간 정도 시간을 잡아서 아무것도 하지 말고 사색에 깊이 잠기는 것도 좋다.

사색에 잠기기 어렵다면? 그래도 좋다. 그냥 아무것도 하지 말고 있으라. 공연히 지루해 할 것도 없고 바쁘게 안달할 필요도 없다. 그냥! 그냥! 아무것도 하지 말고 생각에 잠기지 않는 순간, 그 자체를 즐겨라. 너무나 답답해서 무엇인가 쓰고 싶다는 생각이 들 때까지 기다리고 또 기다려라.

TIP

멍하니 노을을 쳐다보라. 느릿하게 펼쳐지는 여름의 저녁노을이건, 어느 틈에 사라지는 겨울의 저녁노을이건 상관없다. 그 엄청난 자연의 아름다운 변화 그 자체를 충분히 오랫동안 살펴보라.

한밤중에 일어나 불을 켜지 말고 조용히 사방에 귀를 기울이며 그대로 새벽을 기다려 보라. 새벽이 다가오며 서서히 세상이 깨어나는 소리에 귀 기울이면서 집의 바깥 풍경을 떠올려 보라.

9) 낯선 체험을 두려워하지 말 것

—낯섦은 우리 삶을 언제나 새롭게 펼쳐 내는 원동력

'죽음의 삼각형'이라는 말을 들었을 게다. 내신과 수능, 여기에 논술까지, 고등학생들의 공부 부담을 단적으로 표현한 말이다.

하지만 가만 돌이켜 보라. 죽음의 트라이앵글은 이미 있었다. 집과 학교, 그리고 학원이라는 세 꼭짓점을 왔다 갔다 하는 우리나라의 학생들이라니! 오, 놀라워라! 이미 오래전 미국의 유명 텔레비전 프로그램인 「믿거나 말거나!(Believe It, or Not!)」에 나와서 전 세계를 깜짝 놀라게 했던 모습들이다.

오, 가여워라! 21세기를 살아가는 우리나라 학생들은 여전히 자신의 인생 가운데 가장 빛나는 순간인 10대의 대부분을 이러한 '죽음의 삼각형' 안에서 보내고 있다. 이들 세 꼭짓점으로 이루어지는 죽음의 삼각형은, 물론 문자 그대로 죽음을 부르지는 않는다. 하지만 이러한 꼭짓점만을 줄기차게 반복하는 삶이란 지성과 감성을 꽁꽁 묶어 놓아 억압하는 죽음과 과연 무엇이 다른가. 다람쥐 쳇바퀴 돌듯 집과 학교, 학원을 오가는 삶은 상상력과 감수성, 사고와 정서의 죽음 그 자체다.

TIP

지금 당장 가까운 지하철역이나 버스 정류장으로 가라. 이내 눈앞에 다가온 교통수단을 잡아타라. 그리고 잘 모르는 곳에서 내려라. 굳이 방위를 따지지 말고 마음 내키는 대로 걸어라(물론 치안이 불안하거나 위험한 지역이라면 곤란하다). 자, 전혀 낯선 곳에 내려서 사방을 두리번거리면서 걸어라. 어떤 생각이 든다면 과연 그것이 무엇인지 구체적으로 떠올려 보자.

매주 토요일과 일요일에 시내 각처에서 결혼식이 열리고 있다. 전혀 모르는 사람의 결혼식에 가서 아주 자연스럽게 결혼식을 구경하라. 신랑 측과 신부 측 사람들이 한자리에 모여 있으면서도 사실상 전혀 따로따로 겉도는 모습을 관찰해 보자.

---

10) 직접 무엇인가 만들어 볼 것

—창조는 삶을 늘 새롭게 하는 힘의 원천

남의 의견을 논리적으로 비판하는 것도 좋다. 정의롭지 못한 세상을 올바르게 바꾸는 것도 훌륭하다. 하지만 내 손으로 직접 무엇인가를 만든다는 것은 언제나 더 근사한 법이다. 직접 무엇인가를 만들어 보면서 느끼는 창조의 기쁨은 이루 말할 수 없을 정도.

기존의 것들을 새롭게 만들고, 기존의 세상을 완전히 새로운 세상으로 바꾸는 일, 이는 모두 직접 무엇인가 만들어 보는 데서 시작하고 끝난다. 그만큼 나 자신이 직접 무엇인가를 만들어 보는 것은 전혀 다른 차원의 기쁨 그 자체다. 그러니 언제나 직접 무엇인가 만들어 볼 것!

지금까지 우리는 '나만의 책쓰기'를 시도해 왔다. 이제 여러분의 삶을 또 하나의 멋진 책으로 아름답고 향기롭게 써 나가기를 진심으로 바란다. 마지막으로, 삶을 의미 있게 만드는 것은 바로 '자신'이라는 진리를 다시 한 번 강조한다.

TIP

거리에서 무료로 나누어 주는 신문들이 있다. 광고비로 운영비와 제작비를 감당해 내다 보니, 기사 역시 아무래도 자유롭지 못하다. 자본의 논리에서 완전히 벗어난 신문, 그것도 청소년을 위한 신문을 만든다고 하자. 무엇을 어떻게 만들까? 생각해 본 다음 적어 보자.

지역 특성을 살리는 소규모 공중파 방송들이 최근 등장하고 있다. 서울 마포구만 해도 소출력 방송인 100.7MHz '마포FM' 라디오(www. mapofm.net)가 있다. 직원 수가 그리 많지 않지만 지역 사회를 위한 방송으로 부상하기 위해 힘껏 노력 중이다. 여러분이 이러한 지역 방송의 담당자라면 어떤 프로그램들을 기획하고 방송할까?

부록

1. '나만의 책쓰기 프로그램'
2. 구체적인 지도 방법과 주제 사례
3. '팔레트'—실전 글쓰기 비법 나도, 책을 쓸 수 있다
   ※삽화로 보는 『허병두의 즐거운 글쓰기 교실 1~3』

학교나 교육공동체 등에서 '나만의 책쓰기 프로그램'을 구체적으로 지도할 수 있도록 단계별 교안과 자세한 지도 방법을 소개한다. 또한 주제 설정을 하는 데 필요한 구체적인 지도 방법들을 학생 중심으로 제시하였고, 쓰기와 읽기, 사고력·감수성의 맥락을 강조하였다.
끝으로 『허병두의 즐거운 글쓰기 교실 1~3』을 모두 아우를 수 있도록 김진숙 작가님의 훌륭한 삽화에 기대어 전체 요약을 선물로 드린다.

'나만의 책쓰기 프로그램'

학기 초에 조사해 보면 불과 다섯 명 안팎의 아이들만 논술 시험 대비를 원한다. 이들을 위하여 '작문' 수업을 하자니 다수의 아이들이 소외되고, 그냥 외면하자니 다수에 밀린 소수가 희생된다. 이렇게 난감한 상황을 해결하고자 나름대로 여러 가지 애써 보았다. 심지어 학교 도서관이 교실 두 칸 규모였던 때에는 각기 다른 방식의 수업, 즉 논술 시험 응시자를 위한 수업과 그렇지 않은 학생들을 위한 수업으로 나누어 동시 진행하기도 했다. 나름대로 효과도 거두었지만 완벽하지는 않았다. 고민에 고민을 거듭하였다. 입시 논술을 대비하면서도 진정한 논술 능력을 키워 주고, 나아가 바람직한 글쓰기 교육까지 이룰 수 있는 쓰기 지도 방안은 없을까? 바로 책쓰기 교육이 답이었다.

책쓰기 교육의 핵심은 주제 설정 작업과 인터뷰 활동에 있다. 주제 설정 작업은 학생 스스로 자신만의 주제를 찾는 노력이다. 이는 책을 쓰는 학생을 지식과 감성, 인식과 실천의 주체, 즉 세상의 중심으로 키우는 교육이다. 한편 인터뷰 활동은 학생 스스로 자기가 책을 쓰려는 분야에서 이미 권위를 쌓은 전문가들을 만나서 풍부한 전문 지식과 최신 정보를 얻는 노력이다.

요컨대 책쓰기 교육은 적절한 자신만의 주제를 찾게 함으로써 학생을 세상의 중심으로 우뚝 서게 하는 활동이자, 전문가를 만나 인터뷰함으로써 기존의 모든 성과는 물론 전문가의 안목과 자세를 배움으로써 세상과 소통하게 하는 노력이다. 이들은 책쓰기 교육에 임하는 학생과 교사 모두에게 가장 힘들면서도 보람 있는 활동과 노력으로 손꼽는다.

1_구체적인 지도 방법

이제부터 간략하게 소개하는 프로젝트형 수업 방식의 '나만의 책쓰기 프로그램'은 주로 고등학교 자연·공학 계열 학생들의 2학년 선택 과목인 '작문' 시간, 인문·사회 계열 학생들의 3학년 필수 과목인 '작문' 시간에 한 학기 동안 시도할 수 있는 내용과 방안이다.

물론 방과 후 학교 활동이나 동아리 활동, 나아가 창의적 특색 활동 시간에도 30차시에서 40차시 정도의 기간에 걸쳐 충분히 활용할 수 있다. 적절히 수준을 조절한다면 중학생이나 초등학교 고학년들에게까지 가능한 방식이 바로 프로젝트 방식의 '나만의 책쓰기 프로그램'이다.

▶ 대략적인 수업 열개

우선 매 차시 수업 열개는 한 학기를 단위로 초기와 중기 이후로 나누어 제시한다. 초기 단계의 수업 시간은 글쓰기의 기초나 주제 설정, 기타 주제 보고서인 '나만의 책' 완성에 필요한 공통 사항을 활동 중심으로 모두 함께 익히는 데 쓴다.

하지만 각자 자신의 주제를 선정하고 난 중기 단계부터는 수업의 전체

얼개가 바뀐다. 이때 학교 도서관을 활용하면 특히 효과적인데, 처음 5분에서 10분간은 전체 학생들에게 공통적인 지식이나 정보, 능력 등을 제공하거나 직접 연습하게 한다.

중간의 30분 정도는 아이들 각자 자신의 상황에 따라서 활동하게 한다. 이를테면 학교 도서관에서 자기 주제에 관한 책을 찾는다든지, 직접 책을 집필하는 식으로 활용하게 한다. 그동안 교사는 학생 1인당 3분에서 5분 정도로 '면대면(face to face) 협의'를 한다. 30분 안팎이라면 경험상 대략 7명 안팎의 아이들과 만날 수 있다.

만일 학생들이 공통적인 문제점을 보인다면 이를 해결하는 시간으로 쓸 수 있다. 이를테면 주제 설정을 어려워하는 아이들만 따로 모아서 30분 동안 집중적으로 주제 설정에 대한 보충 설명이나 조언 제시를 할 수 있다. 수업이 끝날 무렵에는 다시 학생들을 모두 모아서 5분에서 10분 정도에 걸쳐 전체적으로 필요한 내용을 가르친다.

▶ 주제 설정 방법

아이들 스스로 주제를 설정할 수 있도록 교사가 철저히 지도해야 한다. 이 과정이 소홀해지면 이 프로그램은 실패라 할 정도로 주제 설정에 많은 노력을 기울여야 한다. 아이들은 자신이 작성할 보고서 「나만의 책」의 주제를 설정할 수 있도록 처음 한 달 정도의 기간 동안에 특별한 방법을 익히고(예: 신문 활용 방안 등), 상호 토론과 검토 과정을 경험하며, 이미 숭문고 도서관에 장서로 보존 중인 기존의 「나만의 책」들을 살펴 주제를 확인한다. 보고서 주제는 일단 ① 흥미성, ② 유용성, ③ 가능성(감당 가능 여부)을 판단 기준으로 삼게 한다.

3학년 1반 '나만의 책쓰기 프로그램' 주제

번호	구체적인 주제명 또는 제목	전문가의 직업/분야와 이름
1	우리 음식, 한식에 대해	(미정)
2	집중력을 향상시키는 방법	(미정)
3	기업 경영과 경영학의 연관성과 유용성	(주)KEC 상무
4	건강한 눈 만들기	(미정)
5	재미있는 축구 이야기	축구 관련인
6	지하철에 대한 궁금증	마포구청, 수색역 역장
7	고등학생의 눈으로 쉽게 본 경제 이야기	서강대 경제학과 교수
8	한국과 일본 애니메이션의 차이점	(미정)
9	오페라의 이해와 감상	(미정)
10	부동산에 대해	공인중개업자 석원홍
11	경희대 합격하기!	학원 강사 진승민
12	인터넷 검색, 빠르고 정확하게!	컴퓨터 학원 선생님
13	소비자에게 유익한 비디오 게임의 정보	뉴타입게임 대표 송진아
14	나도 사관학교에 갈 수 있다	육사 생도 안효정
15	신문방송학과 가기	(미정)
16	내 꿈은 유치원 교사	어린이집 선생님 장경자
17	감동적인 글과 이야기 모음	국어 선생님 신경주
18	반일 시위 효과적으로 하는 방법	정대협 관계자 한기자
19	야외에서 흔히 볼 수 있는 운동의 기초	백마고등학교 박영자 선생님
20	사랑하는 사람을 위한 사랑의 요리 30선	전문요리사/한식/이동순
21	대학 입시(동국인이 되어 봅시다)	(미정)
22	인터넷 소설 파헤치기	EBS 국어과 강사
23	민들레영토 심층 취재	윤만일 선생님(지승룡 소장님)
24	음악과 나	첼리스트 이혜진
25	연극과 영화의 차이점	대학로 연출가
26	국어 교사에 대하여	국어 선생님 김영희
27	대학에 관한 모든 정보	(미정)
28	아침 식사의 중요성	영양사 최숙희

▶ 전체 진행 일정

매 시간 교사의 지도 아래 진행하여 주당 2~3시간에 한 학기 정도면
'나만의 책쓰기'가 가능하다. 1학기에 시작하는 것이 효과적인데 대략 다
음과 같은 일정을 따르면 무난하다. 3월 한 달은 학생들 각자 주제를 잡
고 '추진 계획서'를 작성, 제출하게 한다. 4월은 주제 검토 및 확정, 그리
고 자료 수집 단계이다. 즉 4월 초까지 자신이 쓸 보고서의 주제를 최종
확정해야 하며, 중반 이후는 관련 자료를 수집하는 것이 적절하다. 5월은
내용을 만들면서 지도 교사와 계속 협의한다. 6월 초에 1차 작성본을 제
출하고 교사의 최종 검토를 받는다. 6월 중순에는 최종 작성본을 제출한
다. 이때 가능한 한 거듭 개정본을 작성하게 하여 '나만의 책'의 완성도
를 높인다.

	3월	4월	5월	6월 초중순	6월 중하순
분야	주제 검토 및 확정, 자료 수집		내용 작성 및 검토·협의	예비본 제출·검토 수정	최종본 완성·제출
세부	신문 등을 활용하여 문제의식은 물론 주제의식까지 기른다.		내용을 정리하며 매 시간 교사와 협의한다.	자료를 정리하며 직접 글을 쓰면서 1차 작성본을 제출한다. 교사의 조언을 받는다.	가능한 한 모든 내용과 형식을 책 중심으로 응용하여 최종 완성본을 제출한다.
강조 사항	신문을 읽으면서 탐구, 토론 학습을 시도한다.		반드시 전문가를 만나 인터뷰하며 관련 주제에 대한 정보와 관점을 가다듬는다.	직접 완결된 글의 형식으로 작성, 제출해야 한다.	최종 원고를 바탕으로 책자 형태로 제작한다. (개정본 적극 유도)
유의 사항	· 학교 도서관을 자료실, 집필실, 상담실로 다각도로 활용한다. · 신문과 인터넷 등 관련 자료들을 철저히 활용한다. · 반드시 전문가를 만나 인터뷰하고 이를 제출물 안에 담는다. · 철저히 책의 관점에서 사고하게 하며 보고서를 '책'의 형태로 만든다. · 평가는 객관식 문제를 푸는 대신 수행평가를 중심으로 한다.				

책쓰기 수업 연수를 받은 선생님들의 소감 모음

― 수업 시간에 한 번 읽고 설명한 지문을 놓고 문제를 푸는 것으로 제한된 기계적인 국어 수업에서 벗어나 보고 싶은 나의 소망을 가장 고도로 실현한 형태가 될 수 있겠다.

― 아이들이 자신의 잠재된 삶과 배움의 동기와 능력을 발견하고 키워 갈 수 있는 자기 주도 학습의 과정이 일정한 방향을 갖고 고스란히 집적되도록 하는 것이 '나만의 책쓰기' 과정이요 결과이다.

― 자기표현과 지식과 정보의 탐색 및 생산 활동인 글쓰기를 수업 시간에 실제로 적어도 스무 시간 이상 써 보게 하는 수업이다. 그 과정과 결과가 책으로 나타나도록 한 학기 동안 단계적으로 발전시켜 가는 쓰기 수업이다.

― 단계와 과정이 고도로 고안된 수업이면서, 최대한 '쉽게' 가르칠 수 있도록 여러 가지 교수 방법이 개발되어 있다.

― 1시간 수업 얼개가 '전체 설명 ― 개별 작업(30분) ― 정리'로 되어 있고 중간에 아이들이 개별 작업할 때 교사가 한 시간에 7명 정도 1명씩 1~3분 면대면 협의를 하는 식이다.

― 글쓰기와 관련하여 꽁꽁 얼어 있는 아이들을 흔들어 깨우는 쉽고 강력한 교수 방법이다. 책쓰기 수업까지 끌어올릴 자신이 없는 경우라도, 한 학기 동안 꾸준히 쓰기 지도를 일정한 목표점을 갖고 진행해 보고자 하는 사람이라면 충분히 시도, 응용해 볼 만하다.

― 참 다채롭고 풍부하다. 완전히 교과서를 넘어선 수업, 학생들이 자기 주도 학습을 할 수 있도록 정교하게 교수 기법을 개발해서 천천히, 아주 천천히 그러나 강력하게 끌고 나가는 수업 방식이다.

2_'나만의 책쓰기' 10단계 지도 전략

앞서의 지도 내용을 10단계로 나누고 보충 설명을 덧붙이면 다음과 같다.

1단계: 부담 없애기 훈련

—'1분 글쓰기' 등 다양한 방법 활용하기

→ 다양한 방법으로는 낱말을 무작위로 연결하여 문장을 만들면서 은유적 발상 연습하기, 일정 상황을 표현한 문장을 다양하게 변형하기 등 많음. 더 자세한 것들은 『허병두의 즐거운 글쓰기 교실』 1, 2를 참고할 것.

2단계: 주제 탐색

—브레인스토밍 활동, 원형정리법 익히기, 신문 활용하기(Newspaper In Education), 주제의 요건 제시

→ '원형정리법 글쓰기'는 창조적 사고를 촉진하고 효과적으로 글과 책의 내용을 구성하는 방법. 기존의 개요 작성보다 실제적이며, 마인드 맵보다 유연하게 글쓰기에 활용할 수 있다.

→ '신문 활용하기'의 경우, '신문을 활용하여 질문 만들며 주제 찾기 방법'이 특히 효과적이다. 방법은 간단하다. 신문의 각 면을 읽으며 제목마다 '과연 ~할까?'라는 질문을 던지게 한다. '사실'과 '의견' '가치'에 대해 전면적으로 의문을 던짐으로써 생각할 여지가 생긴다. 이러한 여지들 가운데 특히 주제로 삼을 만한 것들이 있는지 가늠해 본다. 다양한 지면에서 10개 정도의 질문을 만들고 4개 정도에 중요 표시(☆)를 하게 한다. 주제가 될 만한 문제의식, 주제 의식 사례들을 확인할 수 있다.

'주제의 요건'으로는 흥미성과 유용성, 가능성을 제시한다. 이들 세 가지 요소를 중시하여 주제를 찾아오게 하는 것이 좋다(평소에 관심이 있었던 주제를 인터넷 검색으로 찾아보게 하거나, '내가 쓰고 싶은 글감들'이란 제목으로 브레인스토밍과 원형정리법을 시도하게 한다).

원형정리법을 익힌 어느 선생님의 평가

오오! 굉장한 사고의 도구를 아이들에게 쥐어 줄 수 있을 것 같은 흥분이 든다. 사고의 팔레트를 작성하라니 이 얼마나 놀라운가. 대학교에서 인지 심리학을 응용한 '독서교육론'을 배울 때 아이들의 작업 기억, 곧 사고의 조리대요 도마를 키워 주어야 한다는 점은 누누이 강조받았지만, 이런 실질적이고 쉽고 구체적인 도구는 들어 보지 못했다. 자신이 책을 읽고 글을 쓰고, 책을 쓰면서 활용한 인지 전략을 그대로 교수 도구로 가다듬은 결과인 거다. 아이들과 나는 새로운 여행을 시작할 수 있을 것이다.

3단계: 주제 평가

— 주제 요건에 따른 직접 평가, 교사·친구들과 상호 토론을 통하여 부적절한 주제들을 걸러 내기. 이러한 과정은 자신의 책 주제만 설정하는 수준을 넘어서서 예리한 문제의식과 적절한 주제 의식을 키울 수 있기에 반드시 필요하다.

→ 시간 중에 각자의 주제를 칠판에 쓰게 한 다음, 앞서의 세 가지 요건에 따라 자신의 주제를 설명하게 한 다음, 친구들에게서 질문을 받아 답변하게 한다. 기존의 주제 검토 사례들을 유인물로 만들어 제시하면 더욱 효과적이다. 과거와 현재의 '나만의 책' 주제들을 보여 주어도 좋다.

4단계: 추진 계획

—추진 계획서 쓰기, 주제 정리표 만들기, 주제 중심 원형정리 작업
제출

→ 추진 계획서는 자신의 주제를 밝히고 전개 내용을 요약하게 한 다음,
추진 일정을 짠 문서다. 교사와 면대면 협의를 할 때 활용하면 효과적이
다. 딱 한 쪽으로 작성하게 하여 늘 함께 확인할 수 있게 한다.

5단계: 관련 자료와 전문가 찾기

—다양한 미디어 활용하여 자료 찾기, 학교 도서관에 소장 중인 '나만
의 책' 검토 시작하기, 인터뷰할 전문가 찾기

→ 주제에 따른 문헌 자료 전반을 조사하고 인터넷 사이트를 검색하게 한
다. 학교 도서관과 공공 도서관, 대형 서점 등의 문헌을 조사하게 하고,
특히 인터넷 지식 검색 서비스와 인터넷 서점 책 정보, 주제 관련 사이트
와 블로그 찾기 등을 시도하게 한다.

→ 지난 1997년 이후 지금까지 학생들이 작성한 '나만의 책'들은 숭문고
도서관 특별실에 대부분 소장 중이다. 이를 단계적으로 검토하기 시작한
다. 이때, 처음부터 잘된 '나만의 책'을 보여 주면 오히려 역효과가 날 수
있으니 주의할 것.

→ 관련 전문가를 찾아서 직접 인터뷰를 하게 하면 '나만의 책' 쓰기에 매
우 효과적이다. 자신이 인터뷰하고 싶은 관련 전문가를 찾아서 약속을 잡
도록 유도해야 한다. 관련 신문 기사들을 검색하여 읽게 하면서 기사에
나온 전문가 인터뷰를 확인하게 한 다음 적절한 대상자들을 물색하여 연
락을 시도하게 한다. 이때 '인터뷰하는 방법'에 관한 특별 강의를 듣도록
하면 더욱 좋다. '나만의 책'을 우수하게 작성한 졸업생을 불러서 강의를
부탁해도 좋다.

6단계: 내용의 체재 갖추기

─차례 만들기, 분류의 중요성과 방법 등 강조하기

→ 학교 도서관의 서가와 인터넷 서점을 활용하여 '나만의 책'의 체재를 짜도록 한다. 이를테면 전혀 다른 분야이지만 유사한 성격의 책의 차례를 참고하여 자기 주제의 차례 작성하기, 전문가 인터뷰를 하면서 자기 주제의 차례 조언받기, 기존 책들의 차례를 다양하게 검토하고 친구들과 상호 토론하기, 지도 교사에게 별도의 조언받기 등 다양한 방법들을 활용한다.

7단계: 시범 제시

─책쓰기의 과정과 실제 직접 보여 주기, 우수 '나만의 책' 작성자 강의 듣기, 전문가 인터뷰 보여 주기 등

→ 출판사 편집자를 초청하여 조언 듣기, 역대 우수 '나만의 책' 작성자의 강의 듣기, 전문가를 초빙하여 인터뷰의 실제를 직접 보여 주기 등이 가능하다.

8단계: 완성 준비

─책의 표지와 저자 소개, 서지 사항 등 쓰게 하기, 맨 앞에 구성과 차례 쓰게 하기, 연기 신청서 내기 등

→ 이제부터는 내용 작성에 더하여 책의 꼴을 갖추게 한다. 역대 최고의 '나만의 책'들을 참고 자료로 보여 주면서 기존의 수준을 능가하도록 북돋는다.

→ 마감 시한을 제대로 지키지 못하는 경우가 많이 생긴다. 게으르다고 야단치는 대신에 '연기 신청서'를 쓰도록 하여 좀 더 심화된 상호 토의를 하는 기회로 삼는다. 덧붙이면 좋은 조건들을 제시하고, 이를 수행한다면

연기할 수 있도록 허가하는 식으로 지도한다. 이 과정을 거치면 다소 미온적이었던 학생들도 '나만의 책쓰기'에 본격적으로 전념하게 된다.

→ 이 단계에서는 수업 시간에 영화 제대로 읽기와 문학 작품 크로스워드 퍼즐 등을 활용하여 다소 여유 있게 진행하게 하는 것이 효과적이다. 곁들여 주변 분위기에 아랑곳하지 않고 무관심한 학생들, 즉 '나만의 책'을 제출하지 않을 듯싶은 학생들을 집중적으로 관리한다.

9단계: 제출과 보완 거듭하기

—학생들이 '나만의 책'을 제출하고 이를 보완할 수 있도록 지도 교사가 조언을 거듭해 주기, '나만의 책 홍보문' 쓰게 하기 등

→ 제일 먼저 낸 학생의 '나만의 책'에 즉시 검토 의견을 작성하여 전체 학생에게 배부하면 생생한 사례가 되어 효과적이다. '나만의 책 PR문'은 자기 책과 작성 과정의 특징을 핵심 요약하게 하는 데 초점을 두게 한다.

→ 퇴고, 교정/교열을 연습한다. 관련 설명을 한 시간 정도 집중적으로 제시하고 이후에는 학생 상호 간에 시도하도록 지도한다. 다시 교사가 개별 보고서를 하나씩 확인하면서 집중적으로 조언하고, 최종적으로 학생들이 실제 많이 틀리는 사례들을 정리해 준다.

10단계: 최종 정리

—인터뷰한 전문가에게 감사 편지 드리기, 우수 성과물 시상하기, 마무리 주의 사항 주기 등

→ 인터뷰한 전문가들에게 감사 편지를 드리게 하여 평생 자신의 멘토로 모시게 한다. '올해의 우수 저자상' '가장 노력한 저자상' '가장 행복하게 집필한 저자상' 등의 이름으로 지도 교사가 시상하며 간이 출판 기념회 열기, 바람직한 삶과 책쓰기의 자세 등에 관해 충고해 주기 등을 시도한다.

3_평가 방식과 새로운 도전

'나만의 책쓰기' 프로젝트의 평가 방식은 철저히 실기 위주라는 데 특징이 있다. 즉, 객관식 필기시험을 치르지 않고 오로지 '나만의 책'을 쓰는 과정에서 이루어지는 모든 활동과 성과를 중심으로 수행평가를 하는 것이다. 고 3 '작문' 시간도 마찬가지였는 바, 성과물인 '나만의 책'에 80점을 배정하였으며, 나머지 20점은 매 시간 수업 노트와 기타 수업 중 활동에 부여하였다. 중간고사도 과감하게 생략하였다.

TIP

수업 노트 역시 '책'처럼 만든다. 즉, 매 시간 한 쪽 이상 작문과 연관된 내용을 작성해야 한다. 수업 시간에 교사가 한 판서를 고스란히 베끼는 획일적 판박이 공책이 아니라 각자 수업을 듣고 자기 생각과 느낌을 적는 일종의 '일기체 문집 형식의 수업 책'을 만들어야 한다. 이때 글을 쓰기 싫으면 신문이나 기타 자료를 스크랩할 수도 있다. 단, 이 경우에는 스크랩 내용이 왜 작문 수업과 연관되는지 근거를 짤막하게라도 설득력 있게 언급해야 한다. 물론 교과서 내용을 자유롭게 발췌해서 요약해도 된다. 학기 말에는 그동안 정리한 매 시간 한 쪽 이상의 수업을 자기 나름대로 기준을 세워 분류하여 네 쪽 분량의 차례로 만들어 '수업 책'의 맨 앞에 붙이게 한다. '나만의 책'과 함께 '수업 책'을 작성하는 과정을 통해서 학생들은 자신의 모든 글쓰기 활동이 철저히 '책의 차원'에서 이루어지고 있다고 깨닫게 된다.

'나만의 책쓰기' 평가 방식의 또 다른 특징은 지금 당장의 성과도 중요하지만 앞으로 얼마나 더 발전할 수 있느냐를 철저히 강조하는 데 있다. 학생이 '나만의 책쓰기'에 임하여 얼마나 많은 시간 동안, 얼마나 많은 자료들을 찾고, 얼마나 많은 노력을 들였는가를 당연히 중시한다. 이러한 평가 기준은 특히 마지막 보완 단계에서 학생들이 자신의 책을 최선을 다하여 완성도를 높이게 하는 기제로도 작용한다.

하지만 가장 중요한 동기는 학생 스스로 자신의 노력이 더해질수록 '나만의 책'의 완성도가 높아진다는 것을 자각하고 그 과정에서 얻는 뿌듯한 자기 성취감 그 자체이다. 처음에는 자신의 능력과 '나만의 책쓰기' 과제 자체에 부정적이었던 학생들도 성과물이 점점 더 눈에 보이게 향상될 때 대단히 적극적으로 변모하게 된다.

이러한 방식의 평가는 자칫 평가자인 교사의 부적절한 주관이 개입될 수 있다는 데 문제가 있다. 하지만 기준의 잣대를 엄격히 하고 신뢰성 있게 임하며 모든 과정을 공개하여 투명하게 진행할 경우에는 전혀 문제가 생기지 않는다. 성적은 학생들이 자신의 성적을 직접 확인하고 각자 서명을 하는 것으로 최종 확정한다.

진짜 문제는 오히려 평가자인 교사가 복수일 경우다. 다행히 숭문고의 경우는 한 학년이 8학급(인문·사회 계열 4학급, 자연·공학 계열 4학급)인 소규모 학교이므로 평가자는 언제나 혼자이기에 문제가 생기지 않는다. 대규모 학교인 경우에는 평가자들 사이에 매우 긴밀한 협의가 이루어져야 하나 얼마나 실현 가능한지는 각 학교의 문화와 교사들 간의 의사소통 정도와 직결될 것이다. 여러 가지 여건이 힘들다면 정규 수업 대신 동아리 활동이나 기타 시간 등을 활용하면 충분하리라 생각한다.

또 하나의 문제는 이러한 프로젝트 방식의 글쓰기 수업이 수시로 변하는 교육 정책의 영향을 받는다는 데 있다. 즉, 기존의 '나만의 책쓰기' 수업과 평가에서는 학생 스스로 열심히 노력하면 할수록 그에 걸맞은 점수를 받을 수 있었기에 노력과 보람이 일치하였다. 그러나 과거 한때는 '점수 부풀리기 현상'의 대안이라며 제시한 지침(15퍼센트 이하만 '수' 가능)을 준수하느라 학생들의 노력을 정확히 반영할 수 없어서 적잖이 곤혹스러웠다. 충분히 완성도가 높은데도 상대적으로 낮은 점수를 줄 수밖에 없다는 것은 분명 문제다.

몇몇 문제점들이 있지만 '나만의 책쓰기'는 학생들에게 '나만의 삶 찾기'와 직결되고 다시 '우리의 삶 누리기'로 이어질 수 있는 즐겁고 의미 있는 교육이다.

실제 평가 척도의 예

—고 3 작문 평가 척도

1. 노력의 성실성: 얼마나 창의적이고 열정적으로 노력하고 있는 가? 35점(전문가 인터뷰 10점, 창의적 생각 10점, 분석적 시도 5점, 소요 시간 · 열의 등 10점)

—실제로 전문가 인터뷰를 했을 경우는 10점을 부여한다. 만일 전문가 인터뷰에 실패했다면 노력 여하에 따라 5점 이상에서 9점까지 부여한다. 명함만이라도 붙였다면 2점 내외를 부여하는 식으로 노력 정도를 중시한다.

—인터넷에서 짜깁기한 경우는 창의적 생각을 0점으로 처리한다. 아예 표절로 처리하는 경우도 생각해 봄 직하다. 요즘은 표절의 개념에 대해 혼동하는 경향마저 있다. 인터넷에 있는 자료를 자기가 짜깁기한 이상 자기 생각이 들어가지 않았느냐는 식이다. 짜깁기와 표절, 노력 여하와 자신의 발전/성숙 여부를 예로 들면 모두 수긍한다.

—소요 시간은 일종의 기본 점수에 해당한다. 짜깁기인 경우는 0점으로 처리하되, 어느 정도 노력이 들어가면 5점, 일정 수준 이상의 노력이 들어갔다면 8점, 전문가 인터뷰를 했다면 10점으로 처리한다.

2. 내용의 풍부성: 얼마나 관련 내용을 풍부하고 성실하게 담고 있는가? 25점(문헌 · 인터넷 10~20점, 설문지 5점, CD 10점 등 기타 자료)

—어느 정도 자료를 담고 있다면 20점, 설문지 분석 등을 하고 있다면 5점을 부여하는 식이다. 최근에는 CD 등으로 제출하는 경우도 많아 특별히 인정할 필요는 없다.

3. 주제의 적합성: 얼마나 주제가 유익하고 적합한가? 20점(유익

성 10점, 적합성 10점 등)

―평소 주제 설정 지도를 통하여 충분히 파악, 교정했으므로 20점을 그대로 부여한다.

4. 제출 기일을 엄수하고 있는가? 1일 지체 시마다 5점씩 감점(단, 연장 희망자는 예외)

―실제로 그렇게 엄밀하게 감점을 할 필요는 없다. 가능한 한 빨리 가져오도록 한다. 일정한 군(群)으로 처리하겠다고 해야 한다. 1군과 2군, 3군과 같이 나눈다고 하여 사전에 미리 1일 단위로 처리하는 데서 오는 불편함과 학생들의 불만을 막아야 한다.

* '나만의 책'은 학생들에게 가능한 한 보완하는 기회를 주는 것이 좋다. 자기 발전을 위해 충분히 노력할 수 있는 기회를 주고, 또 그렇게 하도록 자극, 유도해야 한다. 자신의 보고서를 홍보하는 문안을 써 오게 한다든지, 늦게 내더라도 사유서를 써 오게 한다든지 해서 충분히 기회를 주어야 한다. 간혹 인터넷으로 짜깁기한 경우인데도 부득불 자신의 독창적 노력이라고 우기는 학생들도 있는데 왜 그런지에 대해서 자세히 글로 써 오면 '긍정적'으로 인정한다. 평가가 다 이루어지면 왜 이렇게 처리되었는지 한 명씩 불러서 지도해 주는 것이 좋다.

프로젝트 방식 작문 수업―최종 평가 설문지

3학년   반   번   이름:

여러분은 주제 보고서를 써내는 작문 교육을 지난 1학기 동안 경험하였습니다. 가르치는 교사로서는 너무 많은 학급당 인원 때문에 제대로 지도하기 힘들었으며, 배우는 여러분으로서는 수험생이라는 현실적인 어려움 때문에 따라가기가 적지 않게 괴로웠을 것입니다.

하지만 현재의 일반적인 학교 교육에 충실하게 따른다고 해서 여러분이 제대로 활짝 피어날 수 있다고 생각하지는 않겠지요? 특히 '작문' 교육의 목표인 표현과 전달 능력을 제대로 키울 수 있다고 오해하지는 않겠지요? (늘 얘기했듯이 '독서'를 배우면 신문이라도 제대로 읽을 줄 알아야 하고 '음악'을 배우면 한 곡 이상의 애창곡과 한 가지 이상의 악기를 다룰 수 있어야 하겠지요. '작문'을 배우면 무엇보다도 자기가 쓰고 싶을 때 의미 있고 즐거운 글을 쓸 수 있어야 하겠고요!)

지금 당장 여러분에게 먼 듯 보여도 사실은 가장 가까운 방법이 바로 정확한 방향 감각을 갖고 꾸준히 노력하면서 기초를 효과적으로 다지는 것입니다. 수업 중에 깨달았겠지만, 글을 쓴다는 것은 삶 속에서, 즉 생각하고 느끼고 읽으며 말하고 듣는 과정에서 자연스럽게 기초가 쌓이면서 효과적으로 이루어지는 표현 · 전달 활동입니다.

여러분이 이번에 경험한 수업은 프로젝트 수업 방식으로서 선진국에서는 정착된 지 이미 오래입니다. 우리 학교에서는 지난 1997년부터 도입하여 지금까지 꾸준히 해 왔기에 어느 정도 성공할 수 있었습니다.

이제 여러분의 후배들이 이 방식으로 '작문'을 공부하는 데 도움이 되도록 충실히 답해 주기 바랍니다. 여러분의 선배들이 여러분을 도와주었듯이, 여러분 역시 여러분의 후배들을 위하여 냉철하고 객관적으로 생각을 펼쳐 주기 바랍니다.

1. 주제 보고서를 완성하는 식의 프로젝트 방식 '작문' 수업이 도움이 되었는가?

　　1) 매우 그렇다　2) 그렇다　3) 보통이다　4) 그렇지 않다

5) 매우 그렇지 않다

1-1 (도움이 되었다면) 어떤 점에서인가, 구체적으로 말한다면?

1-2 (도움이 안 되었다면)
    1-2-1. 어떤 점에서인가, 구체적으로 말한다면?
    1-2-2. 해결 방안을 제시한다면?

2. 주제 보고서를 완성하는 프로젝트 방식의 수업을 앞으로 계속하려면 반드시 보완해야 할 점은?

3. 주제 보고서를 완성하는 수업 방식은 고3 때보다 고2 때가 적절하다는 의견이 있습니다. 그런가 하면 고2 때보다는 고3 때 해야 역시 수준 높은 차원의 보고서를 낼 수 있다는 의견도 있습니다. 여러분은 어떤 생각인지 주장과 근거의 방식으로 밝힌다면?

4. 여러분의 주제 보고서는 앞으로 대입이나 기타 시험의 면접에 활용할 수 있다는 사실을 알고 있습니까?

5. 특히 기억에 남는 수업은 어떤 시간, 어떤 순간이었습니까?
    5.1. 특히 없애야 할 수업은 어떤 시간, 어떤 순간이었습니까?

6. 여러분이 작성한 보고서 주제명과 간단한 자기 평가를 쓴다면?

※ 덧말: 지금까지의 설문에 진지하게 답한 학생들의 경우만 생활기록부에 기록해 주려 합니다. 여러분이 성실히 노력하면 나도 시간을 쏟겠습니다.

구체적인 지도 방법과 주제 사례

　자신이 가르친 학생들이 주제에 맞게 무난하게 글을 썼다면 과연 만족해야 할까? 대입 논술 시험에서 좋은 성적을 거두면 제대로 가르쳤다고 자부할 수 있을까? 모범 답안 같은 고만고만한 원고지 몇 장 분량의 글을 쓰기보다는 오히려 다소 서툴고 모자라더라도 문고본 이상의 책에 자신의 열정과 지성을 담은 책을 쓰는 것이 아이들에게 더 바람직하지 않을까? 책쓰기 교육은 이러한 고민과 성찰에서 출발한다.

　책쓰기 교육은 요즘 고교 현장에서 적지 않게 이루어지는 '1인 1연구'와 '개인 포트폴리오 작성' 등의 지도와 완전히 다르다. 구체적인 지도의 범위와 과정, 철학에서 특히 그러하다.

　우선 '1인 1연구'는 이름에서도 알 수 있듯이 '연구'라는 형식과 내용, 주제에 거의 국한된다. 반면에 책쓰기의 경우는, 연구는 물론 인터뷰 모음이나 포토 에세이, 자료집 등 도서관과 서점에서 당장 확인할 수 있는 다양한 책들의 형식과 내용, 주제가 가능하다. 지도 과정에서도 그러하다. '1인 1연구'는 교사에 의해 대부분 제시된 주제를 학생이 거의 동어 반복처럼 풀어내는 식으로 진행되며 이 과정에서 합리적인 추론과 서술이 되어 있는가 여부를 중시한다.

학생이 연구 과정에서 느끼는 실제 즐거움과 보람은 그리 중시되지 않으며, 가능하더라도 이는 연구 쪽에 특별히 재능과 관심이 있는 소수 학생들만으로 한정된다. 최근 '1인 1연구'가 학년 전체의 활동에서 점차 희망자만을 대상으로 시도하는 활동으로 범위가 축소되는 흐름도 이러한 맥락에서다.

또한 '1인 1연구'는 거의 모두 대학 입시 스펙용으로 작성된다고 말해도 무방하다. 그 결과 자연스럽게 학생의 연구 결과물을 잘 포장하고 입시에 효과적으로 활용하는 데 철저히 집중한다. 이를테면 연구 제목을 얼마나 근사하게 뽑았는지, 연구자인 학생이 무엇을 어떻게 깨닫고 느끼고 배웠는지 대학 쪽에 설득력 있게 제시하여 생활기록부 등에 남기는 데 관심을 둔다.

'1인 1연구'는 조금이라도 남들보다 나은 입시 전형 자료를 제출하겠다는 의도에서 비롯하므로 입시 정책의 변화와 현실적 효용 가치에 따라 환영받거나 배척받는다. 개인 포트폴리오 작성도 이와 상당한 부분에서 거의 유사하다.

이와 달리 책쓰기 교육은 책을 쓰는 학생이 당당한 주체로 성장할 수 있도록 돕는 특별한 교육이다. 즉, 학생 스스로 매사에 언제나 문제의식을 품고 의미 있는 주제의식으로 설정하여 책의 주제로 구체화하는 능력을 키워 줌으로써 창조적인 시각과 안목은 물론 이를 효과적으로 표현하고 전달할 수 있는 독자적인 인간 존재—바로 주체로 성장하게 만드는 일체의 교육이다.

다시 말해, 책쓰기 교육은 단지 학생이 쓰는 책 자체의 완성도를 높이는 데서 끝나는 교육이 아니다. 책쓰기 교육 전반에서 주제 설정 활동이 인터뷰 활동과 함께 양대 기둥이 되는 것도 바로 이러한 까닭에서다. 책으로 쓸 만한 정도의 '주제(主題)'를 스스로 설정할 수 있는 학생이라면 이미 독자적으로 생각하고 느끼는 존재가 되었으며 책의 수준에서 자신의 의사를 표시하고 실천하는 '주체(主體)'라 부를 수 있을 만큼 충분하게 성장한 것이다. 책쓰기 교육에서 '주제(主題)'는 곧 '주체(主體)'인 셈이다.

또한 책쓰기 교육은 저작권 기부운동과 연계되는 교육이다. 즉, 21세기의 주역인 우리 학생들이 독자를 넘어 저자로, 저작권자를 넘어 저작권 기부자로 키우자는 교육 철학의 구체적 시도다.

다음은 학생들이 자신의 책 주제를 쉽게 설정할 수 있게 지도하는 노하우다.

1_학생의 구체적 특성을 중시하라

무엇보다도 학생 스스로 자신의 특성이 무엇인지 확인하도록 지도한다. 아침 일찍 일어나는 체질이라면 아침 운동을 하는 게 자연스럽듯이 자신의 특성에 맞춰서 책의 형태와 성격을 연관시켜서 주제를 설정하게 하는 것이다. 자신의 재능과 적성, 흥미와 취미 등을 스스로 면밀하게 검토하고 적절하지 못한 경우에 본격적으로 자신의 특성을 찾으려 애써야 한다. 이를테면, '자신이 좋아하는 것들, 자신이 잘하는 것들, 늘 기분 좋은 교과목들, 언제나 편안한 시간들, 마음을 편하게 해 주는 것들' 같은 소주제로 가볍게 생각을 펼치거나 대화하게 지도하고 관찰하며 분석하여 조언해 주는 것도 좋다.

교사가 책쓰기 수업을 할 때 학생들이 어떠한 주제와 분야에 반응하는지 늘 주의 깊게 살피고 짧은 시간이라도 대화를 하면 그리 어렵지 않게 학생의 특성을 파악할 수 있다. 이러한 주제 설정 활동을 통해 학생 스스로 자신의 특성을 좀 더 명확하게 확인하는 것은 물론, 미처 깨닫지 못한 자신의 숨은 특성을 찾아낸다. 다음은 몇 가지 유형별로 정리한 주제 설정 지도 방법들이다.

• 매사에 호기심이 많은 학생이라면?

주제 설정을 하도록 지도하기가 비교적 편하다. 일단 어떤 대상이나 사건, 현상에 관한 모든 자료를 일정 기간 모으는 스크랩북을 권유할 수 있다. 자신감이 없는 학생들조차 시간이 가면서 자연스럽게 축적되는 자료들에 고무되어 훌륭한 스크랩북을 만든다.

이때 학업 수준과 능력에 따라서 좀 더 구체적으로 조언할 수도 있다. 가령 학업에 별로 흥미가 없거나 성적이 낮다면 비교적 쉽고 흥미 있게 접근할 수 있는 분야나 대상을 모아서 정리하는 스크랩북을 만들게 한다. 이를테면 대중음악 아이돌에 관한 스크랩북을 만들게 하면 '책은 아무나 쓸 수 없다' 식의 오해를 떨칠 수 있다.

학생의 수준과 상황에 따라 조금 어려운 주제들을 스크랩하도록 제시해도 좋다. 예를 들어 '중국 차기 유력 지도자 프로파일' '우리 지역 문화 관련 소식 모음' '고위 공직자 범죄 유형 스크랩북' 등. 어느 정도 수준에 올라온 학생이라면 일반 독자들을 위한 길라잡이 형태의 안내서를 만들게 유도한다. '코스프레 길라잡이' '페이스북 길라잡이' '프레지(Prezi) 프로그램 길라잡이' '과학탐구대회 참가자를 위한 길라잡이' 등.

• 특정 분야에 관심이 많은 학생이라면?

마니아나 오타쿠같이 특정 분야에 열광하는 성향의 학생이라면 주제 설정하기가 한결 편하다. 굳이 동기 부여를 할 필요가 없기 때문이다. 오히려 이들은 책쓰기의 의미와 보람을 듣기도 전에 이번이야말로 특정 분야에 대한 자신의 관심과 수준을 정리하고 보여 줄 수 있는 좋은 기회라 확신한다. 축구에 열광적인 학생들이라면 '스페인 축구팀의 미드필더진 특성' 같은 주제를 설정하기란 결코 어렵지 않다.

좀 더 높은 수준의 학생이라면 특정 분야의 최근 동향이나 이슈를 심도 있게 정리하거나 분석하는 주제를 잡도록 지도한다. 축구에 관심이 많다면 '맨체스터 유나이티드 구단의 역사와 전통'을, 스마트폰과 같이 새로운 기기에 푹 빠져 있다면 '모바일에서 뜨고 있는 교육용 어플리케이션 완전 분석', 현실의 사회 트렌드에 관심이 많다면 '신세대 아이돌 특징 분석과 미래 스타 발굴' 등을 책으로 써내게 북돋는 것이다.

책을 쓰는 데 지식이나 이론을 정리하고 분석하는 것만 주제로 삼아야 할 까닭은 없다. 직접 몸으로 체험하고 현장에서 경험하는 것을 좋아한다면 이 분야에 관한 자신의 활동 내용이나 경험 과정을 책으로 정리하게 해도 좋다. '지하철로 쉽게 갈 수 있는 우리 문화 현장' '마포구 관내에 있는 독립유공자 후손 인터뷰 모음' '모의 주식 투자 방법서' 등의 주제가 가능하다.

이러한 유형의 학생들에게 꼭 짚고 넘어가야 할 것은 자신이 펴낼 성과물인 책의 의미와 가치다. 단순히 마음에 끌린다는 정도라면 굳이 책쓰기를 해야 할 까닭이 없다. 자신이 좋아하는 분야에서 주제를 고르되 가능한 한 자신의 진로나 진학과 연관시키는 주제가 적절하다고 거듭 강조해야 한다. 애니메이션이나 코스프레 같은 데 관심 있는 학생들에게 만화애니메이션학과나 의상디자인학과 쪽 진학을 적극 고려하라면서 관련 주제를 설정하게 지도하는 것이 좋다.

• 재치 있고 아이디어가 풍부한 학생이라면?

골치 아픈 문제나 과제를 해결하는 데 단연 돋보이는 학생들이 어디나 있다. 이들은 눈에 보이는 문제점을 즉각 해결할 수 있도록 훌륭한 아이디어들을 내면서 창조적으로 작업하기를 좋아한다. 이를테면 '학교 주변 건널목들의 위험 알리기' 같은 주제를 설정하게 지도하면, 즉시 아이디어를 내어 메모판을 만들고 특별 스티커도 제작하며 학부모님들과 친구들이 쉽게 동참할 수 있는 방안을 제시한다. '학교 폭력 방지를 위한 대기업의 사회 공헌 방안' '체벌 문제 해결 대책' '학생 자치 활동 활성화 방안' '어려운 수학 문제 쉽게 푸는 묘방' 등의 주제를 제시하면 쉽게 관심을 끌게 할 수 있으며 더 좋은 주제를 설정할 수 있다.

다만 이러한 성향의 학생들은 자신의 아이디어들을 제대로 잘 정리하여 눈에 보이는 성과로 만들지 못하는 경우가 적지 않다. 이를 해결하는 방법은 간단하다. 관련 자료들을 빠짐없이 모으고 끊임없이 떠오르는 아이디어들을 충분히 모아 두게 한다. 그다음에 이를 토대로 우선순위를 정하게 하면 된다.

또한 이러한 성향의 학생들은 대개 자신이 내놓은 아이디어들의 가치를 과대하게 포장하거나 과도하게 전락시키곤 한다. 책쓰기 주제들이 많으면 오히려 집중해야 할 대상이 줄어들 수 있어서다. 이 역시 간단하게 처리할 수 있다. 여러 아이디어들을 나열한 뒤에 '반드시 쓰고 싶은 주제들을 1위에서 3위까지 선정하기' 식으로 지도하면 쉽다.

• 교과서와 연계해야 공부라고 믿는 학생이라면?

교과서와 연계하지 않으면 불안해 하는 학생들이 적지 않다. 군이 교과서와 연계하여 주제를 잡겠다면 그대로 인정해도 좋다. 책쓰기 교육이 점점 더 진행될수록 교과서 연계 주제들이 상대적으로 떨어지는 듯싶어 아쉬워할 것이다. 다음은 학생들이 교과 수업과 연계하여 설정했던 주제들 가운데 일부를 제목으로 표현한 것이다.

교과 중심 주제 설정 사례(제목 형태)

- 영어: 영어에 흥미를 가지면 영어가 쉬워진다, 영어영문학과 진학을 희망하는 고등학생이 읽으면 좋은 책 모음
- 미술: 10대를 위한 의류 디자인에 대하여, 재킷 디자인의 이해와 실제
- 체육: 축구의 역사와 문화, Basketball Business, 헬스의 종류와 그 효과, 체육대학 입학과 체육 관련 직종의 전망, 체육대학 레크리에이션 관련

• 대학 입시에 아주 민감한 모범 학생이라면?

모범생이라면 대부분 교과서에 열심히 밑줄을 긋고 선생님들의 설명 또한 모조리 적어 놓기 바쁘다. 이렇게 '열공'하는 학생들은 학업에 대한 열정과 의지를 살려서 아예 'OO대학교 논술 본격 대비서' 'XX대학교 합격 총정리서' 등과 같이 대입 준비서 성격을 띠도록 책 주제와 직접적으로 연관 짓게 유도한다.

각 교과서에서 이해되지 않는 대목들을 따로 모아서 정리하게 한 다음에 '문답으로 해결하는 OO의 세계' 같은 주제를 설정해 내는 것도 좋다. 성적이 뛰어난 학생이라면 '요약 능력 키우기'나 '현대 시 산책' 등과 같이 좀 더 수준 높은 주제를 설정하게 한다. 복잡한 일련의 사태나 이론을 간명하게 정리하여 제시하는 주제 설정도 가능하다.

학과 공부에만 집착하지 않고 책 읽기 또한 두루 좋아한다면 자신이 좋아하는 책을 읽고 교과서에 관련될 만한 대목을 찾아서 더 읽을거리들을 붙이는 방식으로 책쓰기를 지도해도 좋다. 교과서나 참고서와 연관되는 주제들을 다양하게 제시하면 학과 공부에 대한 부담도 덜게 할 수 있다.

이렇듯 기존의 교육에 잘 적응하는 학생들의 문제는 책쓰기에서 주제 설정 활동이 어떠한 의미를 지니는지 그다지 관심이 없다는 데 있다. 기존의 조건에 어떤 식으로든 적응하는 데는 뛰어나지만 새로운 대안을 제시하지는 못한다는 것이 치명적인 단점이다. 책쓰기 교육은 이렇게 기존의 교육에 무작정 매달리는 이른바 모범생들에게 더욱 가치 있다.

• 매사에 전혀 관심이 없는 학생이라면?

교실로 말하면 중간 자리 정도에 앉는 학생들이 대개 이러한 경우에 해당한다. 이들은 특별히 공부를 잘하지도 않고 사고도 치지 않으며 학창 시절을 무사하게 보낸다. 사회로 치면 말 없는 다수 격인데 인생의 가장 중요한 시기에 학업이나 진로, 자신에 대해 별다른 고민이 없이 소극적인 태도로 시간 낭비하기 일쑤다. 어떤 형태로든지 교사와 대화가 거의 없어서 특별히 관심을 갖지 않으면 일 년 동안 서로 몇 마디 나누지 못하고 끝나기도 한다.

이들을 위해서 무엇보다도 자신의 취미나 흥미, 소질과 재능, 능력 등을 찾게 지도해야 한다. 평소에 자연스럽게 '내가 제일 좋아하는 것들' '나는 ~ 책을 읽을 때 가슴이 뛰었다' '나는 정신없이 빠져든 적이 있다. 바로 ~을/를 할 때였다' '나는 ~을/를 잘한다' 식으로 가벼운 글쓰기나 집단 토론을 하게 만든다.

심각한 경우에는 아예 신문이나 잡지, 책, 심지어 TV나 컴퓨터 게임, 인터넷에조차 관심이 없는 학생들도 있다. 이들을 위하여 사회현상이나 대중문화, 스포츠, 게임 등과 같이 또래 친구들이 관심을 갖는 분야라면 일단 무엇이든 자유롭게 접근할 수 있도록 허용하는 것이 급선무다. 남들이 보기에는 놀게 방치하는 것같이 보이나 이들에게는 관심과 흥미를 자극하는 것 자체가 매우 큰 경험과 의미를 지닌다.

과거에 선배들이 설정했거나 같은 학년의 친구들이 설정한 기존 주제들을 조금씩이라도 관심을 보이는 분야부터 신중하게 소개해 주는 것도 좋다. 이 과정에서 시간이 적지 않게 걸리나 참을성 있게 기다려야 한다. 지금 기다려 주지 못한다면 상급 학년에 올라가거나 졸업한 뒤에 혼자서 더 힘들게 겪어야 하기 때문이다.

이 밖에도 학생 개개인의 특성에 주목하여 주제를 설정할 수 있게 하도록 다각도로 궁리해야 한다. 이를테면 취미 생활을 즐겨 온 학생이라면 애완견 기르기나 텃밭 가꾸기, 장수하늘소 키우기 등을 주제로 잡게 지도한다. 어느 학과에 적합한 특성을 지녔는지 따져서 진로와 연계하는 주제 설정 지도도 가능하다. 과학도의 길을 걷겠다면 암석 표본 만들기나 교과서에 나온 실험 모음 등을 주제로 잡아 책을 쓰게 한다. 인문과학이나 사회과학 쪽으로 진로를 잡은 학생이라면 고전 읽기나 문학 낭독 기부 등 주제 전문 사이트를 구축하고 운영의 사례까지 담은 책을 발표하게 할 수 있다.

<table>
<tr><td>진로 관련 주제 설정 사례(제목 형태)</td></tr>
</table>

홍보 전략을 알면 휴대폰이 보인다, 선호 브랜드와 사용자 인식, 희망 대학 입학 전략, 보험회사 운영과 보험의 종류, 신문방송학과에 가고 싶은 학생들을 위한 기초 자료, 호텔 경영학의 알짜배기, 광고의 유형 모음, 연기— 그것이 알고 싶다, 특수 교사가 되려면?, 신세대를 위한 디자인 관련 직업과 종류, 우리나라 공무원의 모든 것, 회계사에 관하여, 창업을 하려면 무엇을 준비해야 하나?, 카피라이터의 세계, 특수 교육! 특수 교사!, 웹마스터—나의 꿈!, 성공적인 학교 축제 만들기……

2_자료를 적극 활용하여 사고 회로를 만들게 하라

학생의 적성까지 세심하게 고려하여 책의 주제를 잡게 지도하면 금상첨화다. 좀 더 구체적으로 학생의 적성을 가늠할 수 있는 활동을 몇 가지 예로 제시하면 다음과 같다.

호기심을 가지고 빠짐없이 조사하기, 어떤 변화와 특성이 있는지 끈기 있게 관찰하기, 실제 적용 가능한 현실적인 대안 제시하기, 재미있고 근사한 아이디어를 내며 해결하기, 정확히 그려 낼 수 있다는 자신감으로 세밀화 그려 보기, 쉽게 따라하기 어려울 정도로 정교하게 만들기, 정성과 사랑을 다해 키우기, 사태의 흐름과 본질을 정확히 따져 보기, 산만하고 복잡한 현상을 체계적으로 연구하기, 남에게 근사하고 멋지게 알려 주기……

이상의 활동들은 고스란히 책으로 쓰일 수 있는 바탕이 된다. 학생 스스로 자신이 어떤 활동들에 끌리는지 확인하며 주제를 떠올리게 지도하면 좋다. 여기서 잠깐 생각을 좀 더 모아 보자. 이러한 활동들이 책으로 쓰일 수 있다면, 이미 책으로 쓰여 출판된 경우들도 있을 것이다. 그렇다면 이러한 활동들이 책으로 쓰인 사례들을 두루 살피면 어떨까. 실제로 도서관과 서점에 가면 이러한 사례들을 충분히 확인할 수 있으며 여러 분야와 종류의 책들을 통해서 책의 주제를 설정하는 데 효과적이다. 학교 도서관은 물론 가까운 대학 도서관도 이용하면 좋다.

여기에 더하여 인터넷에서 자료를 얻을 수 있는 정보 관련 각종 사이트들을 부지런히 찾아 조사하게 하는 것도 꼭 필요하다. 이를테면 국립중앙도서관(www.nl.go.kr, 국가전자도서관과 국립어린이청소년도서관 등)과 대한민국 국회도서관(www.assembly.go.kr), 통계청(www.kostat.go.kr) 등은 꼭 살펴야 할 귀중한 정보원이다. 일단 이 세 군데 사이트를 살펴서 '추천 사이트' 등을 통하여 수많은 관련 정보 사이트들을 더 찾을 수 있다. 어느 수준까지 파고드느냐에 따라서 달라지겠지만 경제 관련하여 주제를 잡고 싶다면 한국은행 경제통계시스템(ecos.bok.or.kr) 같은 곳도 찾을 수 있다.

이렇듯 제대로 찾은 자료와 사이트들은 주제와 긴밀히 연관되어 있다는 점에서 눈에 보이는 사고 회로들이라 할 만하다 전문가들의 '즐겨찾기'에는 그들의 활동 내용과 장법이 곧 주제화되기를 기다리며 담겨 있다.

3_구체화 전략들을 적극 활용하여 사고하고 서술하라

읽기 교육과 쓰기 교육, 사고력 교육과 감수성 교육은 매우 긴밀하게 연관시키며 진행되어야 한다. 하지만 우리의 교육은 대개 이들을 별도로 강조한 나머지 학생들에게 자신이 무엇을 어떻게 생각할 수 있는지 제대로 가르쳐 주지 못하고 있다. 그 결과 글쓰기와 책쓰기는 천부적인 재능을 지닌 소수의 매우 특별한 사람들만이 가능한 행위로 오해하게 만들었고 이러한 활동 자체를 멀리하게 했다.

책쓰기 교육을 받으면서 주제를 설정하는 작업에서 어려움을 겪는 학생들이라면, 또는 주제 설정 능력을 더욱 강력하게 높이고 싶은 학생들이라면 자신이 그동안 배웠거나 앞으로 익힐 구체화 전략들에 대해서 톺아보게 해야 한다.

이를테면 이 책에서도 강조해 왔듯이 물음표를 붙이며 문제의식을 펼쳐 보는 활동, 문제들의 본질에 사실, 방안(의견), 가치 등이 얽혀 있기에 이들을 중심으로 사고를 펼쳐 보는 활동, 다시 가장 기본적인 논증과 예시, 상술 등의 구체화 전략을 활용하기 위하여 '왜냐하면' '예를 들어' '다시 말해' 등을 앞세우며 읽고 쓰고 생각하기, 육하원칙 등을 활용하여 시간과 공간, 주체, 대상, 방법, 동기 등과 같은 축으로 주제를 구체적으로 펼쳐가기 등은 매우 요긴한데도 제대로 중시되지 않았다.

육하원칙을 활용하는 사고 방법으로 주제를 어떻게 설정하면 좋은지 예를 들어 좀 더 자세히 설명하겠다. '언제(시간)'—과거와 현재의 비교, 특정 기간 동안의 변화나 흐름, 추세 분석, '어디서(공간)'—특정 지역이나 장소, 공간 중심의 조사와 연구, '누가(주체)'—특정 집단이나 모임, 조직 등 비교, '무엇을(대상)'—특정한 대상은 물론 물품이나 현상의 현재 상황이나 관련되는 참고 사이트, '어떻게(방안)'—정리, 분류, 분석, 탐구 등 가운데 어떠한 활동이 걸맞은지 확인해 본다. 마지막으로 '왜(동기)'—탐색하고 분석하며 탐구하여 원인이나 연유 등을 살피도록 한다.

이와 같은 사고 회로에 익숙해지면 각각의 구성 요소들을 서로 읽어가면서 창조적으로 사고를 펼칠 수 있게 된다. 주제 설정 작업 또한 그리 어렵지 않으며 오히려 쓸 거리들이 많아져 고민이 되는 행복한 수준에 이른다. 딱히 특별한 주제가 생각나지 않더라도 무작위적으로 몇 가지 요소들을 연계하면 꽤 쓸 만한 주제들을 설정할 수 있다.

이를테면 우리 지역 인구 감소 양상과 원인 조사, 한국 애니메이션의 활성화 방안, 우리나라 술의 세계화 방안, 19살의 눈으로 본 종로도서관, E-Sports의 미래, 일본문화 엿보기, 획일화된 청소년 놀이 문화의 개선 방안, 일본 대중문화에 대해 알고 싶니?, 한국 바둑의 역사, 고등학교 연극반 활성화 방안, 우리나라 캐릭터 산업의 현황과 미래, 너희가 스마트폰을 아느냐? 등의 주제들을 쉽게 떠올릴 수 있다.

한 단계 수준을 높여 도시에서 밤을 새우며 과학책 읽기—계획과 실행, 에듀테인먼트 테마 파크 가상 설계, 저작권 기부 오디오북 만들기, 마포구 지역 정보 앱 개발 백서 등과 같은 주제 설정도 가능하다. 여기에 주제 설정 자체를 주제로 잡는 메타적 활동도 가능하다. 인터넷에서 책쓰기 교육에 적합한 사이트 모음, 책쓰기 활동 자료 수집 방법 길라잡이 등은 쉽게 설정할 수 있는 고난도 주제들이다. 거듭 강조하거니와 주제를 설정하는 과정은 자신을 탐구하고 세상을 이해하고 현실을 변화시키는 일이다.

그저 막연하게 많이 읽고, 많이 쓰고, 많이 생각하는 말만 되풀이할 것이 아니라, 읽기의 구체화 전략은 쓰기와 사고의 그것과 고스란히 일치한다는 점을 직시하고 이를 중심으로 자신의 읽기, 쓰기, 사고력, 감수성 등을 펼쳐야 한다.

따라서 기본적으로 주제를 설정하고 분석하는 데는 앞서의 구체화 전략들을 기본적으로 밥과 국, 기본 반찬을 놓듯이 펼쳐야 한다. 상을 준비하고 다시 기본적인 밥과 국, 찬을 갖춰 놓는 것이 습관이 되도록 강조해야 한다. 결국 '사고'를 펼치면 '쓰기'고, 그것을 받아들이면 '읽기'요, 다시 '읽기'를 통하여 '사고'가 강화되고, 그렇게 강화된 '사고'를 다시 제시함으로써 '쓰기'가 되는 식의 선순환을 일으켜야 하는데, 이에 대한 명확한 인식 없이 무조건 무엇인가를 쓰거나 읽고 생각하려니 기본적인 수준은 물론 다각도의 심층적인 사고로 이어지지 못하는 것이다.

원형정리법을 익혀서 자신이 특정한 주제나 문제에 대하여 다각도의 심층적인 사고를 펼치고 있는지, 그러한 기초가 준비되어 있는지 확인하는 과정이 반드시 필요하다. 책쓰기 교육의 기초는 기본적으로 복잡하게 펼쳐진 문제들에서 특별한 주제를 찾아내고, 다시 이를 책의 차원에서 구체적으로 제시하는 과정과 결과다. 따라서 기존의 구체화 전략들을 본격적으로 확인하면서 자신의 읽고 쓰고 생각하는 능력을 키워 가야 한다. 이 과정은 제대로 익히기만 하면 대단히 재미있을 뿐만 아니라 자신의 능력을 찾고 기르는 과정에서 학생들 스스로 자기 존중감을 키울 수 있다는 점 또한 중요하다.

끝으로 꼭 강조하고 싶은 것은 읽기와 쓰기, 사고력과 감수성 가운데 대부분 놓치는 감수성이야말로 앞서 강조한 선순환을 강력하게 보장해 주는 기본 소양이라는 사실이다. 이를테면 아름다움을 충분히 느껴 본 학생들은 '아름다움이란 무엇인가'라는 질문에 스스로 도달하며, 그러한 질문이 자신에게 왔을 때에도 즐겁게 앞장서서 사고하지만, 오로지 관련 텍스트들을 읽으면서 '미(美)'나 '미적 가치(美的價値)' '미학적 원리(美學的原理)' '미학(美學)' 등에 대하여 다각도의 심도 있는 생각을 펼쳐내지 못한다는 것이다. 결국 미에 대해 본격적으로 관련 서적들을 제대로 읽지 못하고, 그 결과 더 이상의 사고로 나아가지 못하며, 당연히 더욱 훌륭한 논문이나 서적을 쓰지 못하는 폐단을 낳는다. 결국 이는 우리 인문학자와 인문학 교육의 위기로 이어지고 있다.

요컨대 주제를 설정하고 제대로 전개하려면 읽기와 쓰기, 사고력과 감수성의 연관 관계를 깊이 깨달아야 하며, 특히 감수성 교육 강화를 기본으로 삼아야 한다. 책쓰기 교육을 받으면서 학생들이 기존의 구체화 전략들은 물론 이 책에서 강조하고 있는 여러 방법들을 적극 활용하게 가르쳐야 한다.

'팔레트(Palette)'

실전 글쓰기 비법

나도, 책을 쓸 수 있다!

※삽화로 보는 『허병두의 즐거운 글쓰기 교실 1~3』

화가들은 그림을 그리기 위하여 팔레트를 씁니다. 글을 쓰거나
책을 쓸 때도 종이를 팔레트처럼 사용하면 훨씬 쉽고 편하답니다.

종이 한가운데에 원을 조그맣게 그리세요.

잘 그리지 못해도 좋습니다. 그냥 둥글게 그리세요.

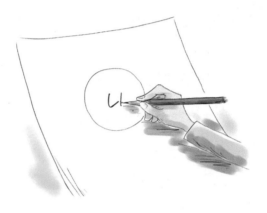

원 안에 '나'라고 써 보세요.

글쓰기는 '나'에서부터 시작합니다.

무엇보다도 '나'를 드러내고 '나'를 남에게 알려주지요.

그런데 나는 누구일까요?

나는 정말 '나'를 잘 알까요?

'내가 기분 좋을 때들'은?
원 밖으로 자유롭게 펼치며 써 보세요.

'내가 알고 싶은 것들'은?
차분히 생각하며 써 보세요.

'내가 반드시 고치고 싶은 것들'은?
떠오르는 대로 펼쳐 보세요.

'내가 정말 쓰고 싶은 것들'은?
자유롭게 떨쳐 보세요.

나는 과연 누구일까요?
나를 섬세하고 풍요롭게 읽어야 글을 쓸 수 있어요.

그런데 '어떻게' 해야 글을 잘 쓸 수 있을까요?

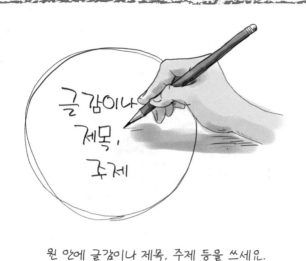

원 안에 글감이나 제목, 주제 등을 쓰세요.

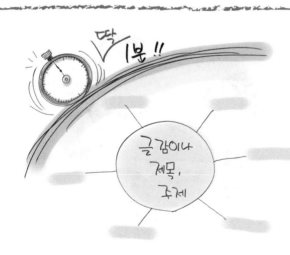

딱 1분 동안 자유롭게 펼쳐 보세요. 그냥 떠오르는 대로!

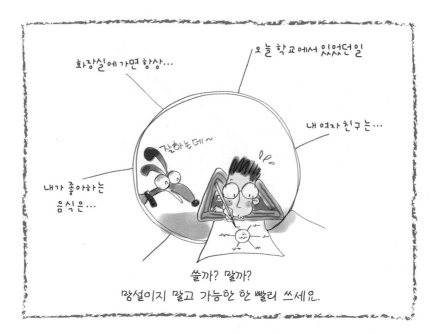

무엇인가 해방 되는 느낌……
기분이 정말 좋아지지요.

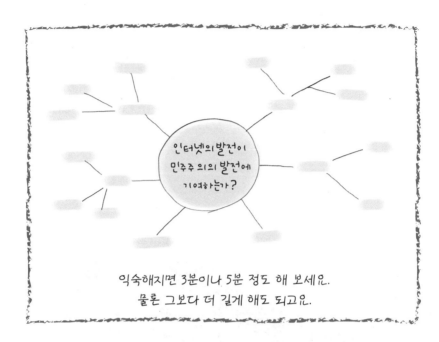

익숙해지면 3분이나 5분 정도 해 보세요.
물론 그보다 더 길게 해도 되고요.

엉뚱하고 황당한 생각이라도 응용하고 변형하고 발전시켜 보세요.

문제를 해결하는 데 안성맞춤인 브레인스토밍을 하면 더욱 좋습니다.

떠오르는 대로! 비난이나 비판, 비평은 그만!
대신, 응용·활용·발전시키세인!

별로 떠오르는 게 없다고요?
그럼 먼저 읽기를 많이 해야 해요.

이제부터 모든 것에 물음표를 붙여 읽어 보세요.

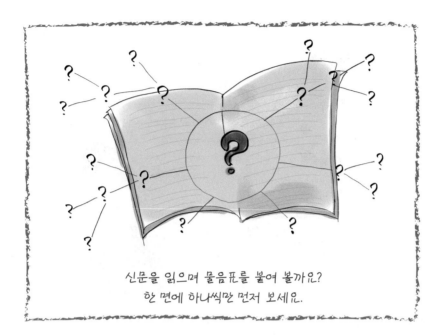

신문을 읽으며 물음표를 붙여 볼까요?
한 면에 하나씩만 먼저 보세요.

어떠셨나요? 어떤 느낌이 들었나요? 어떤 생각이?

지금 떠오른 생각이나 느낌이 바로 내가 얻고 싶은 것들이지요!

문제의식을 갖고 읽어라, 집중해서 읽어라, 생각하며 읽어라!
모두 우리가 원하는 독서 방법들이죠!

참인지 아닌지 따져야 하는 사실적 사고, 어떻게 될까 추리 상상적
사고, 사리에 맞는지 따져 보는 논리적 사고, 적절하고 타당한지 따져
보는 비판적 사고 등. 대학 시험에서 원하는 능력과 고스란히 맞네!

에베레스트 산은 8848m다?

4대 강 유역은 개발해야 한다?
하지 말아야 한다?

자, 신문을 보면서 하나하나 써 보자구요!
꼭 신문이 아니어도 무엇이든 되고요! 자, 질문들을 만들어 봅시다.

흥부는 착하다?

심청은 효녀다?

온달은 바보다?

어렵다고요? 옛날이야기에 물음표를 붙이면 정말 재미있으니
쉬운 데서부터 시작해도 돼요.

이렇게 붙인 질문들을 많이 써 보면
놀랍게도 세 가지로 묶을 수도 있어요.

수리 수리 마수리…… 세 가지 주문을 써도 좋아요.

'왜냐하면'은 논증을 하게 해 주지요!

'예를 들어'는 예시를 하게 해 주지요.
쉽고도 참신해야 해요.

높이 나는 새가 멀리 본다.
다시 말해…… 목표를 높게
가진 사람이 무엇이든
더 잘할 수 있다.

'다시 말해'는 상술을 하게 해 주는데,
다른 각도나 입장, 시각, 패러다임 등을 활용하게 해 주지요.

왜냐하면　논증

예를 들어　예시

다시 말해　상술

질문

답변

사고

독해

'왜냐하면' '예를 들어' '다시 말해'를 중얼중얼 외워 보세요.
신기하게도 생각이 술술 풀려나가요.

육하원칙을 활용하면 더 재미있어요.

사업을 시작하는 일을 창업이라고 한답니다.
여섯 가지 방향에서 생각해 보세요.

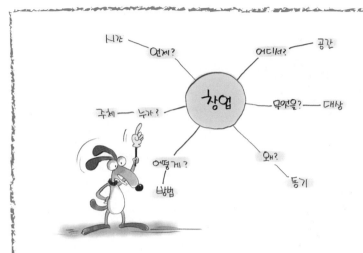

육하원칙은 여섯 개의 질문을 던지며 생각을 펼칠 수 있고,
글을 읽을 수 있고, 글을 쓸 수도 있어요.

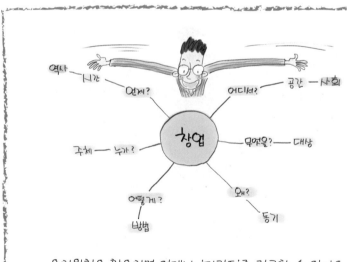

육하원칙을 활용하면 언제나 '다각도'로 접근할 수 있어요.

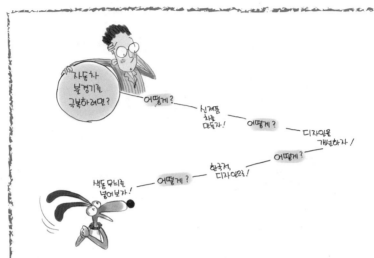

육하원칙을 활용하고 난 다음에, 계속 육하원칙을 펼치면 더 좋지요.
'심층적'으로 생각할 수 있어요.

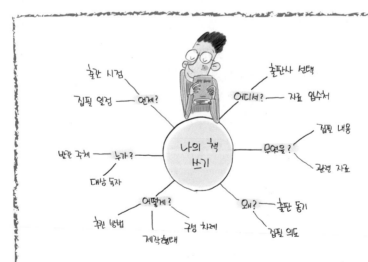

육하원칙을 활용하여 책쓰기에 필요한 중요 사항들을 점검할 수 있네요.

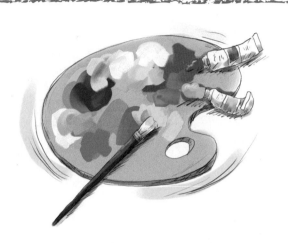

이제 본격적으로 팔레트처럼 생각을 펼쳐 봅시다.
정말 훨씬 쉽고 편하답니다.

브레인스토밍을 하되, 물음표를 붙이고, '왜냐하면' '예를 들어' '다시 말해' 주문을 외우고, 육하원칙을 활용하고…… 글감과 제목, 주제에 집중하여 생각을 펼쳐 보세요.

이제 '사실'인지 아닌지, '가치'가 바람직한지 아닌지, '방안'이 적절하고 타당한지 아닌지, 따져 보고 마음에 드는 대목들만 동그라미를 치며 선택해 보세요.

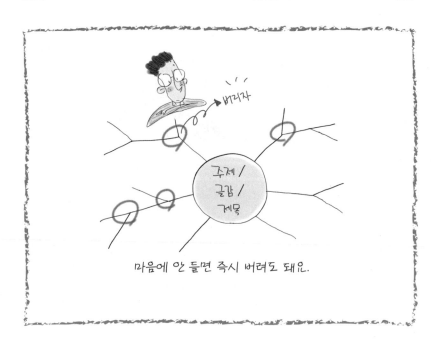

마음에 안 들면 즉시 버려도 돼요.

동그라미 친 것들을 보면서 더 칠 것이 있는지, 뺄 것이 있는지 다시 살릴 것인지 확인해 보세요. 여기서 나중에 시간과 자료, 여유가 있으면 살려 쓸 수 있겠다 싶은 것들을 고르면 되죠.

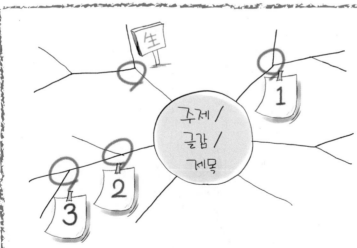

이제 맨 먼저 활용하면 좋을 동그라미들에 크게 1이라고, 그다음에는 2라고 순서대로 번호를 붙이세요.

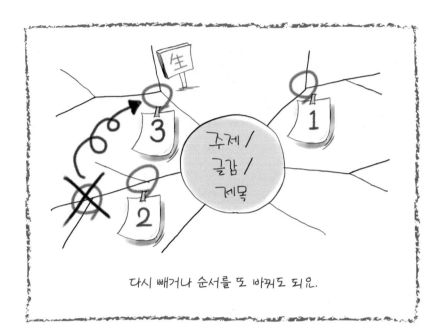

다시 빼거나 순서를 또 바꿔도 되요.

이제 팔레트를 거의 완성했습니다.
왼편에 놓고 종이 한 장을 꺼내 오른편에 놓으세요.

번호가 붙은 낱말이나 문장을 보면서 생각이나 느낌을 덧붙여 씁니다. 생각이 안 풀리면 '왜냐하면' '예를 들어' '다시 말해'를 다시 중얼거려 보세요.

번호 하나에 한 단락 정도를 씁니다. 번호가 바뀔 때, 단락을 바꿔 써 볼까, 생각해 보면 좋습니다.

중간에 좋은 생각이 났다거나 새로운 자료를 찾았다면
덧붙여도 좋아요. 마지막에 넣는 거니까 신중하게 생각하세요.

절대 지우거나 고치거나 망설이지 마세요. 하나씩 차분히
짚어 가면서 생각을 펼쳐 가며 쓰세요. 여러분의 글이 완성됩니다.

이제 방금 쓴 글을 보면서 고쳐 써 보세요.
고쳐 쓰기를 '퇴고'라고 하지요.

자, 이렇게 하면 정말 책을 쓸 수 있을까요?
그래도 걱정이 돼요.

여러분 마음속에, 머릿속에
팔레트들을 무수히 만들어 보세요.

책을 쓰는 데 블로그를 활용할 수도 있어요. 이렇게 해서 만들어진
책을 블루크(Blook: Blog+Book)라고 부를 정도로 흔해졌습니다.

쓰기를 잘하려면 언제나 읽기에 힘써야 해요. 읽으면 쓸 수 있어요!

읽기와 쓰기는 하나랍니다. 쓰기를 떠올리면 읽기도 쉬워지지요.

글을 읽으며 주제는 어떻게 파악하고 어떻게 요약할 수 있나요?

'왜냐하면' '예를 들어' '다시 말해'가 집중적으로
연계되는 대목들을 모아 보세요. 바로 '주제'랍니다.

'왜냐하면' '예를 들어' '다시 말해' 등이 붙은 대목들을
제일 먼저 빼 주세요. 자연스럽게 요약이 됩니다.

이렇듯 책을 잘 읽으면 당연히 책도 잘 쓸 수 있습니다.

책은 내 관심이고 흥미고 실력입니다.
책은 곧 내 얼굴이고, 내 삶이고, 내 결심입니다.

책을 쓰고 나면 여러 가지 혜택이 많이 생겨요.
인세와 평판, 명예 등, 무엇보다도 보람이 생기지요.

또한 내가 받은 것들을 돌려주면
더 크게 나를 키우고 더 좋은 책을 쓸 수 있어요.

친구들이나 뜻 맞는 사람들끼리 함께 책으로 할 수 있는
의미 있고 즐거운 일들을 찾아 보세요.

글을 읽고 쓰고 생각하며 느낀다는 것. 그래서 내 책을 쓴다는 것.
내 삶을 풍요롭게 만들고 세상을 따뜻하게 해 줍니다.

나는 책이다!

아 참! 다 쓰고 남은 팔레트는 어떻게 하냐고요?

팔레트는 기념 삼아 모아 두세요.
다음 번 글쓰기를 할 때 팔레트를 다시 만들어 봅시다.

읽기와 쓰기, 생각하기, 느끼기
우리 모두의 사고와 정서를 풍요롭게 만듭니다.

무엇보다 나를 소중히 여기고 남을 배려하고 존중하며, 언제나 가치 있는 진실된 글만을 쓸 수 있게 하고, 사실에 어긋나지 않게, 그리고 적절한 방안을 찾아 보세요.

이제 팔레트를 들고 글쓰기를 즐겁게 해 보세요.
여러분의 삶과 노력을 책으로 펴낼 수 있답니다.